大鱼文化传媒　大鱼文学

怪你过分抢镜

Guai Ni

Guo Fen

Qiang Jing

提拉诺 / 著

贵州出版集团

贵州人民出版社

图书在版编目（CIP）数据

怪你过分抢镜 / 提拉诺著. —— 贵阳：贵州人民出
版社, 2016.9（2020.3重印）
ISBN 978-7-221-13635-0

Ⅰ.①怪… Ⅱ.①提… Ⅲ.①长篇小说－中国－当代
Ⅳ.①I247.5

中国版本图书馆CIP数据核字(2016)第245131号

怪你过分抢镜

提拉诺 著

出版人　苏　桦
出版统筹　陈继光
选题策划　大鱼文化
责任编辑　陈　滔　马文博
流程编辑　胡　洋
特约编辑　千月兔
装帧设计　颜小曼　昆　词
封面绘制　Tendy
出版发行　贵州人民出版社（贵阳市观山湖区会展东路SOHO办公区A座
　　　　　邮编：550081）
印　　刷　三河市华东印刷有限公司
开　　本　880×1230毫米　1/32
字　　数　217千字
印　　张　8.5
版　　次　2017年1月第1版
印　　次　2017年1月第1次印刷
　　　　　2020年3月第2次印刷
书　　号　ISBN 978-7-221-13635-0
定　　价　42.00元

目录 / CONTENTS

GUAINIGUOFENQIANGJING

目 录 / CONTENTS

楔子
这是一个悲伤的开学礼

GUAINI
GUOFENQIANGJING

夏日的午后，礼堂里的热闹驱散了人们的昏昏欲睡，喧哗的声音传遍了校园。

广播里，一个清朗的声音在念着注意事项："每个年级必须坐在指定的区域，表彰大会结束前不允许随意走动……"

学生们按照老师和学生会干部的指挥，有秩序地搬着凳子到指定的位置集合，大多数人都有说有笑地讨论着什么，而叶迟迟却笑不出来。她捏着自己的发言稿一遍又一遍地确认，抓紧时间把之前不熟悉的地方重新背诵一遍，确保万无一失。此时，她听到主持人念到了自己的名字，这才深呼吸一口气，缓缓地走向了舞台中央。

"各位老师，各位同学，大家下午好，我是今年的新生代表叶迟迟，今天我演讲的题目是——《我眼中的高中》……"

叶迟迟上初中的时候，就经常在升国旗时作为学生代表发言。虽然这一次是一个全新的舞台，面对着不一样的人，但她绝对有把握能顺利完成。

于是，她有条不紊地说到了最后一段。

"下面，我将会为大家播放一段，由高一级新生代表一起亲自拍摄的《我眼中的高中》主题短片，请大家欣赏。"

说完，叶迟迟走到舞台的侧面，开始操作起连接大屏幕的电脑。

她心里很是高兴，之前那么长一段发言，没有出半点儿错误。等视频播完，她只需把结语给说了，就可以完美收官，为她的高中生活画上一个崭新的起点。

然而，这不过是她……混乱人生的开始而已。

双击鼠标，她打开早就准备好的视频文件。

叶迟迟重新走到舞台中央，面对着大屏幕，等待着和全校师生一起观赏她和另外几个同学，从开学初就忙碌了大半个月的成果。

忽然，她察觉到有点儿不对劲。

为什么……她做的 LOGO 没有出来……

为什么……会有那么多水声……

最关键的是……怎么会有个裸男出现啊？

全场一片哗然，紧接着却又鸦雀无声！

叶迟迟皱着眉头盯着大屏幕——

在一个公用浴室里，一个高大的男生站在其中一个水龙头下，腰间围着一块白色的浴巾，往自己的身上擦沐浴露。他侧身对着镜头，映出了一个侧脸，结实的胸肌和腹部线条在水雾中若隐若现。

男生的皮肤很白，澡房顶上的小窗口照进来的光，正好打在他的身上，就像是一尊大理石的雕塑般，完美无瑕。而这时，他似乎听到了什么声响，望向了镜头这边。

　　大家在认出那人之后，不约而同地爆发出一声惊叹！也是这个声音，让叶迟迟从震惊中醒悟过来，飞快地冲向舞台侧面。由于太过慌乱，她丝毫没有察觉到地上的线，她只觉得自己的脚被猛地一扯，整个人便向前扑了过去——

　　在摔倒砸向地面这一秒钟的时间里，她绝望地看着眼前黑压压一片的人群，已经可以想象得到未来三年里，自己惨绝人寰的样子了。

　　远处似乎有白光一闪，某张脸僵住了。

　　到底是谁……

　　在这样的时刻……

　　还给她拍了一张照？！

Chapter01
人生达到了新高度
GUAINI
GUOFENQIANGJING

　　拍照的人是林屿。

　　当然，最让叶迟迟想不到的是，视频上的人，也是林屿。

　　你能想象出林屿当时的心理活动吗？在自己如此香艳的洗澡视频被全校播放之际，他竟然还能面无表情地继续站在人群的后方，为疑似罪魁祸首的某人拍下了一张如此惊世骇俗的照片。

　　请问，双方当时的心理阴影面积是多少？

　　而最让叶迟迟感到痛苦的是，这个林屿不光是风靡全校的校草级人物，他还是学生会会长，今年已经高三准备卸任。但由于超高的人气，不管是老师还是学生，都不同意他卸任，于是校方便决定让他作为荣誉会长，继续分担学生会的工作。

　　曾有人在学校的贴吧做过统计，跟林屿表白过的女生，都可以绕城市一周了。

然而，就是这样一个男神级人物，叶迟迟竟然对他做出了那样的事情。

当然，她真的是无辜的！

她的硬盘在下午的表彰会开始时就插在电脑上了，电脑也一直放在后台，直到大会开始才拿上去的。也就是说，那段时间凡是在后台的人都有嫌疑。

但是在全校面前丢脸的是她，所以……

"啊，她就是那个偷拍林屿洗澡的人啊？"

"对，你看她登在贴吧里的照片没有，摔跤之前的……"

"没有。"

"你去看一下。"

"哈哈哈哈哈！"

叶迟迟用手捂着脸，飞快地跑开了。

虽然教导主任也相信不是叶迟迟做的，但毕竟还是造成了不好的影响，写检讨是免不了的了。

所以，叶迟迟需要深刻反省为什么在事先没有好好检查视频文件，并且还要跟林屿将这件事私下解决好……

前者好办，后者让叶迟迟感到压力很大。她当然也想和当事人好好聊一聊，可这件事之后，当事人一直不肯出面，外界传言是——拒丑。

她怎么就丑了？她不服！于是，她去林屿班级门口堵了好几次，都莫名其妙地被围观群众给糊弄过去了，毕竟在学长学姐面前，她也不敢放肆。

可这么拖着也不是办法啊！

死党陆蔓薇的表哥和林屿同班还同宿舍，叶迟迟拜托她打探了一下，林屿果然就是在故意躲自己！这些天来，她受到了来自各方花痴的打压。那些个在她桌子上乱涂乱画、单车被放气的事早成了她的家常便饭，身心疲惫至极！

她的高中生涯才刚开始呢，不能就这样被毁了！

最关键的是，她才下定决心要摆脱纪晴朗的阴影，让他对自己刮目相看的，结果现在只会让他更加以为自己离了他不行。

她决定采取非常手段了！

"不行，绝对不行，说什么都不行！"陆蔓薇的第一反应就是拒绝，并且语气坚定，"你如果对学长做出这种事情，你未来三年都别想在这里混了！"

"可如果就这样不了了之，我这三年也不用混了。"叶迟迟拉着她的手，"好姐妹，事成之后，我给你介绍个帅哥怎么样？"

叶迟迟翻了翻手机，想要找青梅竹马纪晴朗的照片，结果想起自己开学前跟他吵架之后就删掉了，不过她还是信誓旦旦地保证："真的很帅，相信我。"

陆蔓薇半信半疑："比林屿帅吗？"

叶迟迟在脑子里想了想纪晴朗的脸，嫌弃地摇摇头，再想想林屿的脸，却想到的是林屿出现在视频里时的样子。

隔着水雾模模糊糊，她皱皱眉毛，拍着胸口说："比他帅。"

陆蔓薇的表哥叫沈浩，他在听了叶迟迟的计划之后，象征性地反对了几个回合，就倒戈相向了。

沈浩说，林屿在周四晚上都会提前二十分钟下晚自习先回宿舍，那时候宿舍没人，可以实行计划。

叶迟迟不住校，晚自习也可以申请在家写作业。行动的那一天，她提着大包小包的东西，还特意戴了假发，厚厚的杀马特刘海儿包裹住她的小脸。为了固定好头发，她还特地买了一个符合此气质的水钻发夹，闪闪发亮，要多俗有多俗。

陆蔓薇一见她这身装扮都吓傻了，倒是某人一脸鄙夷："这你就不懂了，如果我真的被抓住了，到时候如果要验明正身，我也能抵赖一阵啊。"

"哼哼，我自有妙计。"叶迟迟露出一个阴险的笑。

如果他不肯见我，那我就去见他好了。

市一中向来以管理制度轻松著名，来这儿的都是全市最好的学生，大事肯定闹不出来，小事也就睁一只眼闭一只眼。

此时，沈浩让叶迟迟走在自己的另外一侧，到宿舍大门的时候，他跟看门的老大爷说道："李大爷，这是我妹妹，帮我妈给我送点儿水果，进去一会儿就出来。"

老大爷没说什么，瞅了一眼叶迟迟，点点头，带着慈祥的笑："去吧，这小丫头长得挺水灵的。"

叶迟迟和沈浩的额头都拉出了三根黑线，这老一辈的审美跟现在果然不一样，以至于她进到里面，被群众围观了好一会儿都觉得这才是正常反应。

目的地，五楼走廊最里面的一间房。

沈浩打开灯，他们走进去，叶迟迟不禁一阵诧异。这房间有四个床位，上面是床，下面是书桌和衣柜，桌子上放着电脑和书。屋内很是整洁，丝毫不像是四个男生住的地方。

见她惊讶得合不拢嘴，沈浩摸摸头不好意思地笑："林屿是舍长，他和陆沉都有点儿洁癖，另外一个叫高俊杉，虽然在班上不怎么服管，但在林屿面前不敢造次，就老实地按照林屿定下的舍规，轮流打扫卫生。"然后，他指了指贴在墙上的一张照片，四个男生对着镜头露出了笑脸，"最边上的是林屿，剩下的分别是陆沉、我和高俊杉。"

其实叶迟迟一眼就认出了林屿，因为他实在长得太抢眼了！出众的身高和颀长的身形，还有着白皙的肤色，深沉漆黑的双眸下是高挺的鼻梁，薄唇微微张开，嘴角扬起，勾勒出一个淡然又惊心动魄的笑。一只手搭在旁边男孩儿的肩头，另一只手随意放在身侧，阳光洒在他利落的短发上，仿佛染上了暖色的光。

白 T 恤、黑长裤，加上美好帅气的少年，只是这么望着，好像都能被吸引进去。

另外三个人长相也都不错，尤其是陆沉，手上比着 V，露出白白的牙齿，笑得最开心。

这时，上课的铃声打响了。沈浩拿起书包，临走前叮嘱道："答应我，一定要在大家都回来之前跟林屿说清楚。他虽然性格冷漠，但是人很好。你跟他好好说，肯定能顺利解决的。"

"嗯，谢谢你了。"叶迟迟由衷地说道。

沈浩点点头走了，屋子里只剩下了叶迟迟一个人。为了不被发现，她把宿舍的灯给关了，打开手机的手电筒。她坐在林屿的书桌前等着，百无聊赖地翻看起桌上的书，基本都是教科书和学习资料，她翻开了其中的一本，"林屿"两个字写得龙飞凤舞……

等人的时间并不好过，不知怎么，叶迟迟止不住地打起瞌睡，然后就慢悠悠地爬上了那张干净整洁的床……

实在是太舒服了……软绵绵的床，还有好闻的洗衣液的味道……

她不知道自己睡了多久，只觉得像是躺在了棉花糖上一样，比自己家里还要舒服。她甚至还做了一个梦，梦到自己五六岁的时候，和纪晴朗一起光着膀子打架，那时候她总是毫不留情地攻击纪晴朗的头，而他总打自己的手臂。

轻轻地拍上去……

叶迟迟看着纪晴朗的脸就来气！而且他居然下手越来越重，她一下子急了，铆足了力气用力打在了他的头上！

因为触感太过真实，吓得她直接清醒过来了。她瞪大了眼睛，看着面前的那个人的脸。

从模糊到清晰，叶迟迟越发觉得可怕。

这是一张……很好看的脸。

眉清目秀的五官，高挺的鼻梁，微抿的薄唇，可是这张如此俊秀的脸上却带着一股阴冷的气息，紧蹙的剑眉，还有那一双清澈乌黑的眸子，带着微微的怒气。

这个人，是林屿。

也就是说，刚才被她打的人，也是他？！

这是不是意味着大事不妙了？叶迟迟吓得用手捂住了自己的脸，结果摸到了自己脸上戴着的眼镜，她这才猛然想起来，自己还是伪装着的！他不一定认得出自己来！

叶迟迟安心了一些，继续看着林屿，绞尽脑汁地想着应该怎么解释。

林屿先一步问道："你是谁？在这里做什么？"

"我……"叶迟迟还是没想到什么好的说辞，一下子急了，脑子一热张口就来，"我才是那个偷拍的人！不是叶迟迟，你赶快跟大家解释清楚不是她做的！不然，哼哼哼，你还有更多可怕的视频在我手里呢！不想成为网络红人就赶紧照做吧！"

……

一口气说完，两个人都沉默了。

宿舍里本就不大，细小的声音都能听得一清二楚。

可是叶迟迟的大脑已经一片空白了。

惨了！她想自己这次死定了！林屿若是喊来宿管，报告老师，最后再全校通报批评，还有那些林屿后援会的人肯定会对她进行激烈的打击报复……想一想都觉得自己的前路一片暗淡。

她有些后悔自己那么冲动了。她本来应该在第一时间面对他的时候就实话实说，晓之以理、动之以情地让他知道，自己做出这样的举动实在迫不得已，但是现在自己张口就是谎话……

"我说你……"林屿的脸上忽然浮现出一丝怪异的表情，似笑非笑的脸，一下子如同第一缕暖阳照射在了冰川的高峰上，带着淡淡的暖意。

可是他的脸色依然很差。

叶迟迟咬了咬嘴唇，来之前的胸有成竹瞬间化为云烟。她只懊恼，自己为什么那么没脑子。她正要解释的时候，门外忽然传来了一阵嬉闹声。

有人来了！

叶迟迟大吃一惊，沈浩分明说林屿会提前回来，他也会尽量拖着剩下的两人不影响她的计划的啊！

"怎么办，怎么办？"叶迟迟自己也慌了，着急地问林屿。

林屿哭笑不得，她就这么闯进来了，难道连这样的后果都没有考虑过吗？他正要喊她下来，哪知道女生忽然跪坐起来，向他伸手，拉住了他的胳膊，喊道："快，快上来，躲到被子里面！"

"呃？"林屿愣住，有这个必要吗……

叶迟迟见他仍站着不动，不管三七二十一，拉过他的被子就把自己的头给蒙住了！不过这床被子只是空调被而已，还好自己个子小，勉强可以包住。

脚步声越来越近，叶迟迟眼前发黑大脑缺氧，脑子里全是纪晴朗嘲笑自己的表情。正绝望着，空调被被拉开了一角，一个巨大的身躯躺到了自己的身边。

她听到林屿说："过去一点儿。"

她想也不想，就手脚并用地往墙边靠过去。林屿也向她这边移了移，然后面朝她，整个人弯曲着，伸出手一把将她抱在了怀里。

是不是太劲爆了！

她不过是想来跟他摊牌说清楚而已啊！

可是她不敢动，只好老老实实地看着面前男生穿着白色 T 恤的胸口。她看得出，林屿在尽量不碰到自己……其实她从小就跟纪晴朗躺在一张床上，直到现在两个人也经常一起躺在地上看漫画，都不会觉得奇怪。但这是她第一次跟别的男生躺在一起，竟然让她立刻面红耳赤心跳加速。

叶迟迟有些感叹她和林屿的缘分，第一次见面，是在她播放了他的洗澡视频之后，她摔倒的瞬间，隐约看到了站在人群远方的那个模糊背影。

第二次见面，两个人就直接抱在一起了……

这进展也太神速了，像是三流的言情小说里的剧情。

不多时，叶迟迟听见有几个人进来了，问林屿怎么还在躺着。

林屿答道："头有点儿疼，想躺一下，你们先去，我马上到。"

"好。"一个悦耳的男声应道，没多久，就听见了关门的声音。

林屿掀开被子，看了满脸通红的女生一眼，起身想要慢慢爬下去。叶迟迟脑子很乱，总觉得好好谈是不行了，干脆起身拉住他的胳膊，一把将他重新拉了回来。她从口袋里拿出了自己的手机，打开相机，在他倒在床上的时候，她扑过去，伏在他胸口，"咔嚓"拍了一张照片。

手机屏幕闪了闪，然后出现了之前拍的照片。

是对面的床铺。

叶迟迟这才反应过来，自己没有调整到前置摄像头。

一时间，屋内的气氛又重新冷了下来。

怎么会这样！她本来打算破罐子破摔，用照片来威胁他的。

现在是真的走投无路了！

她僵硬着不动，大脑依然飞速运转，结果彻底死机了。她咬着嘴唇，满脸委屈地看着对面的人。

林屿看着她的表情，突然觉得好笑，分明是自己差点儿就被设计陷害了，对方却一副受害者的模样，竟然有些……意外的可爱。

他不说话，轻轻把石化了的女生推开。下了床，结果看到女生还没反应，他轻声咳了两下，问道："你还不下来？"

"啊？哦哦哦。"叶迟迟显然慌乱得不行，声音都有些发颤，手忙脚乱地沿着床铺的楼梯往下爬。她有些急，脑子里也乱，结果一下子失神，脚底踩空，整个人直接从楼梯上摔了下去。

伴随着"刺啦"一声，她大感不妙之际，重重一下，摔到了地上。现实果然还是现实，现实里长得好看的王子并不会在关键时刻伸手救她一把，而是站在一旁冷眼旁观，任由她这么摔个四脚朝天。

林屿面上冷了几分，没有半点儿怜香惜玉。

也是，她跑进宿舍来算计他，他凭什么救自己呢。

叶迟迟站起来一看，自己的裙子被梯子上一个突出的铁丝挂到，"刺啦"一下，破了一个大口子。虽然这条裙子她真不稀罕，但这口子也太大了，都能看见她的大腿了，这么走出去也实在丢人。

正为难之际，林屿从自己的衣柜里拿出校服外套，递给了她。叶迟迟赶紧接过来说"谢谢"，悄悄扫了一眼他的脸，神色凝重……

他会生气也不奇怪，叶迟迟也觉得自己太鲁莽了，低下头，也不敢去看他，讷讷地说了句："对不起。"

"出去吧，趁着现在没人。"林屿没有理会，在桌子上拿起自己的手机，"我不问你怎么进来的，也不追究你进来是为了什么，但是下次不要再做这种事情，被老师发现的话，记大过处分是肯定逃不掉的。"

不带一丝温度的声音，叶迟迟咬着嘴巴，"哦"了一声，跟在他的身后。

两人之间相隔着二十厘米的安全距离。

不知不觉一路走到了男生宿舍外的操场，大家都在上晚自习，没什么人，林屿停下来，转过头对她说："你回去吧。"

他看起来真的什么都不打算过问了。

叶迟迟点点头，手捏着自己身上宽大的校服："这个……谢谢你。我洗干净了会托人还给你的。"

她说完就想赶紧走，刚走出两三步，林屿的声音就传来了："叶迟迟，如果要还，就亲自还给我。还有，关于视频的事情，你不要再继续深究下去了，冷处理是最好的。今天的事我不上报，但是相应的惩戒必须有，你礼拜五下午来学生会办公室找我吧。"

他……他果然知道自己的身份。

叶迟迟大吃一惊，回头看林屿的时候，林屿已经背着自己的包走远了。

她明明打扮得连陆蔓薇都被吓了一跳啊，何况林屿只是和她远远地见过几次而已的人，怎么会……

再想想自己对他说的话……

她真想找个地方把自己埋起来！

计划失败了，叶迟迟沮丧地走回家，她想起冷漠的林屿，就顺带着想起了那个讨厌鬼——自己从开裆裤就认识的青梅竹马，纪晴朗。

从认识纪晴朗开始，自己就一直像个丑小鸭一样。纪晴朗长相出众，很阳光，为人幽默风趣，无论走到哪里，不管男女老少好像都喜欢他，被他的笑话逗得哈哈大笑。

而人们只爱纪晴朗好看的容颜，却不知道纪晴朗那张纯良的面孔后面，隐瞒了多少坏心思！他总是对她百般嘲讽，还有各种整蛊折磨。好不容易熬到了快初中毕业，她不想让他再有别的理由嘲笑自己，于是发奋读书，考上了最好的重点高中，而光顾着玩的纪晴朗，考上了稍微差一点儿的市二中。

开学之前，叶迟迟跟纪晴朗爆发了十五年来最严重的一次争吵，让她下定决心一定要从丑小鸭蜕变成白天鹅，再也不要做那个被那家伙吃得死死的自己。

可是现在……她确实做到了自己承诺的会受人瞩目，用的却是另一种方式。

叶迟迟长长叹了口气，进了家门。

叶母见自家女儿回来了，便起身给她去热饭菜。叶迟迟直接进了自己房间，却见自己的大床上已经躺着一个人，还抱着自己的抱枕，睡得怡然自得。她一看到那张熟悉的脸，当即就气得转身出去，问道："妈，你就这么让他一个大男生躺在自己闺女的床上？以前我穿着脏衣服上床你就骂我是脏猪，纪晴朗一看就是打了篮球回来的，满身臭汗，你怎么不骂他？！"

叶母从厨房里探了半个身子出来，瞪了她一眼："反正都被你弄脏了，给人家睡一下有什么关系！晴朗刚到家，就拿吃的过来了，现在他自己住了，还每次买东西都想着你。"

"他家不就在对面楼吗？到底有什么好累的啊！"叶迟迟愤愤不平地坐在餐厅的饭桌前，从自己的书包里拿作业出来。纪晴朗在房里，她也不愿意进去。

叶母翻了个白眼，表情尽显："哎哟，小时候你俩难舍难分，小学的时候晴朗每天中午都来家里吃饭跟你一起住，也不见你嚷嚷。"

叶迟迟无视胳膊肘往外拐的老妈，继续在书包里找作业，结果她找来找去，都没看到自己的习题本。

反正纪晴朗在这里她也懒得待下去，于是，她拿起钥匙站起来，朝门口走："我作业没拿，回学校一趟喔。"

叶迟迟刚走到楼下没几步，就听到身后有脚步声跟上来。

"喂，你还在生气？"纪晴朗拍了拍她的脑袋，"我陪你去学校拿作业好了，你平时不是去哪儿都喜欢找人陪着吗？那我就勉为其难……"

就算她喜欢别人陪，那也不要他！

叶迟迟不理他，头也不回地继续向前走，学校离家里不过就二十分钟的路程，坐车的话就更加快了。

纪晴朗不死心，又在后面叫了一句："叶迟迟，都这么晚了，你真的不需要我陪你去？"

叶迟迟还是没搭理他，径直往前走，心里想的是：不需要，谁要你这样的大少爷陪着。

过了一会儿，没有听到追上来的脚步声，她便知道纪晴朗没再继续坚持了。每次都这样，以前吵了架，他装模作样地一来安慰，她总是会心软原谅，但上次那件事，实在太过分了，轻易原谅，那家伙只会变本加厉。

她想过，虽然自己跟纪晴朗夸下的海口和现在的状况不太一样，但是也基本算是做到了，毕竟还有谁会在开学的表彰大会上，放出学校风云人物的洗澡视频呢？

最关键的是，叶迟迟在大会上摔跤的那一瞬间，被无数人用手机捕捉到了。

其实大家只是想要拍大屏幕上面的画面，她不过是恰好入镜。

最广为流传的那张不知道是谁拍的，叶迟迟龇牙咧嘴表情扭曲的脸，还有窘迫的动作有着浑然天成的喜感，为网络的配图表情包注入了一剂强心针！凡是提到市一中"短片事件"，都会附上这张图。

于是，她就这么一摔而红，加入了尔康、姚明等人的行列。

不知不觉礼拜五就到了，叶迟迟走到学生会的办公室门口，敲了敲门，没有人响应。现在刚放学，高三学生比较忙，估计林屿还没来。她坐在门口走道的长椅上，头看向外面，楼下是聚在一起打篮球的男生，也有正在另外一边打羽毛球的女生。三五成群，热闹非凡。

虽然入了秋，但是丝毫没有感觉到秋的凉爽，反倒是热得厉害。学生会办公室门口还摆了几株植物，仔细一看，居然是辣椒、番茄、草莓之类的蔬果，看不出来啊，学生会的人品位还挺独特的。尤其是那株辣椒，结满了大大小小的细长朝天椒，大多数都已经红透了，光是看着，就觉得辣得够呛。她正百无聊赖找不到东西摆弄，忍不住伸手去摸一摸，结果不想刚伸出手碰到，那熟透许久的辣椒稍一碰触，就落了下来。

叶迟迟意识到自己不小心干了坏事，做贼心虚地朝四周东张西望，正好瞧见走廊的尽头，林屿大步向这边走过来。叶迟迟穿的校服是裙子，没有口袋，要藏起辣椒已经来不及，她立刻把手背到身后，使劲握住，然后赶紧堆起若无其事的笑脸，对着林屿打招呼："会长好！"

起初，林屿以为她应该会为了等会儿要接受的惩罚而失落，现在看起来，好像是自己多虑了。他也回以礼貌的笑容，点点头："嗯，进来吧。"

叶迟迟的心思还在手里的辣椒上，跟着林屿进了屋。在靠窗的位置有两张书桌，上面放着一台电脑，林屿在靠中间的桌子前坐下来，打开了电脑，对她招手："你过来一下。"

"哦。"叶迟迟魂不守舍地背着手走过去。

林屿打开了一张校园分布图，指着其中一个地方说道："你是新生，对学校应该还不是很熟，你看一下这里，在你们教学楼后面一栋，再往前走二十米就会看到学校的图书馆，这里你去过吗？"

分布图比较小，叶迟迟不得不弯下腰凑近去看电脑屏幕，她看了一会儿，有些不太确定："我去过图书馆，但好像不是这里。"

　　林屿继续解释："你去的应该是 A 馆，这里是 B 馆，平时都是学生会的成员负责整理，你去清扫一下吧，副会长已经在那儿等着了。"

　　"哦，那我再仔细看一下线路。"叶迟迟又凑近了一点儿，可是每次稍稍低头，多余的刘海儿总是会滑下来弄得她的鼻梁直痒痒，她专心记线路，下意识用手揉了揉。这一揉可好，她手上原本握着辣椒，力道太大，把辣椒弄破了，她揉的时候，手上沾着的汁直接进了眼睛！她只觉得眼睛一辣，扔掉手里的辣椒忍不住喊起来，"好……好痛！啊，好痛！"

　　林屿起初不知道发生了什么，但看到被叶迟迟扔掉的辣椒，立刻反应过来。在女生慌乱得又想把手朝眼睛那儿伸之前，他先一步拉住了她的手腕，劝慰道："你先别动，我拿水给你洗一下。"

　　但是一痛起来，叶迟迟实在受不了，直跺脚，眼泪"哗啦啦"直流，哭着说道："那你快点儿，真的好痛，不行了。"

　　林屿赶紧从包里拿出了水瓶，抓着她的手往上面倒水，帮她搓掉沾着的辣椒汁。女生的手很柔软，也很纤细，指甲不留长，修剪得很干净。她的手也很小，他可以轻易地就把她的整个手包裹住，像是握住了小猫软球球的小爪子。

　　这只小猫还在呜咽着："呜呜，会长，好了没有啊？"

　　林屿的思绪一下子被拉回，他松开她的手："好了，我拿纸巾给你，你打湿后擦一下眼睛，别用手去揉，容易发炎的。"

　　"嗯。"叶迟迟不敢再轻举妄动，老实按照他说的那样，伸着手等他把纸巾放到了她手上倒了水浸湿，再轻轻擦向自己的眼睛。

　　过了好一会儿，她才觉得眼睛没那么难受了，但是眼睛毕竟敏感又脆弱，经过这些折腾，立刻变得红肿起来，她的眼泪还是止不住。

　　林屿好笑地看着她："别哭了。"

　　叶迟迟吸着鼻子，委屈又歉疚，承认错误："对不起啊，我看到门口的辣椒，只是想摸一摸的，结果给我摸掉了，怕你说我乱摘花草树木又要罚我，就只好藏起来，结果还是没躲过这一劫，真是天道好轮回。"

"哈。"林屿忍不住嘴角带笑，"那是我种的，摘了就摘了，下次注意点就好，朝天椒在手上捏久了也会被辣疼的。"

叶迟迟没想到会长非但没有责怪，反而还提醒她，不禁想起了刚才她疼得哇哇直叫的时候，是他在旁边帮自己洗手，又帮她拿纸巾。一时间，她竟有些害羞地脸红了，再搭配上红红的眼睛，活脱脱一只兔子。

林屿看着她忍不住叹气："叶迟迟，为什么每次见面，你都挺让人印象深刻的？"

暧昧温柔的语气，让叶迟迟不知所措，那只兔子好像住进了自己的心里，扑通扑通地跳着。

"会长，那天在宿舍，你怎么认出是我的啊？"

林屿一本正经："虽然你的打扮确实惊——为——天——人，不过你的声音我认得出来。"

林屿最终还是决定陪她一起去图书馆，怕她在路上又遇到什么"意外事故"。

这间图书馆看起来很旧，据说是建校初期时建立的，里面放的都是最老版的图书，具有一定的收藏价值，已经不对外借出。平时这里由学生会的人来打扫一下，基本上处于闭馆的状态。叶迟迟想想自己虽然是受罚，但是能够看到市一中那么珍贵的图书馆，也算是因祸得福吧。

林屿带她走了进去，大厅左右两边都有通道，他指了指右边的那条，告诉她副会长在里面等着了。

"你不进去吗？"这老旧的图书馆看着死寂沉沉，就像是电影中一定会出现闹鬼情节的"风水宝地"，叶迟迟打了个冷战，下意识地拉住了林屿的胳膊，"会长，不能跟我进去吗？"

正好这时，其中一间的门被打开了，从里面探出个脑袋，看到他们俩的动作，脸上立刻堆起了揶揄的笑容，嘿嘿两声说道："哎哟，这不是我们著名的网红少女嘛！会长大人说有重要的事情要忙，结果还陪你一起过来了，网红少女魅力大喔！"说罢，还冲叶迟迟眨了眨眼睛。

叶迟迟看着副会长的脸，听着他的声音，有种熟悉感。

"啊……你是那个……"她总算是想起来了，在林屿的宿舍里看到过照片。

"咦，你认识我？"副会长高兴地走出来，大步向前来到叶迟迟的面前，握住了她的双手，"网红少女，你好！我叫陆沉，以后红了请务必让我抱紧你的大腿。"

叶迟迟被他自来熟的语气吓到，抽回了自己的手，傻愣愣"哦"了一声，老实回答："其实我不认识学长你啦，就是听说过而已。"

陆沉立刻捂住胸口，一副受打击的模样："没关系，我会让你好好认识的。"

叶迟迟觉得奇怪，没记错的话，陆沉也是高三的学生，便转头问林屿道："会长，你们都是一个班的吧？可是高三不是不能担任学生会的职务吗？"

"当然是因为林屿舍不得我啦！"陆沉笑眯眯地伸手想去拍林屿的肩膀，却被他巧妙地躲过。

林屿嘴角带着嘲讽的笑，淡淡地说了句："能拖一个下水就拖一个，怎么能自己独自牺牲。"

陆沉脸上瞬间乌云密布，一把搂住了叶迟迟的胳膊，拉着她朝第一间屋子里面走，委屈地说道："哼，我们不理他，让我们一起沉浸在书的海洋里，书中自有黄金屋，书中自有蟑螂屎，一定要好好打扫啊。"

居然还有蟑螂？叶迟迟欲哭无泪地回头看了一眼林屿，他带着一丝不易察觉的笑，朝她摆了摆手。

　　陆沉看起来没个正经，做起事来却相当认真。他平时就对书本的护理很有研究，叶迟迟负责清扫，他就在一旁对书进行保养。第一间屋子弄完后，她看了一眼窗外，已经夜幕降临，银色的月亮挂在半空，云朵缱绻飘浮而过，倒也挺有一番美感。

　　陆沉也察觉不早了，开始收拾东西："你先走吧，我来收尾，明天继续过来就可以了，放学后我都在这儿。"

　　"还要来？"

　　陆沉给她一个甜蜜的笑容："当然。"

　　叶迟迟闷闷不乐地应了一声，背起自己的书包走了出去。她低着头，没注意看前面的路，突然撞上了一堵柔软的"墙"。一抬头，她就看到了纪晴朗那总是像带着嘲讽的双眼，墨黑幽深，如同一汪寒潭。

　　而原本，他并不是这样的人。

　　这种故意让她撞在自己身上，倒是他们从小到大就喜欢玩的戏码。那时候，叶迟迟近视得严重，没戴眼镜的话她总是低着头走路，纪晴朗怕她驼背，便用这样的方法提醒她走路要抬头挺胸。

　　叶迟迟不禁感叹，他好像和以前一样，但是又好像完全不一样了。

　　"你在这里干什么？"她皱起了眉头。

　　纪晴朗没有回答，而是跟在她身边，起初他们是并肩，但是纪晴朗的腿长，步伐大，慢慢跟她变成一前一后。他比以前高了许多，叶迟迟打量着他的侧脸，依旧稚气未脱，可是却有种说不出的深沉。她知道他经历了许多事情，逼迫他不得不尽快成长起来，但她还是忍不住恼他，再成熟也依旧一意孤行，不听劝告。

　　市二中离这里那么远，他还选择走读，每天六点钟起床上学也不愿意住校，整天把自己弄得那么疲惫。叶迟迟其实很想说他活该，但是看到他的黑眼圈，还有他眼底的血丝，还是耐着性子又问了一遍："你怎么会来这儿？"

"这么晚没回来，阿姨担心你，我就过来看看。"

纪晴朗目不斜视地望着前方继续走。

叶迟迟的脚步停滞了一下，微微吃惊地看着他。

纪晴朗注意到女生没跟上来，又返回去，一脸不耐烦，从她身上把书包给扯了下来，用手拎着，催促道："快点儿走吧，我肚子都要饿死了！"

他们不是还在冷战吗？真正该生气的人是她才对啊！气他为什么每次惹她生气之后，都能够轻易地化解？更加气自己那么在意的事情，他却好像一点儿都不在乎？

到家门口的时候，纪晴朗又说不上去了，把书包还给她就挥手道别。刚走了几步，他又回头，带着笑补充了一句："哦，你摔倒的照片现在连我们学校的人都当作表情包开始使用了。你现在确实很受欢迎啊，加油哦。"

正逢新学期开学，学生会的招新也开始了，叶迟迟跟着陆沉一起在图书馆里打扫了一个礼拜的卫生，总算是到了尾声。最后一天结束的时候，他递给她一张纸："网红少女，这些天辛苦啦，送你一个礼物，感觉你会需要。"

是学生会的竞选申请表。

叶迟迟在进入高中之前，憧憬了许久自己也能够参加类似这样的竞选，结果真到了眼前，反而胆怯了，于是摆摆手："谢谢学长，可是我还没想好呢。"

陆沉依然把表往她的手里塞："你写不写都不要紧，反正这个是林屿让我拿给你的。"

林屿会长？这几天她一放学就过来帮忙，好像已经很久没有看到他了，没想到他还记着自己，叶迟迟忍不住偷笑。

陆沉看到女生自己笑得那么开心，抓住机会八卦："你一想到我们会长就笑得比蜜还甜，还说不是喜欢他？"

之前陆沉问过那个视频事件闹的乌龙，叶迟迟已经解释过了，前前后后把事情都说了，但眼下看来陆沉并没有买账，反而更加坚信自己的想法。

叶迟迟生怕他继续误会，认真地一字一句说道："我、真、的、不、喜、欢、会、长！视频不是我拍的，我也是被陷害的，你们不是知道吗？"

会长对她确实不错，这让她很意外，她猜想是会长希望她不要继续追查视频的事件，为了安抚她，所以才会对她好一些，来弥补他的后援会对自己做的那些过分的事情。不过现在事情已经过去了，虽然她的脸依然是同学网上聊天常用的表情，短片事件也依然被时不时提起，"网红少女"的称号阴魂不散，可她已经不那么在乎了，毕竟视频的当事人都那么淡然，她又何必紧紧抓着不放。

她看到陆沉还在笑，只好无奈地又补充了一句："我真的一点儿都不喜欢会长，学长你别笑了，替我谢谢会长的好意，但是学生会的事情，我还是得再考虑一下。"

"好好好，我不笑。"陆沉的眼睛突然掠过叶迟迟的头顶向后看去，扬了扬眉毛，"林屿，网红少女不喜欢你，也不用那么不开心吧？"

叶迟迟闻言一惊，转过身，果然看到了沉默地站在门口的林屿，犹如一棵长在山间的松树，透着遗世独立的苍劲，又饱含着看尽世间万物的淡然。

"弄好的话，就快点儿走吧，等会儿的会议赶不上了。"说完，甚至都没看她一眼，林屿就走去了外面。

完了，看他的脸，好像是生气了！

叶迟迟又觉得，他好像也没什么理由要生气啊。

陆沉收拾了东西，拍了拍她的肩膀："谁会听到别人说不喜欢自己还感到高兴的呢，不过他脸臭也不是奇怪的事。加油啊，网红少女。"

他这么一说，好像真的是自己说得太过分了，叶迟迟懊恼地喃喃自语："为什么之前不来，偏偏自己说错话的时候来呢！"

已经走到门口的陆沉忽然顿住了，他转过身，意味深长地说了句："他每天都来，只是你不知道而已。"

星期一早上升旗，轮到会长上台讲话，林屿没有跟着班级站在队伍里，而是站在了所有学生队伍的后方，在和老师交谈着什么。恰好叶迟迟平时都站最后，林屿上台的时候会经过她的身边，她本来想跟他打招呼，某人却目不斜视径直走上了讲台。

她满怀期待的脸暗淡下来，内心充满了自责。仔细思考又觉得好像并不是什么大事，他们俩不过泛泛之交，但是她不知怎么的在意得不行。

一连几天，叶迟迟都没再碰见会长大人。陆蔓薇在课间推了推她的胳膊，打断她的思绪："迟迟，你不参加学生会的竞选吗？听说你跟林屿会长都认识了，如果参加的话，肯定能开小灶入选吧？"

一提到这件事，叶迟迟就欲哭无泪！眼下这个情况，没准看到她的名单就会撕得粉碎，不准她进入学生会的大门……

不过想到这里，她忽然想到了一个办法。

下午放学，叶迟迟带着自己的学生会竞选申请表，来到了学生会的办公室。门没有关，外面坐着两个女生，看起来应该都是高二的，正在看书。见到叶迟迟，她们立刻就恍然大悟过来，交头接耳说着什么。

对于这样的待遇，叶迟迟经历了不少，早已见怪不怪，但她还是礼貌地问道："你好！请问，会长在吗？"

其中一个女生嘻嘻地笑了笑，指指里面的房间。

叶迟迟道了句"谢谢"便走了过去，站在门口的时候，敲了敲门，看向正坐在桌前看书的林屿。他一只手按着书，一只手撑着自己的下巴，慵懒之中还带着一种自然的美感。某人不得不佩服，长得好看的人，做什么动作都好看。

对于她的出现，林屿有些意外，目光中带着一丝闪烁，声音清朗道："有事吗？"

"有……有事！"叶迟迟手里紧紧揣着那张申请表，手心一片湿热。她从书包里掏出了校服，其实早就已经洗好了，但是各种各样的事情耽搁了，一直没找到机会还给他。

"哦，放下吧。"林屿不咸不淡地应了一句。

果然还在气头上呢，看来只能使出撒手锏了！她走进去，一脸英勇就义的悲壮，把那张表放到他的面前："会长，我来交申请表的。"

"给外面的学习部部长就可以了。"林屿头也不抬地回应。

"哦。"看到他冷漠淡然的样子，叶迟迟原本的热情瞬间被冷水当头浇熄。她低着头转身向外走，满脸沉重，就连这一招都不行的话，她也无能为力了。

走到门口的时候，她又听到身后传来会长沉稳持重的声音："不是说还没有想好参加吗，怎么又来了？"

一听到问话，叶迟迟重新燃起了熊熊之火，立刻转过头跟他解释："因为会长啊！我对会长的敬仰犹如滔滔江水般延绵不绝！我不在乎竞选是否成功，只希望会长能够看到我的赤诚之心！"

真佩服自己拍马屁的实力，其实说白了，她也只是想要借着这个机会来跟会长解释那天的事。果然，林屿略带怀疑地发出了一个单音，扬眉问："你不是说，不喜欢我吗？"

"不是不喜欢啦,是不讨厌。"话音刚落,叶迟迟就懊恼自己嘴笨,赶紧补充,"但是会长,我来参加竞选都是为了你!为了向你表达我的崇拜之情!"

许久,林屿望着她都不说话,眼中带着浅笑,太浅了,以至于叶迟迟都没看出来。

两个人对视着,叶迟迟觉得他的双眼好像带着魔力,只是这样看着,都好像会陷入其中难以自拔,她不自觉地羞红了脸。

"叶迟迟,把你的申请表给我一下。"

"啊?哦。"叶迟迟反应过来之后,乖乖送上了自己填好的表格。

林屿直接看向最后一栏的提问处"你为什么参加学生会的竞选",他看到叶迟迟很不走心地写了一句话——"为了证明自己获取高人气的实力不光是靠脸"。

林屿指了指这里,重新把表推给她:"既然是为了我,那你就写上吧。"

"嗯嗯?写啥?"叶迟迟一时没弄懂。

"写你是为了我而来竞选的。"

傍晚的阳光斜射进屋子里,林屿坐在一片暖阳之中,脸上终于绽开了笑意,像是在冰雪山尖看到了高挂在天空的太阳,和煦又美好。

Chapter02
你的工作就是关注我

GUAINI
GUOFENQIANGJING

叶迟迟觉得自己被坑了。

她按照林屿说的那样，把最后一栏的吐槽画掉，只写了四个字。

为了林屿。

为了……林屿……

她怎么可以为了林屿参加学生会的竞选！

如此没有下限的话怎么能够写上去！她总觉得自己是被忽悠了！林屿分明长了一张那么温润纯良的脸，现在回想起来，全是带着狡诈的笑容。

"奸诈！"叶迟迟狠狠说道，完全就是"披了羊皮的狼"，还是段位很高的那种。想到学习部部长接到自己申请表的那一刻，脸上那变化万千的表情，叶迟迟就很想找条地缝钻进去。

她当时也是头昏脑胀了，才真的改了。

竞选就在下个礼拜五，叶迟迟仿佛已经预料到当天的场景，面试官看了她的申请表后，露出震惊又嗤之以鼻的神情，然后恶狠狠地把她赶下台。

不行，不能让这样的事情发生！叶迟迟本来就无心竞选，一想到还会被别人看笑话，她的斗志顿时就被燃了起来，当天晚上就开始琢磨自我介绍和竞选发言稿。

以前，初中的时候她成绩还算不错，经常会被老师安排在星期一升旗时做国旗下的讲话，对于这类稿子算是轻车熟路，写一篇动人的竞选稿完全不在话下。

修修改改，再加上和同桌一起讨论，叶迟迟终于写好了。

竞选的前一天晚上，叶迟迟写完作业，拿着稿子走到楼下的花园里，小声地朗读背诵着，做最后的准备。她也就是为了争口气，不想让面试官看不起。

本来专心背着稿子，她抬起头，看着半空中悬挂的月牙，秋蝉发出此起彼伏的叫声，一下子又走神了。

她静静地，想到了纪晴朗的脸。

和他吵架的那晚，也是这么安静又喧哗。两个人像是发怒的刺猬，竖起各自身上所有的刺，想要狠狠地刺伤对方。完全不顾这十五年来的情谊，那一刻，她是真的恨极了纪晴朗。

他从小到大就喜欢整她，会说很难听的话来挖苦她，至少叶迟迟觉得，她是离他心里最近的人。后来她发现，或许他们俩也没有她以为的那么好。不然他怎么会因为一个十几年来几乎不曾见面的人，那样误会中伤自己？

叶迟迟叹了一口气，虽然那个女生，是他的亲妹妹。

突然，一张脸凑到了自己的面前。

叶迟迟吓了一跳，失去重心整个人向后倒下去，还好对方已经眼疾手快一把拉住了她的胳膊。

纪晴朗双手压着她的肩膀，把她给扶正，弯下了腰，靠近她，开口训斥道："叶迟迟，你一个人在这里干什么？大半夜的不睡觉，不知道最近外面很危险吗？"

"要说危险也是被你吓的。"叶迟迟没好气地想要甩开纪晴朗的手，结果纪晴朗还是按着她的肩膀不松，她瞪着他，"放开我！你这样，我觉得很奇怪。"

"有什么好奇怪的？"纪晴朗那整人的劲儿似乎上来了，眯着眼睛问道。

叶迟迟知道他故意为难她，便不再挣扎，冷冷说道："这样看你，很丑。"

"你还好意思说我丑？你看看你那张照片……"

纪晴朗不说话了，他怕又惹叶迟迟生气，闭着嘴，不高兴地望着她，然后松开了手，在她身边坐下来，低头看到她手中的纸，一下子扯了过去，皱起眉头："竞选稿？叶迟迟，你怎么会突然对这些感兴趣？该不会真的要成为什么受欢迎的人吧？喂，你这种不会拒绝别人的个性，不适合去学生会，不然累死你……"

"你怎么知道我不适合？"叶迟迟打断他的话，"你只知道以前的我总跟在你屁股后面转悠，每次都是你受到瞩目，大家习惯性地忽略我，你就觉得我没办法做到吗？"

好了，这下话题又成了吵架前夕的引火线。但是这一次，沉默了半天的纪晴朗没有像上一次一样反击，而是幽幽说了句："叶迟迟，你以后不会再被我欺负了。"

语气突然转变，就连表情也不像是他本来的样子，叶迟迟的气一下子消了，傻愣愣地看着他。

纪晴朗笑起来："你不是在背稿子吗？我帮你看着，你来说一遍。"

就像是以前她第一次要做国旗下的讲话时，拜托他帮自己点评。那时候，他总是忙着别的事情，拖到最后才勉强同意，可他站在她的面前，拿着她写的稿子，表面上不耐烦，却认认真真听她说完每一个字，再提出意见。

"啊？不用了……"她这次却想要回绝这份好意。

"来吧。"纪晴朗对她宽慰地笑了笑，"总是看你对我发脾气，好久没看到你认真专注的模样了。"

好像是挺久了，久得她的回忆里只有他们争吵时的痛苦和愤怒。

叶迟迟迟疑了片刻，还是站起来开始背出自己的演讲稿。

纪晴朗确实提出了不少有用的意见，毕竟他的成绩也不差。初中的时候，他们两一直都是年纪前五名之内。国旗下的讲话，事实上他比她上得更多，也更有经验。那时候她拼了命想要变得跟他一样好，让他不再嘲笑自己，可是现在想来，或许他已经不在意了吧。

第二天放学，参加竞选学生会的成员全部都集中到了音乐教室。坐在第一排的人是学生会的面试官，一共七个人，其中包括林屿会长、陆沉副会长，还有那天看见的学习部部长柳文婷，剩下的几个人，叶迟迟也就是知道有这么个人而已。

一进门，她先看到了林屿。他看着面前的一沓资料，只是匆匆扫了她一眼。倒是陆沉，一看到她就激动得又是挥手又是嘿嘿直笑。周围的视线被吸引过来不少，叶迟迟只好假装没有看到，低着头往里走。不过随之而来的那些女同胞就完全不一样了，她们看到林屿会长，几乎全部都沸腾了起来，激烈讨论着，原本安静的屋内顿时嘈杂起来。

纪检部部长只好站起来让大家安静下来，喊了五六声，那群心花怒放的妹子才总算找回了自己的神志。

叶迟迟跟陆蔓薇坐在后排安心等待。

陆蔓薇整个人都陷入了焦虑的状态，抓着叶迟迟的手，不停地问怎么办。叶迟迟自己也紧张，还得耐心安慰她，眼睛不自觉地看向了坐在前面的林屿，挺拔的背影很出众，不知道为什么自己好像一下子又稍微安心了一些。

前几个人说得都不错，尤其对"为什么来竞选学会生干部？"这个问题，回答得非常大义凛然，都充满着无私奉献和艰苦奋斗的崇高精神。而林屿和陆沉一直都没有发话提问，只是静静听着，在名单上勾画着。

没过多久，总算是到叶迟迟了。她的名字被喊到的时候，身边的人又开始躁动地讨论起来，就连最前排的评委都不约而同望向她，看来是都看过她的申请表了。

有的人露出了敬佩之情，陆沉就差没给她竖起大拇指了，而柳文婷也对她投来赞许的目光，仿佛在说："胆儿真够肥的。"

但是大多数人都是一脸看好戏的嘲讽。

叶迟迟深呼吸一口气，开始了自我介绍和竞选发言。她说得不紧不慢，气定神闲地把自己的竞选稿说得游刃有余。不谦不卑的演讲内容，也充分体现了她对于学生会工作的向往和自己能力的肯定。

没有大话连篇的口号，更没有鼓吹的大话，只有诚恳的决心。

五分钟下来，在场的人都静静听她说着。当她说完最后一个字的时候，后面的学生都忍不住为她鼓掌起来。她这才松了口气，嘿嘿一笑，看向了陆蔓薇，冲她眨眨眼睛。

"下面是提问的环节，谁先来呢？"柳文婷开口说话了，向周围看了一圈。

宣传部部长是个高个子、长相偏冷的女生，她先提问道："看了你的资料，对学生会的工作没有一点儿理解，也没有什么显著的特长，在班上没有担任过班干部，你怎么会有自信能够胜任这些工作呢？"

还好不算很犀利，叶迟迟轻轻一笑："做好一份工作的自信，源自于自身对这件事的热忱和态度，经验也是积累起来的，我相信我自己。"

　　宣传部部长又接连问了几个问题，叶迟迟也都对答如流。这时，另外一个女生拿起了她的申请表，叶迟迟心里暗道该来的还是要来，果然对方一开口就是："你竞选的原因这一栏写着的是'为了林屿'，而不是为了学生会。虽然之前视频的事情，老师说了不是你做的，不过我在想，现在看来你的嫌疑也不小啊，你这样单纯为了花痴而来的女生，似乎对于学生会并无什么用处。"

　　唉，提问的就是那个在众女生为林屿而倾倒的时候，厉声阻止了她们讨论的纪检部部长。不同于宣传部长偏冷的长相，纪检部部长的脸一看就很刁钻。叶迟迟看到陆沉露出了一个笑，再朝他旁边望过去，林屿的嘴角噙着一丝不易察觉的笑容和她对视着，目光灼灼，像是在期待着她的回答。

　　叶迟迟也朝他笑了笑，回答道："林屿是学生会的会长，'为了林屿'，是直截了当表达了我对于学生会的追求和渴望，我很仰慕会长，所以为了成为像会长这样的人，朝着会长这个位置而奋斗。"

　　纪检部长的脸色闪现一丝尴尬。

　　陆沉忍不住"噗"的一声笑出来："人家至少很实在，在这里的妹子，其实不少也是为了林屿而来的吧？看人家小叶多有勇气，实话实说。"

　　看到有陆沉帮腔，纪检部长脸色更加难看，说话也难免阴阳怪气："你的成绩还不错，但是也就只有这一点突出而已，何况刚开学就闹出那么大的事情，你觉得这样的你有什么资格进入学生会呢？"

　　好吧，既然如此，她得使出撒手锏了。

　　叶迟迟沉声道："曼德拉先生有这样一句名言：如果天空是黑暗的，那就摸黑生存；如果发出声音是危险的，那就保持沉默；如果自觉无力发光的，那就蜷伏于墙角。但不要习惯了黑暗就为黑暗辩护；不要为自己的苟且而得意；不要嘲讽那些比自己更勇敢热情的人。我们可以卑微如尘土，不可扭曲如蛆虫。"

"好，说得好！"陆沉站起来鼓了鼓掌，冲叶迟迟眨眨眼，"叶迟迟还挺有才华的嘛！你下去吧，我们欢迎下一位同学上来。"

纪检部部长的脸有些扭曲，像是吃进去了一只苍蝇，闭着嘴巴，说不出话。

离开之前，叶迟迟看了一眼林屿。他唇边的笑意更浓，只是比之前抬起嘴角的弧度大了些，却让他的眉梢、眼睛，甚至整张脸都染上了这个清浅的笑。

直到叶迟迟回到座位上，她都可以听见自己心跳的声音。

"扑通扑通——"像是住了一只活蹦乱跳的小兔子。

陆蔓薇就差没站起来给她鼓掌了，满脸敬佩道："你说的那段话什么意思啊？是在回答那个学姐的问题吗？好像是又好像不是，快告诉我，我要记下来。"

叶迟迟缓过来之后，忍不住也笑了，丢下了一句让陆蔓薇目瞪口呆的话："其实那段话具体想要表达什么，我也不太清楚，就连是不是曼德拉说的我都不记得了。"

竞选结束，叶迟迟背着书包走在回家的路上，突然听到身后有人在喊她，转过身便看到了向她热情招手的陆沉，还有他身边沉稳淡漠的林屿。

"网红少女，今天最后那一招很棒哦，你怎么知道纪检部的那个许芸晴空有大脑却不用来思考，肚子里面没有半点儿墨水，还喜欢装高贵和有文化的？"陆沉拍了拍她的肩膀，赞叹道，"好眼力！"

叶迟迟汗颜！他根本就不知道，其实她也只是想要装得有深度而已，才会平时看到不错的句子就记下来，写作文的时候拿来凑字数，指不定还能加分。

于是，她老实地回答："我其实啥都不知道。不过，学长你这样吐槽自己的下属，真的好吗？"

"你知道学生会的纪检委是做什么的吗！就是手握大权见谁不爽就告老师的奸细，在以前的话，纪检部就和东厂一样，里面都是一群太监，仗着自己有点儿权力就狐假虎威……只许州官放火，不许百姓点灯！"陆沉愤愤不平。

林屿在叶迟迟耳边低声飞快地说道："前天许芸晴值勤的时候发现他没下去做广播操，而是在教室睡觉，便告诉了教导主任，所以他现在被派到班级队伍最前面由教导主任专门看管。"

难怪！叶迟迟表示理解地拍了拍陆沉的肩膀："就是就是，这种人真过分！学长，下次你就给她穿小鞋，她提啥意见你都否决！"

"我已经这样做了。"陆沉嘿嘿笑起来。

林屿看着他们同仇敌忾的样子哭笑不得，对叶迟迟说道："怎么连你也这样。"

"比起纪检部部长，当然学生会副会长的权力比较大啊！站好队伍，抱好大腿，才是我们生存在底层的小丫鬟们的活路！"叶迟迟露出一丝狡黠顽皮的笑。

不知道是不是自己的真心表露得太明显，叶迟迟注意到林屿望着她的目光里带着一丝吃惊。于是她赶紧低下头，避开了他的目光，解释道："我就开玩笑，开开玩笑而已，会长你可别当真！你看我这么刚正不阿积极向上的祖国花朵，怎么会有如此腐败的想法呢！"

林屿还是不说话。

叶迟迟以为自己是不是又说错话了，赶紧认错："我错了，会长你别这样。"

哪知道林屿反倒忽然笑开，如沐春风般柔和，缓缓说道："既然要站好队，你是不是应该考虑抱我的大腿？毕竟会长还是要比副会长的权力大一些的。"

这一看就是道行高深啊！不然叶迟迟怎么会觉得，眼前的林屿完全不符合他那张天使般的面孔所体现的气质，反而更像是把触角藏起来的小恶魔呢？

竞选结果要等到下礼拜五才公布，叶迟迟只当是了结了一个心愿，对于结果是什么也并不在意。除了偶尔会稍微想一下，如果进了学生会的话，自己要去什么部门，自己会负责什么样的事情……

周末的时候，叶母说纪晴朗他们学校礼拜一就要去军训，是在某个武警支队里，为期五天，所以这两天要准备一些东西，都不会来他们家。

刚开学的时候实在太热了，市二中体恤学生，把军训的时间改为了更加凉爽的十月中旬。市一中就更不用说了，直接移到了十二月，地点就在学校里，所以叶迟迟她们到现在也没去军训。

她出门上学的时候看了一下天，其实秋老虎还是热得厉害，纪晴朗细皮嫩肉的，初一军训的时候还被太阳晒得脖子脱皮了，她不得不每天都帮他擦药。

五天啊，正好就是礼拜五。

转眼间就到礼拜五了，当天会公布学生会竞选的结果，所有的候选人都要在音乐教室集合。叶迟迟觉得自己入选的希望不大，所以放学后就只想着往家跑。刚走到学校门口，正好碰到林屿从校外走进来，手里拿着海报和一些工具，见到她急匆匆要离开，便喊住她："叶迟迟，你去哪儿？"

"啊？我……我……我回家啊……"

"你不知道现在你们要集合？"林屿蹙眉。

叶迟迟尴尬地笑了笑，回答："知道……只是我觉得我能入选的希望不大啦。"

　　"还没有知道结果就先放弃了，叶迟迟，你竞选的时候可没有这么消极。对于认真聆听了你演讲的人，不觉得应该给予他们应有的尊重吗？"林屿上前，把手里的东西全部塞进了她的手里，自己腾出手之后，一把抓住了她书包带子上面的绳子，将她拉回学校里，"我正好也要过去，你也一起去吧。"

　　教室里早就已经挤满了人群，据说上礼拜五的那次竞选合格率不是很高，大多数人都被刷下去了。再加上后来报名的人也很多，礼拜一的时候他们又举办了一次竞选。

　　这也是叶迟迟觉得没希望的原因。

　　她和林屿一起进了教室，立刻就感到众人的视线瞬间集中在他们身上。叶迟迟为了避嫌，立刻跟他拉开距离，跑到了教室的最后面，找到了陆蔓薇。

　　陆沉手里拿着一张表格，走到了讲台上，大家安静了不少。

　　"嘿，结果已经在我手上了。这次我们一共有十五位同学入选了学生会的预备名单，但是最后是否能加入，还是要看你们试用期的表现。"陆沉正经起来还挺像那么回事，依然带着笑容，但是语气里充满了威慑力。

　　周围的同学都屏息凝神地等待着，陆沉开始念名字。每念到一个，等待的人群中都会出现一阵小小的欢呼。他不疾不徐慢慢宣布着候选人的名字，一连过去了快要到第十个了，叶迟迟的名字依然没有出现。

　　但是到第十二个的时候，陆蔓薇的名字入选了，她兴奋地抓住了叶迟迟的手，激动地说道："迟迟，我居然入选了！你听到了吗，我居然入选了！"

　　在陆蔓薇沸腾雀跃的时候，剩下的三个名字也念完了。

　　并没有叶迟迟。

　　虽然在意料之中，但不知道为什么，叶迟迟感到有点儿小失落。林屿抓她来的时候，她还以为是因为她入选了，才非要让她过来。结果并不是这样，他只是希望她遵循学生会的旨意而已。

陆蔓薇意识到叶迟迟没能入选，稍微收敛了一点儿自己的情绪，努力让自己的语气看起来惋惜又遗憾，她双手紧握着叶迟迟的手，说道："没关系的，下学年还有机会的！到时候我如果还在学生会，我肯定给你投一票。"

但是高二的学生一般入选率很低，而且她也并非是真的想要加入……

"嗯，谢谢。"叶迟迟知道她是好心，便道谢着。

陆沉紧接着就说，让念到名字的人过来集中一下，剩下的人可以先回去了。叶迟迟看了看手机，原来已经那么晚了。她赶紧背起书包就朝外面冲，不知道纪晴朗变得怎么样了，真想看看他是不是又晒成了番茄一样，红灿灿的。

她走得很快，心无杂念只想着往家赶，压根儿没有听到身后还有人喊她。林屿是在她出了音乐室好一会儿才想着要追出去的，看着女生低着头，也不知道是不是因为落选而不开心，犹豫再三，他最终还是决定出去看看。但是没想到，跟在她身后喊了好几下她都没反应。他还担心她或许是在生自己的气，便不由得加快了脚步，直接冲了上去，在她刚出校门口的时候，拦住了她。

"叶迟迟，你先别走。"林屿按住了她的肩膀。

叶迟迟停下脚步，有些意外地回过头，看到了一路跑过来而微喘的林屿，问道："会长？怎么了吗？"

林屿缓了缓，没有说话，先是细细打量着她的脸，但是此刻看不出她有什么低落的情绪，他还是不放心，便问道："你没事吧？"

"我……该有什么事吗？"叶迟迟疑惑地反问。不过看到林屿的脸，她反应过来了，他是在问关于竞选的结果，她便笑了笑，"没事的！我已经想到会是这样了！"

叶迟迟笑得没有半点儿隐藏，林屿这才相信，但是他又觉得自己应该跟她解释一下，开口道："叶迟迟，这次的竞选是投票表决，所以我……"

"不要紧的。"叶迟迟嘿嘿一笑，"会长，我真没放在心上！"

林屿还想再说些什么，但是有个人向他们这边走了过来，那人停在了叶迟迟的身后，喊她的名字。

叶迟迟听到熟悉的声音，颇为震惊，回头就看到纪晴朗那张晒得通红的脸。

"你怎么来了？"叶迟迟看了看他身上还背着包，他居然还没回家，便问，"你为啥不回去等我？"

纪晴朗一笑，露出整洁的八颗牙齿，眼里带着狡黠："刚好车子经过你们学校，想等你一起回去，我在这儿等了你快一个小时了，看在我这么可怜的份上，不该请我喝饮料吗？之前你总吹嘘这边的东西多好吃，今天可以带我去感受一下吧。"

"又不是我让你等的。"叶迟迟翻了个白眼，但是看到纪晴朗满头大汗，还是于心不忍，"好吧，看在你帮我把关了竞选稿的份上。"她突然意识到会长还在这里，转过身，抱歉地说道，"对不起啊！会长，我得先走了，今天的结果我真不在意，你也别放在心上了，拜拜喔！"

说完，她挥挥手，拉着纪晴朗向附近的冷饮店走去。只是她不知道，身后的林屿，眯着眼睛打量着女生看向身边那个男生时的侧脸，脸上总是会情不自禁带着一丝笑意。

莫名其妙地，他竟然觉得有点儿在意。

两个人在附近买了奶茶，纪晴朗去结账，叶迟迟坐在位置上等着。原本她百无聊赖地玩着手机，可是有人经过她面前的时候，突然撞了她一下。手里的手机自然是滑落到了地上，她忙着去捡手机，只是随意扫了一眼撞自己的人。

是个女孩子，有点儿微胖，头发齐肩，刘海儿几乎盖住眼睛，看不太清脸。可对方丝毫没有要停下来的意思，甚至当作这一切都没发生那样继续走了。

叶迟迟没有再看，弯腰把手机捡了起来，再抬头的时候，那个女孩子已经出门走远了。

"怎么了？"纪晴朗买了东西回来。

叶迟迟摇摇头，反正只是个意外，于是他们又打包了一点儿小吃就回家了。叶父在厨房做饭，叶母见纪晴朗来了，赶紧找出他以前留在这里的备用毛巾，让他去浴室洗个澡，还顺便帮他把衣服都扔洗衣机搅了。热情的态度堪比亲生儿子，某人虽有诸多不满，但是体谅他现在的境况，也就忍下来了。

纪晴朗洗完澡，毛巾搭在肩膀上擦着头发，穿着白色的 T 恤和沙滩裤推门进到房间里，轻车熟路地从柜子里找到了电吹风，坐在叶迟迟的床边吹头发。

叶迟迟从书包里翻出了今天买的药膏，走到他身边，拉起了他的胳膊看了一眼：果然跟上次一样，红得像是被蒸过的螃蟹。她分明记得自己有"不经意"提醒过老妈，让她嘱咐纪晴朗一定要擦防晒霜。想也想得到，如果是她开口，纪晴朗一定会嗤之以鼻，觉得擦防晒霜很麻烦。

她拿棉签蘸了药膏，往他晒伤的地方擦。纪晴朗好像也已经习惯了，停下吹头发的动作，用毛巾盖在头上，一动不动任由她帮自己上药。

还好这次就是胳膊和脖子上有一些晒伤，但是严重的地方已经开始脱皮了，叶迟迟忍不住地抱怨："都跟你说了多少次太阳很大要注意防晒，现在活该了吧。"

纪晴朗没说话，屋子里很安静。叶迟迟很奇怪他怎么不反驳自己，抬头一看，正好对上他墨黑的双眸，直勾勾地望着她。他的发丝还在滴着水，隐藏在湿漉漉的刘海儿下的眼睛，目光灼灼。

她低头避开他的视线，干脆站起来用手按住他的毛巾，帮他使劲擦了擦头发，抬高声音假装很不耐烦："快点儿擦干你的头发啦，把我房间弄得到处都是水！我要出去吃西瓜了。"

说罢，她就朝门口冲过去。

纪晴朗一下子在身后抓住她的手："叶迟迟。"

"嗯？"她浑身僵硬了一下。

"还好有你啊。"他说完就松开了手，估计也是害羞和尴尬，急忙起身出了房间。

可是你不是还有纪晴双，还有你的父亲吗？

叶迟迟有些难过地想。

没有通过学生会的竞选，叶迟迟心里也算是松了口气，而且值得高兴的是，虽然学生会竞选的时候，她因为竞选理由是林屿而受到质疑和鄙视，但是林屿的"后援会"反而消停了。据说是因为她舌战许芸晴相当精彩，让深受许芸晴迫害的大众出了口气……

这也算是因祸得福吧。

叶迟迟想着林屿对自己的竞选还挺上心的，应该买点儿什么表示一下感谢。于是，她趁着放学，跑到校门口买了一点儿平时喜欢的小吃和奶茶，打算去学生会办公室找他一起吃晚饭。

她提着几袋东西，兴冲冲走到了学生会办公室门口，想给林屿一个惊喜就没有敲门，结果却听见里面有人在说话。

难道还有别的成员在吗？叶迟迟脚步顿了顿，不过不要紧，她买了不少东西，大家都可以一起吃，可是她正要走进去，就听见对方谈话的内容有些奇怪。

"林屿，你知道我做的那些都是为了你！"女孩子的声音有些激动，还带着一丝哭腔，"你知道我喜欢你！"

这、这……这是告白？吓得叶迟迟赶紧躲在墙角。

只听见林屿平静如常的嗓音没有一丝波澜："不是。你做的那些为了什么我很清楚，我跟你道过歉了，能做的我也都做了。"

"可是我很喜欢你啊……"女孩子终于忍不住呜咽起来。

叶迟迟捂着自己的嘴巴，想慢慢再退出去，可就在这时，走廊那头的陆沉正朝这边缓缓走过来，看到她还兴奋地招手。

别！千万别喊……

"嘿，网红少女，你在那儿躲着干什么呢！"

"……"

叶迟迟忽然很想拿手里的饮料朝陆沉阳光般的笑脸砸过去！

果然，屋内的人被惊动了，叶迟迟挺直了背，尴尬地面向屋内，想要跟他们坦白从宽，好争取宽恕，不料一个人影冲出来，撞了下她的肩膀就跑开了。

叶迟迟看着女孩子离去的背影，真觉得这一幕……还真像偶像剧啊。

她转过头看了看屋内的林屿，他显然对这样的告白已经见怪不怪，泼墨般的双眸看不出情绪，神色有些冷，冷得连视线都结了霜。

虽然他被人告白不奇怪，但是有人偷听，是谁都会不高兴吧？

叶迟迟揉了揉自己的眉心感到很沮丧，为什么自己总是惹他生气？

陆沉走了进来，瞪大眼睛说道："哇，刚才那个是隔壁学校的校花顾筱筱？啧啧啧，看不出来啊！林屿，这三年你真的是斩获了 L 市所有高中的校花啊！怪不得叶迟迟刚才不愿意让我过来……"

叶迟迟有些窘迫，只能把东西往陆沉的怀里一塞，飞快说道："会长！

对不起，我不是有意偷听的，这些是给你带的晚餐。我走了，再见！"

她一口气说完就朝外面跑去，任凭陆沉在后面喊她，她的双脚也没有停下来。

她也不知道怎么回事，就是莫名其妙，有些堵。

叶迟迟一晚上都没睡好，导致第二天上课的时候老是走神。还好她上次的月考拿了年级第二名，老师对她的心不在焉睁一只眼闭一只眼。休息期间，学姐学长们来为社团招新，不过她在利用课间补眠，压根儿没抬头就这么趴着睡了过去。

好不容易熬到了放学，班级门口突然传来惊呼声。叶迟迟也顺着声音看过去，陆沉学长正站在那儿，手里拿着一个纸盒子，一脸笑意地朝叶迟迟挥了挥手："亲爱的网红少女！"

一看就是故意的！叶迟迟咬牙切齿地想着。

班上的同学立刻一阵喧哗，她赶紧背着书包跑出去，没好气地问道："怎么了？"

"没啥，跟我来一趟，林屿找你。"陆沉不怀好意地笑着，看得叶迟迟心惊胆战的，一种不好的预感在心里升腾起来。

让叶迟迟意外的是，他们并没有去学生会，而是去了学生会楼上的一间屋子，门牌上写着"校刊部"。

"校刊？"叶迟迟不解。

正说着，陆沉推开了门，看到了屋内的林屿，他靠着身后的桌子，一只手随意撑在桌子的边缘，一只手上拿着报纸。叶迟迟进屋便和他的视线撞上，好似一汪幽泉，波澜不惊的双眸装满了她读不懂的深意。

平时，除了在升旗和做操的时候，他们基本没什么机会见面。想起之前的尴尬事件，叶迟迟还是有些拘谨，咬着嘴唇，双手紧张地交叉在一起。

林屿主动和她打招呼："你来了。"

"嗯。"叶迟迟点头，"会长找我有什么事吗？"

林屿对她招了招手，示意她走近一些。叶迟迟上前了一步，但是林屿还是没说话，只是依然看着她。她恍悟过来，又上前了一步。

"到我面前来。"林屿耐着性子重复了一次。

既然都这样说了，也不好回避，她慢慢走到了林屿的面前，小声问道："会长，不知道你喊我来这里是有啥事……"

"叶迟迟，对于学生会竞选落选的事情，你有什么感想？"看到女生到达自己满意的位置，他才缓缓开口。

叶迟迟愣了愣，如实回答："虽然有点儿可惜，但是没关系啦。"

"哪里可惜？"林屿稍稍偏头，似乎对她的答案相当期待。

"啊？"叶迟迟看着林屿温润的脸，决定绞尽脑汁想一下，才回答道，"因为没能跟会长一起工作，所以觉得挺可惜的。"

"挺可惜而已吗？你在竞选的时候说得那么诚恳，说相信自己对学生会的热诚和态度，相信自己的热情。叶迟迟，你不也在说大话吗？"林屿竟然摆出了一脸失望的模样。

当然是大话啊！谁在竞选的时候不会说些好听的话来赢得好感。叶迟迟知道他故意用"激将法"，但没办法，面对林屿的时候，她总是有莫名处于弱势的感觉，或许是他天生带着不怒自威的气质。

所以他才那么适合会长这个位置啊。

叶迟迟窘迫地解释道："不是啦，我是真的很想进入学生会和会长你一起工作啊！你就是我的榜样！我对你的敬仰犹如……犹如……呃……"

她编不下去了。

"那好。"林屿得到了自己想要的答案，满意地点点头，"既然这样，那你就报名加入校刊部吧。这是直属于学生会的社团，主要由陆沉和柳文婷负责管理。他们对于你那天的竞选很满意，愿意直接招你进来。"

"啊？"叶迟迟简直不敢相信自己的耳朵，消化了半天，忍不住问道，"可是这跟和会长一起工作有什么关系吗？"

陆沉总算找到机会插上话了，上前一步，把手搭在叶迟迟的肩膀上，乐呵呵地说道："目前，校刊部正准备为学校做一个优秀学生的特辑，以后也会作为学校的珍贵资料存档留念。这一次被收入在特辑里的就有我们的林屿会长大人！我调查过了，你文笔不错，加油吧，会长的专访特辑就交给你了！"

叶迟迟的嘴巴微微张开，完全不能明白现在是什么情况。

"其实，就是跟着林屿，彻底了解他是一个怎么样的人，记录下他的学习生活，并对他赞美一番就差不多了。"陆沉说得很轻松，还美滋滋补充了一句，"这样算是满足你想跟会长一起工作的愿望了吗？"

叶迟迟只觉得自己是被赶鸭子上架，还得装作一副很开心激动的样子，挤出笑容，点头说道："嗯，还挺开心的……"

"嗯，那这段时间拜托你了。"林屿向她伸出手，"也请你不要把我拍得太难看。"

叶迟迟愣愣地握住了那只冰冷的手，总觉得自己好像掉进了什么陷阱里。

Chapter03
作战前夕
GUAINI
GUOFENQIANGJING

　　叶迟迟稀里糊涂地得到了全校女生都梦寐以求的任务。她虽然因为之前的"短片事件"受排挤，好不容易靠着竞选舌战许芸晴获得了不少粉丝，现在看来又要掉粉了。好在她性格好又乐于助人，跟她接触过的人都挺喜欢她的，理智粉占多数。大多数人知道这件事之后，也就多多少少感慨了一下：她真不是一般的幸运。

　　可是，她却觉得自己倒霉透了！觉得林屿一定是因为之前的事情在伺机报复！她把这件事情跟陆蔓薇一说，花痴同桌立刻哭着抱怨道："啊啊啊！早知道就不进什么学生会了！和你一起进校刊部，说不定还能接触到会长大人！你知道我哪个部门吗？！纪检部！那个许芸晴简直就像个变态一样！呜呜呜，但是学生会的一律不准再加入其余社团……你怎么那么好命！"

　　不只是陆蔓薇，后来也有几个妹子跑来找她，即使平时没什么交集，也握着她的手许久，就跟农民群众见到了毛主席一样不舍得撒开，认真哀求道："迟迟！听说你可以近距离拍摄到会长的照片！看在我们平时关系还不错的份上，我只求你发给我几张！"

事情一传出去，校刊部的门槛都要被踏烂了。以前校刊部的事情多又累，大多数人不愿意来。现在林屿的"后援会"粉丝们争先恐后要来报名，只希望能够和叶迟迟一起，有贴身观察林屿取材的机会。陆沉当然对这个结果相当满意，这次要做专访的人不光有林屿，还有另外九位学生和十位老师，全都是为校争光的榜样，将会收录到学校的名人录中。

他先把优秀的人招进来，等到他们没有反悔的余地时，才分配每个人任务。被分配到采访学生的还好，有一些妹子被分配采访老师，几乎都要崩溃。这样的处理自然也引起了一些人的不满，比如后来招进来的一个叫作常晴的女生，这次考了年级第一，老师对她宠爱有加，平时也自恃高人一等，因此对于这件事非常不满。她认为自己比叶迟迟更加有能力胜任采访林屿的任务，便在召开会议的时候，公开说出了自己的想法。

坐在人群之中的叶迟迟如芒在背。叶迟迟其实很想跟她说，如果真那么喜欢，倒也不是不可以交换一下啦……

本来就是无缘无故被拉进来的，她也不想因为这些事得罪人，她犹豫了一会儿想站起来发言。哪知道陆沉看出了她的心思，瞪了她一眼，示意她闭嘴老实待着，收起了平时嬉笑的面孔，嘴角依然带笑，语气却是慑人的严肃，他不紧不慢说道："正是因为你比叶迟迟有能力，所以把副校长的采访任务交给你。或者如果你觉得你真的那么厉害，也可以跟我交换，去采访校长，如何？"

谁都知道校长一看就是相当难以接近的类型，梳着一丝不苟的发髻，脸上架着一副半框金丝眼镜，成天不苟言笑，仿佛看你一眼，就会一下子掉入冰柜的感觉，整个人散发着令人不舒服的窒息感。

常晴尴尬地咽了咽口水，估计是想到了校长的脸，相比起来，总是和蔼可亲笑眯眯的副校长，似乎好搞定多了，她只好讪讪说道："也……也不是……"

"那你还有别的什么意见吗？"陆沉对她笑着说道。

常晴敢怒不敢言，瞪了一眼叶迟迟，重新坐下了。

叶迟迟想对常晴投去一个安慰的目光，谁知道人家压根儿就没在看她。

会议结束后，陆沉喊住了她："叶迟迟，林屿会在学生会办公室等你。从今天开始可以去取材了，拍摄用的相机在学生会领。"

叶迟迟便按照他说的，走到了楼下的学生会办公室里。门没有关，只是半掩着，她还是先敲了下门，里面无人回应。她只好站在门口等待，又继续打量那些植物。

上次结的辣椒少了一大半，不知道是被摘了吃了，还是熟透了之后自然掉落了。

不过这次她长了教训，没有伸手去碰。

这时，一道略带戏谑的声音传来："又想摘辣椒？"

叶迟迟看过去，林屿站在门口，一只手拉开了门。

"原来会长你在啊。"

既然在为什么刚才敲门的时候不说句话！

不知道是不是看穿了她的小心思，林屿在她走进去的时候，说道："我以为你看到门是开着的，应该会直接进来。结果你还傻站在门口等着，是希望我来门口欢迎你吗？"

叶迟迟很尴尬，难道他会读心术吗？为什么连她在想什么都知道？

林屿又笑着补充了一句："因为你的脸上都写着。"

叶迟迟忽然被他的洞察力吓得背脊发凉，赶紧用手捏了捏自己的脸，希望她的表情不要再出卖她的内心，不然以后在会长面前，不就什么秘密都藏不住了。

看到女生的小动作，林屿情不自禁地暗暗发笑。不过转向她的时候，他又恢复了一本正经的模样，从抽屉里拿出了一个小巧的数码相机递给她："这是学生会配的相机。单反的话，被别的部门借去了，暂时没办法用。你也可以用自己的相机，甚至是手机，我都 OK。"

自己的相机，她只有一台拍立得，而且还烂了。想到那个拍立得，她长叹一口气，算了，就当自己没有过好了。其实她想用自己的手机啊，但又怕这会让林屿觉得自己不重视这份工作，思想斗争了好一阵。

林屿轻笑一声，把相机收了起来，说道："那就用你的手机吧！不过我希望你能每次拍完照片之后，都把照片发给我，让我确认是否可以用，这样可以避免做无用功，你看行吗？"

叶迟迟赶紧点头答应，这本来就是应该的。毕竟要留档一辈子，他想要留下好看的照片也是人之常情。总好过像她那样，提到叶迟迟，大家的反应都是那张成了表情包的照片。

林屿拿出了自己的手机，继续道："那你把微信号告诉我，方便你传照片给我。"

于是两人互加了微信好友，林屿低头看着手机上面的时间，抬头对她说："那你先走吧！我还有点事，你今晚回去想一下，大概要从哪几个方面做这次的专访。明天下午放学后，来这儿跟我说一下。如果有什么想法，也可以直接发信息给我。"

"哦……"叶迟迟点点头，捏着自己的手机走了出去。

晚上的时候，叶迟迟躺在床上翻出手机，想到了下午的事情，便情不自禁地翻了林屿的微信。看来，他并不太用微信的样子啊，连头像都没有，更别说发什么朋友圈和写什么个性签名了，全部都是空白的，就连用户名都只是 LY，他名字的缩写而已。

还真是高冷。

不过这次的事情，倒让她对林屿有些刮目相看：没想到看着如此高冷的会长其实那么自恋，人家采访他，结果他比自己还要认真，连采访的内容都要亲自把关……

为了不让对方小瞧了自己，叶迟迟拿出本子，列了些提纲。比如会长的兴趣爱好，喜欢的运动项目、明星、歌曲、科目，讨厌哪一科，对未来有什么想法……

想到了和林屿之间发生的点点滴滴，她不禁又想到那次在学生会办公室里，他握着自己的手，帮她用水清洗掉上面沾到的辣椒。

当时只顾着眼睛疼，现在回想起来，竟然那么害羞。

好吧，那就顺便再问问，他为什么不喜欢种观赏植物，而是种了一大堆蔬果好了。

叶迟迟觉得自己也算准备得妥当了，所以第二天放学之后，她拿着本子去找林屿的时候也觉得腰板挺直、走路带风。结果一推门进去，她发现外面这一间屋子，坐满了学生会的学姐学长，似乎正在开会。

她弯了弯脖子，赶紧道歉："对不起！我以为没人……"

上次没给她好脸色的许芸晴冷哼一声，开口道："现在的新生一届不如一届，连基本的礼貌都没有。"

她一愣，又说了句"对不起"，但是许芸晴的脸色丝毫没有好转。毕竟是自己的属下，柳文婷出来打圆场，对叶迟迟宽慰地笑了笑："没事儿，我们平时确实不经常在这儿，你以为没人也正常，别放在心上。"

"以为没人就可以这样随便进来吗？办公室里还有电脑，谁知道她进来干什么……"许芸晴阴阳怪气反驳柳文婷的话。

林屿从屋里面走出来，淡淡地说了句："是我让叶迟迟过来的，也是我告诉她可以直接进来。如果办公室有什么东西丢失，我会负起全责的。"

　　一时间，许芸晴的脸变幻万千。她赶紧堆笑说道："会长，我只是想要给学妹提个醒，毕竟不是学生会的人，总是找来这里也不太好啊，难免会让人误会。"

　　"说的也是。"林屿点头表示赞同，背起书包走向门口，来到叶迟迟的身边，"那我们出去找一个安静的地方说吧。"

　　说罢，他就率先走了出去。

　　叶迟迟有点儿不知所措，但还是跟屋里的学长学姐说了句"再见"，这才追了出去。

　　林屿走得很慢，显然是在等她。

　　叶迟迟追了上去，与他并肩走着，问道："会长，我们这是要去哪儿啊？"

　　林屿看着前方回答："找个安静的地方吧。"

　　于是两人一起出了校门，进了学校附近的一间咖啡屋。这里消费会稍微高一些，学生来得少，情侣居多。果然，一进去，每一个小隔间坐着的都是一对一对的。

　　叶迟迟有些迟疑，林屿回头看她一眼："怎么了？"

　　"啊？"叶迟迟摸了摸自己的后脑勺儿，提醒自己不要想太多，对他笑了下，"没什么！"

　　他们选择了最里面靠窗的位置，坐下之后，林屿点了一杯柠檬茶，叶迟迟点了一份冰激凌。

　　上好东西，林屿问道："现在告诉我吧，你都准备了哪些内容。"

　　"好的。"她从书包里拿出了昨晚写下的问题，向他解释，"因为我对会长你还不熟悉，马上就想出专访的方向和构架有些不大可能，我就准备了几个问题，先让我了解会长，也让看专访之前的大家能够了解你。"

　　林屿扬了扬眉毛，显然对她的回答表示赞同："嗯，你问吧。"

"好的。"叶迟迟松口气，还好他同意她的想法，便拿着本子开始提问，"会长平时有什么兴趣爱好？"

"看书和烹饪。"

叶迟迟有些意外，但还是继续发问："喜欢的食物呢？"

"清淡的。"

"喜欢的书籍？"

"《瓦尔登湖》。"

"喜欢的科目和讨厌的科目？"

"没有特殊的喜恶。"

……

"未来的理想？"

"暂时没有。"林屿沉思了一会儿，又补充道，"如果真要说一个，希望安稳地毕业。当然，如果这也算是理想的话。"

叶迟迟看问得差不多了，便问出自己好奇的一件事："为什么种的植物都是一些蔬果啊？不喜欢盆栽什么的吗？"

林屿想也不想就回答："因为这样才能够享受丰收的感觉。"

那你的理想可以是当一位伟大的农业学家啊！这样就可以每天都去种菜种果了，叶迟迟暗暗腹诽。

"那我也差不多问完了。"叶迟迟看着自己本子上记录的东西，这一些应该可以慢慢整理出一条思路了，"如果晚上我想到了方向，会发微信给会长的！要是没问题，我就开始正式准备一个大纲出来。"

"好。"林屿一只手撑着自己的头，一只手扶着桌子上的杯子，低头喝着饮料。整个人看起来像是被精心雕刻的石像，真让人惊叹于老天的鬼斧神工。

不管看几次，叶迟迟都想感叹他长得真好看：清冷俊秀的脸总给人一种淡淡的疏离，而他又是那样的夺人视线，五官标致得叫人离不开眼。每个人都是两个眼睛一个鼻子一张嘴，为什么偏偏林屿的组合起来，就那么完美出众。

她忽然想到了，他的微信上什么都没有，不由得问出心里面的疑惑："会长，你的微信为什么连头像都没有啊？"

"没有照片。"林屿如实回答。

"啊，可以拍一张啊。"叶迟迟真是觉得可惜，长那么好看不自拍，简直都对不起他的那些后援会粉丝。

"我不习惯自拍。"林屿放下手中的饮料，忽然想到了什么，眼中带着一丝浅笑，"不过，你可以帮我拍。"

"啊？"叶迟迟觉得惊讶，"我帮你拍？"

林屿点头："反正你也要帮我拍照，不如先拍一张，我看看你拍得怎么样。"

"哦……"叶迟迟拿出自己的手机，不禁有点儿"亚历山大"，如果拍得不好怎么办？她举起手机，对着林屿说，"那……会长，你可以想一下要摆什么样的造型。"

"那你觉得我应该怎么做呢？"林屿反问。

叶迟迟想也不想脱口而出："我觉得会长你这样就很好，已经足够帅了。"

"好。"林屿听到女生的夸赞，笑容更浓了些，"你拍吧。"

"嗯嗯，一、二、三！""咔嚓"一声，叶迟迟拍了一张照片。

林屿只是很自然地坐着，双手相叠在桌子上，咖啡屋里的光从他的头顶上照射下来，正好让他整个人看起来更暖了一些。他的目光是直视着镜头，看着照片的时候，有一种他是在透过手机盯着她的感觉。

盯得久了，她竟然还有些害羞。

　　叶迟迟赶紧抬起头来，结果对上了林屿的视线，她不禁更加窘迫。刚才盯着人家的照片看了那么久，现在又如此慌乱，怎么看都像是心里有鬼。

　　林屿倒无所谓，扭过头假装看窗外。她看着那张白净的侧脸，他随意望着某处出神，自己仿佛在看日本小清新电影里面的一个慢镜头。她鬼使神差般地又拿出了手机，对准他，又是"咔嚓"一张。她没有关声音，快门声吸引了林屿转过脸来。

　　叶迟迟尴尬万分，支支吾吾地解释道："我……只是……在练习！"

　　哪知道，林屿并不在意，对她笑了笑，就像是三月里吹醒大地的春风般，轻柔又凉爽。他嘴角上扬说道："嗯，没关系！你想拍的话，我会一直让你拍。"

　　叶迟迟的心脏加速跳动着。看来被春风吹醒的不光只有大地，还有她心底某处柔软的地方。

　　叶迟迟中途去了趟卫生间，她进去的时候正好已经有人在洗手台洗手，她看了一眼镜子，就推门进入厕所。结果她准备开门的时候，竟然发现这个门怎么都推不开了。

　　这个门没有办法在外面锁着，打不开只可能是门卡住了，要么就是有人在外面顶着，可是低头朝门底下的缝隙一看，并没有人在外面。她有些慌了，只能用力拍打着门问道："有人吗？有人在外面吗？"

　　喊了几声之后，立刻就有人应了一声，紧接着就有人进来，不知道拿掉了什么，门被打开了。一个服务生妹子站在外面，手里拿着拖把，抱歉地说："不好意思啊，应该是这个拖把倒下来，然后卡在这里了，所以你打不开。"

　　叶迟迟走出来，果然门边有个拖把。可心里还是忍不住疑惑，倒下来应该会发出声响，刚才却并没有听见什么啊……

她走出去，林屿已经结账完毕。

"怎么了？"看见她一脸惊魂未定的表情，他赶紧走过去。

叶迟迟摇摇头，并没有把这件事说出来。

回到家里，叶迟迟写完作业，就开始翻阅在咖啡厅里采访到的信息，也就不由得想到了自己手机里的几张照片。

第一张拍得很勾人，第二张拍得很动人。

果然长得好看，真的是什么角度拍出来的照片都像是画报一样！

叶迟迟开始想入非非……如果那次闯入他宿舍的时候，自己狗急跳墙想拍的照片被拍下来的话，又会是什么样子呢？

应该会被林屿鄙视吧。

她想起林屿的交代，便把他的照片给发了过去。不过她只发了第一张，第二张是她无心之作，莫名有一种想要自己珍藏的感觉。

林屿并没有回复。过了十几分钟之后，叶迟迟再次拿起手机翻看的时候，发现林屿把自己的头像换成了那张照片。

她的内心竟然有一丝丝高兴。

林屿的采访大纲基本定了下来，剩下的细节还需要跟林屿再讨论。不过她决定先拿去给陆沉先看一眼，把关一下，便约他到了校刊部。

陆沉拿到了她写的大纲，首先提问的不是关于这个内容，而是带着一脸揶揄的笑容，问道："林屿的微信头像是你拍的？"

"哎？你怎么知道？"叶迟迟讶异。

陆沉露出一个"我就知道"的得意表情，冲她眨眨眼睛："不然还有谁，能让我们平时很少接触这些东西的会长大人突然要玩微信呢！"

"什么意思？"

陆沉嘿嘿一笑："以前我们为了方便通知学生会的工作，要在微信建群，但是林屿觉得这样会很吵，就他一个人没开通微信。但是前几天他忽然问我关于注册微信的事情，没多久就开通了，还主动告诉你，他的微信账号，你说，这难道不是为了你吗？"

"不是啦！"叶迟迟红着脸立刻否决，"也许是会长也觉得开通比较方便呢。"

"唉，你真是单纯。"陆沉摇摇头，他更相信自己的猜测。

看完大纲，陆沉还挺满意的，稍微修改了一些地方，陆沉的建议让人更能够从侧面了解林屿到底是一个怎样的人。

"咚咚咚！"

校刊部的门被人敲了敲，不等门内人回答，门就被打开了，林屿站在门口，无视掉跟他热情挥手的陆沉，直接转向叶迟迟："抱歉，我刚才有点儿事。"

"没事，我们这边讨论得差不多了。"叶迟迟拿上自己的东西走过去。

陆沉一脸受伤，不甘心地叫道："林屿，你这个负心汉！喜新厌旧！有了'网红少女'这个新欢就抛弃我这个下堂妻！"

叶迟迟听得一身冷汗，在外界那么赫赫有名的学生会副会长，竟然会是这样一个人！她真希望做完林屿的专访，也给他做一个，让那些盲目迷恋他外表的女同胞，知道他的真实模样。

于是两人一边聊一边走出了校门口，不知道有谁喊了自己的名字，叶迟迟顺着那个方向看过去，一下子停住了脚步，呼吸都开始加重。

纪晴双。

为什么会是她……

纪晴双向她小跑着过来，看到了她身边的林屿，露出了一个甜美可人的微笑，装作很热络的样子，一下子挽住了叶迟迟的胳膊，喊道："迟迟，你怎么现在才放学！我等你好久了，发你微信也没有回复。"

当然没有，她早就把纪晴双给拉黑了！

叶迟迟浑身僵硬，被她搂着的手更是像被烧了起来。她没有纪晴双那么能演，丝毫没有掩饰内心的厌恶，冷冷问道："你来干什么？"

纪晴双无视掉她的疏远，先转向林屿："学长你好！我是叶迟迟的好朋友，我叫纪晴双，在市二中！学长我知道你是谁喔，上次你带队参加辩论赛，我在台下看到了，超帅的！"

她还举起手伸出大拇指。

林屿看了一眼脸色并不是那么明快的叶迟迟，对纪晴双微微点头："谢谢。"

看到林屿不咸不淡的态度，纪晴双显然不高兴。也是，她长了一张跟纪晴朗一样容易招蜂引蝶的脸，平时跪倒在她石榴裙下的人很多，不过一山还有一山高，骄傲小公主碰到了冰山傲娇帝。

"你到底来这里做什么？"叶迟迟不想跟她继续浪费时间，又问了一遍。

"迟迟，我想跟你单独聊聊。"纪晴双握着她的手摇呀摇，像是撒娇。

但我并不想和你单独聊啊。

叶迟迟的心里充满了戒备，她却没办法拒绝。天知道如果她说了什么重一点的话，纪晴双会去纪晴朗那里怎么告状。

她不怕纪晴双，只是她不愿意跟纪晴朗再发生争执，于是想着这一劫是躲不过了，只好对林屿说："会长，今天看来我们没办法聊下去了。这样，我明天去找你好了。"

"嗯。"林屿点头应允，跟她道别。

纪晴双把叶迟迟拉到了学校附近的小巷子，这里四下没什么人走动。

果然，一看到没人，纪晴双的脸立刻就变了。她双手交叉抱在胸前，恨不得用鼻孔看人，一开口就是骂人："叶迟迟你到底要不要脸？我跟你说过了吧，让你离纪晴朗远一点儿。"

纪晴双和纪晴朗是双胞胎，两个人说话的神态简直一模一样，看她发火瞪眼，就好像看到了纪晴朗。

叶迟迟也很无辜："是他每天死乞白赖要来我家蹭吃蹭喝，你们家那么有钱，能不能喊你亲爱的哥哥别再来了？我们家受不起他的大驾光临。"

纪晴双不信，冷哼一声："如果不是因为你总缠着纪晴朗，他离得那么远，怎么还会每天都要跑到之前那个家去？纪晴朗甚至跟我爸提出要转学到你们学校！他在这之前根本不跟爸爸说话，现在居然为了转学去求爸爸，你还敢说不是因为你？"

他要转学过来？叶迟迟感到不可置信！纪晴朗从未跟她提过，而且在他的眼中，当然是妹妹更重要，不是吗？

叶迟迟不想再听她的胡搅蛮缠，翻了个白眼打算走。

纪晴双怎么会那么轻易放开她，一只手死死握住她的胳膊。别看纪晴双一副楚楚可怜的瘦弱模样，实际上力气大得很，而且这丫头的手指很细长，捏人的力道自然就更大。

自从纪晴双和纪晴朗相认之后，纪晴双就找各种机会在纪晴朗看不见的时候，不是掐她就是骂她。叶迟迟虽然从小总被纪晴朗欺负，但他从来没让别人欺负她，如果有人敢惹她哭，纪晴朗挽起袖子就会冲上去揍对方。

她以为纪晴朗也不会让纪晴双欺负她，可是她想错了。

纪晴朗狠狠地斥责了她，甚至相信纪晴双说的一切谎言——纪晴双跟着他来叶迟迟的家里，竟然不经过询问，想要拿走他送给叶迟迟的拍立得相机，还把他们一起拍的照片给撕烂扔到了垃圾桶里。

因此两个人争吵起来，几乎开始动手，结果……

叶迟迟哪里受得住那么大的冤枉，委屈得不行，和纪晴朗吵起来。他偏执地认为是她大惊小怪，误会了纪晴双，她当即就气得直接把拍立得砸在了他的脚边，即使她舍不得用力，相机还是被砸烂了一些。

因此，两人前所未有地剧烈争吵起来，那一刻，叶迟迟真是心凉得彻底。也就有了和纪晴朗信誓旦旦地打赌，一定会摆脱他的阴影，一定要成为和以前完全不一样的自己。

想到这里，叶迟迟也来了怒气，用力甩开对方的手。纪晴双阴魂不散，还想再上前拉住叶迟迟的胳膊，叶迟迟下意识想要躲开，怎料这时，一只手握住了她的手腕。

两人同时看过去，林屿一脸严肃地挡在了她们两个人之间。他望着纪晴双，整个人像是被包裹在冰层之中，散发着冷冷的寒气。尤其是那一双眼睛，分明是平静如水的淡然，却让人忍不住忌惮三分。

"你……"纪晴双没想到他去而复返，还这样拦住了她。

叶迟迟也有些吃惊："会……会长……你怎么在这儿？"

"叶迟迟，她不是你的朋友吗？"林屿不答反问。

纪晴双听出他是来帮叶迟迟的，恼火地说道："你松手。"

林屿也觉得这么抓着女生的手腕不太好，正要松手的时候，一个身影飞快冲上来，用力推了推他的胸口。一时间他没有反应过来，被那人推得倒退几步。还好叶迟迟在他身边，立刻伸手扶住了他的胳膊。

叶迟迟看着出现的那个人，不由得当即冷笑出声，来得还真快啊。

纪晴朗双手扶着纪晴双的肩膀，紧张地问道："你没事吧？"

纪晴双一看到自己的帮手到了，之前凶神恶煞的表情立刻就变成柔弱的小白兔，躲在了他身后说道："我没事，还好你来了。"

这妹子不得了啊，变脸比翻书还快，这么有本事怎么不去当演员啊！叶迟迟翻了个白眼，也学着纪晴双的样子，搂住了林屿的手臂，语气满是关切："会长，你没事吧？"

林屿眼神柔和地望着她摇摇头，又若有所思地看着她，并未说话。当他再转向纪晴朗时，脸上的冰冷尽显。对方自然也不甘示弱，和他对视着。

一时间，剑拔弩张的紧张气氛弥漫在四个人之间。

叶迟迟的心早就凉得透彻，纪晴朗护着自己的妹妹原本是应该的，但是盲目地相信他妹妹所说的一切就是他自己没脑子了，而她为什么还要因为他的愚蠢伤心难过呢？

不光显得莫名其妙，还很小家子气，所以叶迟迟拉了拉林屿的手臂，说道："会长，我们走吧。"

林屿收回了视线，转头看向女生，她眼里满是迫切和失落，看来那个人对她真的相当重要。于是他假装不在意，干脆顺应她说的话，点点头，任由她拉着自己走开。

过了很久，叶迟迟都没有松开搂着林屿胳膊的手，甚至还越抓越紧，微微颤抖起来。林屿不用看便知道她是在哭，低着头不想被他知道。他也不拆穿她，就这样继续漫无目的地走，直到一路走到了河堤边上。

现在这个时候，河堤边还没有什么人。

他察觉女生还在压抑着自己，于是干脆将她一把拉入了自己的怀里。叶迟迟当即全身僵硬，显得不知所措，林屿抬起一只手轻轻放在她的背上，另外一只手放在她的后脑，将她的头轻轻按向他的胸口。她慌乱得想要挣脱这个怀抱，耳际突然传来林屿轻柔的声音："你先哭。"

本来觉得自己忍得挺好的眼泪，一瞬间便决堤了，由小声呜咽，变成放声大哭。林屿放在她背上的手，轻轻顺着她的背拍了拍，一声不吭任由她哭。

说来也不是什么特别伤心的事情，就是自己的青梅竹马在和双胞胎妹妹相认之后，想要弥补过去十六年间缺失的兄妹情，所以盲目地相信了妹妹所有的话，无条件地站在妹妹那边而已。

她错就错在把自己的分量想得太重了，巨大的落差感让她有些难以接受，太失望了，所以很委屈，然后就忍不住哭了出来。也或许，是因为发现自己喜欢的人，其实并没有那么喜欢自己。

叶迟迟的心情慢慢平复下来，林屿的安慰确实有效，她哭出来后心里的难过就少了大半。等她找回理智认清现状的时候，才发现更让她在意的，其实是此刻自己正被会长抱在怀里这件事。

这是什么情况啊……

叶迟迟眼神闪烁，贴在会长胸口的那半边脸火烧火燎地。他的身上有一种好闻的植物清香，像是花香，又像是雨后初晴的青草香。耳朵边还可以隐约听见他胸腔里心脏的跳动声，一下又一下，强劲而有力。

注意到怀中的女生已经没有再哭了，林屿松开了她，然后拍了拍她的脑袋，一脸不高兴："叶迟迟，为什么要那么被动地受欺负？"

受欺负？叶迟迟抬起眼睛，不解地看着他。

"如果不是受欺负了，为什么要哭呢。"

因为太难过了啊。叶迟迟没有回答，低下头，想起了将纪晴双护在身后的纪晴朗。或许从一年前，他的妈妈发生意外入院后，他亲生父亲带着他的双胞胎妹妹找到他时，他就变了。

这一年经历了那么多变故，大家都还只是小孩子，很多事情不是这个年纪所能接受的。所以她总是尽量地忍耐，尽量地承受着他越发过分的言语和行为，甚至包括忍受了他对他妹妹无条件的溺爱。

对，现在看来，她好像真的是在单方面受欺负。

叶迟迟擦掉眼角的泪，挤出一个难看的笑容："以后不会这样了。"

"嗯。"林屿点点头，突然侧过身子。

"哈？"叶迟迟弄不懂他要做什么。

"把眼泪擦掉吧，别用手擦，脏。"林屿指了指自己的后背，还微微曲了曲膝盖，放低了身子，"借你衣服。"

看到这个像是认真又像是开玩笑的动作，叶迟迟莫名觉得好笑。以前总觉得会长看起来很严肃，不苟言笑，没想到还有这样的一面。她起初想要拒绝，但是想到今天发生的糟心事儿，干脆一头撞上了他的后背，蹭了蹭。

"谢谢会长。"她真的很感谢他。如果不是他，她估计又会像之前那样，跟追着纪晴双而来的纪晴朗，在他亲爱的妹妹的挑衅下，爆发一次大的争吵呢。

"嗯，别客气。"林屿顿了顿，"如果你要请我喝冷饮的话，我不会介意。"

叶迟迟看着一本正经地说这样话的林屿，忍俊不禁，心情好了大半。

两个人相视而笑。

但是这么对视久了，叶迟迟又开始觉得害羞得慌，赶紧把视线收了回来，两个人之间弥漫着怪异的气氛。

"回去吧。"林屿率先打破了沉默。

"嗯。"叶迟迟点点头。

叶迟迟的心情多少还是受了影响。跟林屿在车站告别后，她一个人又蹦蹦跳跳地去买了自己喜欢的奶茶。

夜幕降临，白天炙热的大地重新回归了平静，风中带着秋日特有的清凉，少了此起彼伏的蝉鸣。她哼着小曲，朝家走去。心想只要不再看见那磨人的兄妹俩，自己一定会慢慢好起来的，可偏偏老天不遂人意。

叶迟迟走到楼道门口的时候，突然从黑暗中走出来一个人，一下子来到了她的面前。

"迟迟，我……"纪晴朗满脸尴尬。

叶迟迟被吓了一跳，手里才喝了一半的奶茶也掉到了地上。她当即就觉得一股无名业火上涌，尤其是看到来人之后，更是气得想转身就走。

纪晴朗自知犯了错，小心翼翼地看了她一眼，拉住了她的手腕，不让她离开。可手刚一碰到她，她就像是触电一样猛地甩开。

叶迟迟的动作，让他清楚她此刻的心情有多糟糕，还有她脸上厌恶的表情，仿佛是在努力摆脱一个可怕的病菌。本来对于下午的误会和刚才吓她的事情感到抱歉的纪晴朗，突然也有些生气。

尤其是想起叶迟迟搂着那个男生的胳膊离开时，一副很自然的样子，现在换成是他，却如此大惊小怪。

"叶迟迟，你有那么厌恶我吗？"纪晴朗咬牙切齿道。

叶迟迟不甘示弱地回击："我以为我做得够明显了。"

纪晴朗不死心，又去拉她的胳膊。

叶迟迟想也不想就又躲开了，他不禁恼火，瞪着她恶狠狠道："你给我过来！"

"我才不要！"叶迟迟冷哼一声，"去抓你亲爱的妹妹吧，那么爱护她为什么不找个绳子套在她的脖子上，然后系在你的腰间？少放她出来乱咬人！"

"你！"纪晴朗咬着下唇没有继续说话。

叶迟迟看到他被自己气得不行，心里解气了不少，发出冷笑："纪晴朗，以后你跟你妹妹过你们的阳关道，我走我的独木桥。反正你现在心里也就只有她了，只要和她作对的人，就都是你的敌人吧？可是，你有没有脑子？不过算了，我倒是想拜托你，记得回去谢谢你妹妹今天胡乱发疯反而让我认清了你！"

她一气呵成地把心里的不满全部吐露出来，本来以为纪晴朗会像之前那次一样气得跳脚，结果等了好一会儿，她再抬眼看去，纪晴朗的脸上竟然带着一丝笑意。他眯着眼睛打量她的脸，许久，幽幽冒出了一句："叶迟迟，你该不会在吃我妹妹的醋吧？"

"你神经病！"叶迟迟立刻抬高音量否认，"我是希望你管好你妹！以前她欺负我，我也就忍了，但是如果你们俩波及我身边的人，我绝对不会继续忍气吞声。"

纪晴朗的笑容僵硬在脸上，沉声问："你说你'身边的人'，是今天那个男生？"

"……"叶迟迟迟疑了一会儿，又恶声恶气回道，"跟你没关系。"

"所以……"纪晴朗的声音拖长，带着一丝怀疑，"你该不会喜欢那个人吧？"

"我没……"叶迟迟张嘴就要回答，可是看着纪晴朗脸上讥诮的神态，她深呼吸了一口气，瞪着他，又重复之前的答案，"跟你没关系。"

纪晴朗显然不买账，继续质问："那你现在为了那个人跟我吵架？上一次也看你和他走在一起，你们俩到底什么关系？"

"纪晴朗，你觉得我生气是因为你妹妹吗？"她无力地问道，"还是因为你今天对那个人动了手才觉得不高兴？"

纪晴朗的脸上出现一丝迷茫："难道不是？"

白痴！叶迟迟真想跳起来敲敲他的脑袋！她跟他之间的别扭，和林屿没有一点儿关系，甚至和他妹妹也没有关系。她会生气，都在于他，相处了这么多年，他还是什么都不知道。

她一时之间觉得很失望，如果现在不知道，那他也不用再知道了，她很累，只想要尽快结束这个毫无意义的谈话。

"他不是我喜欢的人。我误打误撞进了校刊社，要给他做专访，我要找他采访和取材，今天本来是要聊采访内容和选择拍照的地点，现在全部都被你和你妹妹打乱了。但是我不喜欢他，甚至有时候还会觉得因为他我遇到了不少麻烦事，想要远离他。"叶迟迟语气平静，一脸淡然地望着纪晴朗的脸，"就像你一样，一个完全不在乎我感受的人，我也不会在意你的感受，不会因为你，而让自己受到任何影响。"

"好啊，那你就证明给我看，你跟斗鸡一样张牙舞爪和我叫嚷都不是因为喜欢他！"

叶迟迟皱眉："怎么证明？"

纪晴朗想也不想地回答："拒绝这个无聊的工作，离他远一点儿。"

真是莫名其妙——无理取闹——蛮不讲理！这些词汇她统统都想骂出来，可她懒得再跟他吵了，而是坚定地说："不，我不光会接受，而且还会做得很好！"

"你……"纪晴朗气结。

两个人像是刺猬一样恨不得刺伤对方。叶迟迟心里有点儿难过，不知道从什么时候开始，他们的关系变成这样了。

"你到底来找我做什么？"

"没事！"纪晴朗恼火地回答，转身就走了。

叶迟迟其实隐约觉得纪晴朗来找自己肯定是有什么事，不过她也懒得问了。过了几天，她才听老妈说起，纪晴朗的电动车被偷了，这几天上学和放学都比之前要更早，赶第一班公交车。

难道那天……

叶迟迟了解纪晴朗的脾气，如果发生了这种事情，他也绝对不会向自己老爸开口要钱，宁愿自己打工赚钱，都不会向爸爸低头。

难道纪晴朗是想要向自己借钱才来的？

但是他们又吵了起来，他没能开口。

这个骄傲自满、脾气臭的白痴！她生他的气，她对他感到失望，可是她就是犯贱，那么多年青梅竹马的感情，她还是忍不住关心他。

叶迟迟算了一下自己的积蓄，买辆电动车还差了一半。她烦躁地问了问陆蔓薇有没有什么生财之道，虽然只是开玩笑，不过陆蔓薇愣了愣后拍拍她的肩膀："我之前貌似听说过，我先帮你问问。"

陆蔓薇花钱大手大脚，零花钱根本不够用，偶尔会喊表哥沈浩带着她去发发传单什么的，或许会知道一些门路。

当然，叶迟迟并没有抱太大的希望。

放学的路上，她正发愁着，都没有发现面前的路被人给挡住了。她低着头，只觉得自己面前站着一个人，她向旁边移了一步，那个人也移到她面前，她再移，那个人也跟着移。

这分明就是故意的！叶迟迟一抬头，面前竟然是那天向林屿告白的女生顾筱筱。她愣了愣，正要开口询问，对方已经抢先说明了来意："听说你最近会贴身采访林屿？"

"哈？"叶迟迟下意识地后退一步，校花大人之前告白被她撞破，现在她又跟校花大人的白马王子一起工作，这一看就是来约架的！她立刻表示清白，"我跟林屿没什么的！你一定要相信我！苍天可鉴！"

"……"顾筱筱翻了一个白眼，"我没有要怪你什么。"

"那你是……"叶迟迟警惕地问。

"我要给你一个任务。"校花大人挑挑眉毛。

叶迟迟疑惑地看着她，校花大人虽然漂亮，但面相清冷，跟林屿一样，一斜眼都气场十足，可她乌黑的眼睛一转，闪现出一丝诡异的笑容，显得俏皮又可爱，硬是把这份生冷给带活了。

"你要给林屿拍照是吧？那你帮我个忙，我要你顺便帮我拍几张林屿非常丑非常丑的照片，越难看越丢脸就越好！让人看一眼就觉得他男神光环全无的照片！如果我满意的话，一百块一张买下来，怎么样？"

"……"

这个校花大人……脑回路跟普通人真不一样啊……

叶迟迟不可思议地看着她，忍不住问："我可以问问，你有那么讨厌林屿吗……"

"讨厌啊。"顾筱筱清澈的大眼睛忽闪忽闪地眨了眨，"讨厌他太温柔了，让人根本无法自拔！太讨厌了！"

叶迟迟想擦擦额头的汗。可就在这时，又听见顾筱筱补充了一句："我上次悄悄放他洗澡的视频，想要在众人的面前害他丢脸难堪，惹他生气，最好是弄得他歇斯底里，然后过来责怪我，结果他完全没有，甚至没有追究我的错。唉，林屿太温柔了，我都没办法放弃他。"

叶迟迟的心里突然有些堵，像是塞进了一团棉花，也像是压着一块石头，不上不下的，但是随着时间的推移，她这跟吃了柠檬一样的感觉，慢慢转化为气愤。

想起自己受的委屈，林屿却一味地让她冷处理，原来都是因为校花大人？害怕她的追究会让顾筱筱惹上麻烦，为了保护对方，结果就牺牲了她吗？

这些天来对自己的温柔，也都是他歉疚的补偿？

亏她还以为……还以为自己是不是有点儿不一样呢！都是自己自作多情了啊。

她又想到了纪晴朗的车子，既然顾筱筱给了她那么好的一个机会，好像也没什么不行的。于是她咬咬牙，一口答应下来，拍着胸口保证："好！我会把他最丑的照片拍给你！分分钟让你后悔曾经迷恋过这个讨厌的男生！"

Chapter04
囧照大作战

GUAINI
GUOFENQIANGJING

　　反正也是工作，还能顺便赚到钱，何乐而不为呢！更何况林屿也拍了自己的扭曲照，害她扬名 L 市各大高校，就当作报仇也好……

　　叶迟迟失眠成灾，满脑子都是对某个人的控诉，因此上课顶上了两个硕大的黑眼圈。陆蔓薇还以为她熬夜温书，说好一起不努力，她却悄悄用功苦读！

　　"叛徒！"陆蔓薇狠狠说道。

　　叶迟迟也不理，手撑着脑袋继续打瞌睡，结果一个不稳，头重重地撞到桌子上，发出一声巨响，全班的注意力都集中了过来。原本打算放她一马的老师尴尬地咳了两声，让她先去洗把脸醒醒神。于是她走出教室，结果一眼就看到了篮球场上运球的林屿，他的对面是陆沉，一脸坏笑地试图干扰他。

　　最近快到运动会了，这段时间是班级之间几项球类的对抗赛，今天下午正好有林屿他们班跟 3 班的比赛。对了！不都说在运动的时候会因为精神集中，而做出很多扭曲的表情吗！叶迟迟一下子来了主意。

　　由于上课打瞌睡，课间休息时间，叶迟迟被老师叫到了办公室，出来的时候恰好碰到要进去的林屿。他刚打完球，满身的汗，看起来热得不行。她赶紧跑到楼下买了瓶饮料，站在办公室门口等人出来。都说在面对比自己强大的对手时，首先要让对方放松警惕，所以她得先讨好对方。

　　结果林屿一出来，叶迟迟就把饮料瓶子往前一送，笑得灿烂无比："会长，这是给你的！"

　　林屿愣了片刻，接了过来，笑着说道："谢谢，你在这里做什么？"

　　"我在等你啊！"叶迟迟内心的小恶魔不停地冷笑，刻不容缓地说出自己的想法，"我知道会长你们班下午跟 3 班有篮球赛，我想着要去现场取材呢。"

　　林屿边听边扭开了瓶盖，仰头喝了一大口，回答："你觉得有必要的话，就去吧。"

　　"但是这可能需要在场内，比如篮筐下的地方，会长你可以帮忙跟裁判说一下吗？"叶迟迟双手合十，眨巴眨巴眼睛请求道。

　　"反正到时候也会有校刊部的同学去取材，你跟着一起就好了。"林屿二话不说就答应下来。

　　叶迟迟松了一口气，笑眯眯地说："好的！下午我也会准备水，为会长你加油的！"

　　也为她自己加油！一定要成功！

　　叶迟迟觉得每次自己在林屿面前的时候，总是会情不自禁被他的气场打压，就像是她在校花大人顾筱筱面前，也总是觉得气势上受到了压制。

她想了想，难道是因为自己太矮了？

也是！林屿一米八，顾筱筱也有差不多一米七的身高，两个人的大长腿往那儿一站，只有一米六的自己说话都得仰着头。

就这么脑补了一下，叶迟迟竟然还觉得……挺般配的。

当然，她告诉自己，这不关她的事。

一放学，叶迟迟就带着准备好的饮料来到了篮球场旁边。两个班级的队员已经开始热身了。看到她来，林屿招了招手，示意她过去。叶迟迟正想着会和她一起取材的人是谁，便看到常晴的脖子上挂着一台单反相机，已经开始忙碌地捕捉选手们矫健的身姿了。

她只有手机……是不是太跌份了？

这样想着，叶迟迟尴尬地把手机捏紧了一点，深呼吸一口气走了过去。

陆沉看到她过来，开心地朝她挥着双手。这一举动立刻引起了附近女生的视线关注，不过有了之前的短片事件，她早就对这些目光攻击免疫了。

叶迟迟走到林屿面前，不好意思地笑了笑，摇了摇自己的手机："会长，我只有这个哦！不过我相信凭借会长你出众的外表，怎么拍肯定都会完美无缺的！"

"嗯，我相信你。"林屿朝她点点头。

别，千万别相信啊……因为我会把你拍得很丑的！她本来还挺坚定的，却在看到林屿的脸时，犹豫了，心虚地避开了他的目光。

比赛很快开始了，开场负责抢球的是陆沉。以前总觉得他嬉皮笑脸没正经的，没想到哨声响起的瞬间，他就像变了一个人似的，一个起跳就轻松地将球拍到了自己的阵营。也几乎是在同一时刻，林屿出现在了球落下的地方，弯腰运球绕过对手的阻拦，迅速到了对方的那边，把球一抛，传给了陆沉。她甚至都没发现陆沉到了那里，陆沉几个大步突破对手的包围，在篮下将球重新还给林屿，只见林屿轻松地起跳，将球送进了篮筐。

行云流水般的动作，还有一鼓作气的默契配合，让人咂舌惊叹！

全场顿时一片欢呼！

叶迟迟不敢相信自己的眼睛，离开场不到两分钟的时间，他们两个人已经火速为自己的班级拿下了两分。

而她，居然只是傻呆呆地站在这里惊讶，毫无作为！反观常晴，她在篮筐下看着自己手里的单反，确认刚才拍摄照片的情况了。

叶迟迟啊叶迟迟，这名字真像诅咒似的，反应都比别人慢半拍！还想抢拍到林屿会长打球的英姿，啊不，囧照……

不行！不能输！开拍！

哎呀！抢球了！拍拍拍！

不一会儿，哎哟又到篮下了！拍拍拍！

嘿嘿嘿，敌人把林屿给包围住了，看你突破时龇牙咧嘴皱着眉头，我就知道这次丑照有戏！

叶迟迟欢天喜地拿着手机像是个变态狂魔一样，猛按拍照键。就连常晴也阻止不了她拍照的步伐，而且拿着小巧的手机，她跑起来也比较轻松。

在林屿和陆沉接二连三的猛烈攻势之下，上半场很快结束了，比分拉开了二十多分！下半场只要好好守住，胜利已是囊中之物。2班的队员下到场边来，都跟英雄凯旋而归似的，后援会的妹子纷纷送上了饮料，就差手捧鲜花了。

叶迟迟不放过任何一个机会，一直拍拍拍。不知道什么时候，林屿来到了她的面前，把她的手机给移开，手里拿着一瓶水："也不用那么拼命，喝点儿水吧。"

"不拼命不拼命，跟会长大人您相比，我这工作压根儿没技术含量……"大太阳底下拍照再加上刚才忍不住跟着呐喊助威，现在再一贫嘴，她确实渴得不行了，道谢两声接下了水。

林屿又重新回到了队伍里。叶迟迟看着手里的水瓶，觉得这水有点儿甜。别瞎想！农夫山泉本来就是有点儿甜！而且这还是来自敌方的水，指不定下了什么迷魂药呢！

心里这样想着，她却不自觉地嘴角带着微笑，重新回到了场外休息区。

"来做学校那么重要的名人录专访，居然用手机拍照！哈，还真不怕别人知道你是走后门进入校刊部的。"坐在一旁的常晴幽幽来了一句。

校刊部早前是文学社，属于社团类，后来很多内容都需要由学生会直接下达，所以渐渐就归学生会副会长和学习部部长两人负责，但是社员不用非得是学生会的成员，面试也是由学生会副会长这边选拔。

叶迟迟没有通过校刊部的选拔，而是直接内部入选，自然会遭人非议。她早就想到这一点了，不过她是被赶鸭子上架身不由己，这些事情没法解释，但这也不意味着她就应该受欺负。于是，她露出一个自然柔和的笑容，由衷说道："谢谢，你这样一说，我还真觉得自己后台挺硬的。"

"你……"常晴被她的厚颜无耻给呛得哑口无言，只能干瞪眼。

休息时间很快就过了，选手们重新回到了赛场，继续比赛。开场没多久，林屿就拿到了球，负责拍摄的几人立刻跟了上去，拿好设备，准备随时抓拍他上篮的样子。

上篮起跳需要用尽力气，还要躲避别人的扣球，脸部的表情有时候会因此变得扭曲又搞笑，前段时间网上就专门有个 NBA 篮球赛的尴尬瞬间集锦，那叫一个毁形象啊……甭管多帅的人，也都逃不过镜头的捕捉。

叶迟迟内心暗暗开心：会长大人！风水轮流转，你凭着这张脸，一看这十八年来都是众星捧月，是时候曲折一下风往另一边吹了……

想着，她找准机会钻到了篮筐下，可眼见着人影越来越近，她忽然觉得有点儿可怕。之前都是在旁边拍，现在近距离拍正面，那些牛高马大的男生一起冲了过来……

太吓人了！

3班的学长们不甘心比分的落后，所以下半场一开始就拼尽了全力。一见林屿拿着球，身边立刻有三个人围攻他，让他既无法传球，也无法上篮，但他还是靠着巧攻和硬拼来到了篮下。只是这个力道太猛了，叶迟迟看到有人在林屿的身后不停用手推搡着他，但是旁边还有人在挡着，所以裁判也看不清楚，一直没有吹哨。结果刚到篮下，不知道谁狗急跳墙向林屿扑过去，他一下子重心不稳，长腿一绊，整个人朝前摔倒，身边的人也跟着一起受到牵连，往他身上压下去——

很不巧，叶迟迟正好站在林屿的正前方！虽然她对刚才不公的一幕很是愤愤不平，但她也没必要当林屿会长的"人肉垫子"，他们几个汉子这么一压，后果不堪设想！所以她打算快速向后，哪知道才退了几步，就感觉身后被谁一把又推了过去！

叶迟迟瞪大了眼睛，眼看着那几个男生如同洪水猛兽般扑了过来！她在倒下去的时候，清楚地感觉到了自己的后背撞上了旁边的篮球架，撞击的疼痛猛然袭向她的全身。她痛得五官扭曲，眯着眼睛隐约看见近在咫尺的林屿，一脸的担心和急切，嘴巴张张合合，似乎在说什么，可她听不清。

所有的事都是在一瞬间发生的。叶迟迟后脑勺儿也不小心撞上了地面，当即就眼前发黑，脑袋里"嗡嗡嗡"响着，她慢慢地才恢复了听力。所幸大家立刻站了起来，压在她身上的林屿也飞快爬起来，把她从地上扶了起来。人群里立刻有人在喊"哎呀！出血了！出血了"，叶迟迟心想着不会是她吧，就瞥见林屿扶着自己后背的手，一片血红。

居然还真的是她。

这时候，叶迟迟还听见常晴无辜地说："我刚才本来想上前抓拍的！

没想到竟然会不小心碰到了叶迟迟！真的对不起啊！"

　　叶迟迟即使神志不清，也知道她根本就是在说谎，想要恶狠狠拆穿她的谎话，但是一开口又变成虚弱的呻吟："你个……臭……不要……脸……的！"

　　"嗯？"林屿皱着眉头靠近她的嘴边，想要听清她在说什么。

　　叶迟迟狠狠瞪着还在辩解的常晴，想要努力张嘴，不过她已经没力气了。她就像是电视里的林黛玉，一股气憋在胸口，话没说出来，就晕了过去。

　　醒来的时候，叶迟迟毫无意外地躺在医院里。

　　林屿送她去学校保健室，老师说背后的伤口需要缝针，林屿又抱着她直奔了附近的医院。她大多数时间都是昏迷状态，医生说她背后的伤口是最严重的，身上只是一些撞伤。

　　叶迟迟睁眼，看见林屿坐在她的床边，再远一点儿，还有体育老师、班主任、陆沉和陆蔓薇。

　　见她睁开了眼睛，陆蔓薇冲上来，握住了她的手："迟迟，你觉得怎么样？头还晕吗？"

　　头倒是不晕，就是觉得身上像是被卡车碾过一样。她摇摇头，挤出一个虚弱的笑容，看向身边的林屿，隐约可以回想起，在她迷迷糊糊醒的那几次，都是他在自己的身边，轻声安慰着她。

　　一时之间，叶迟迟的脸有些红。

　　"脸怎么突然那么红？"林屿蹙眉，伸手过去覆上她的额头，"不会是发烧了吧？"

　　"没……没有……"叶迟迟立刻否决，"就是……呃，太痛了。"

　　是真的很痛。可是看到你在身边，露出这么关切的目光，听到如此温柔的话语，又好像好了很多。

医生过来重新检查了一下，询问了一些问题，交代没有什么大问题，不过要在这里住一晚上观察，明天可以出院。学校给了叶迟迟几天的假，陆蔓薇还有学生会的任务，就跟老师们一起回去了。

陆沉看了一眼视线从未离开过叶迟迟的林屿，有些尴尬地轻咳两声："我……是不是应该先走？给你和网红少女多留一点儿独处的空间。"

别！千万别走！叶迟迟的内心在挣扎，一方面觉得自己应该跟林屿保持距离的；但另一方面又觉得他刚才那么着急地冲向她，她好像又抗拒不了他的温柔。

林屿没有理他，跟叶迟迟说："你刚才昏迷的时候，你爸妈打了电话过来，我跟他们大致交代了情况。你妈妈说，你爸爸还没下班，打算等他下班了一起过来，会顺便帮你把晚餐也带来。"

这老妈还真是心宽啊！自己女儿被一群人砸进医院了，还能优哉地等老爸。

"这是你的手机，有微信和短信。"林屿的脸上闪现一丝难以捕捉的怪异，把手机递了过去，瞧见女生的表情，补充了一句，"我没有看。"

叶迟迟并没有怀疑他，只是担心是顾筱筱发来的，被他看到就惨了。于是道了声谢，她把手机接了过来，看过之后，就默默地把手机放到了枕头旁边，注意到对方的视线，她尴尬地笑了笑。

见她的精神恢复得不错，林屿一扫之前的温柔，话锋一转，满是责备地说道："叶迟迟，如果我知道你会为了拍个照那么拼命，是绝对不会让你来做的，这份工作没有你的安全重要，明白吗？"

可是如果你知道我到底为了什么那么拼命，你或许也不会对我这么温柔了……

叶迟迟心里有些难过，其实她很想问他到底为什么对顾筱筱那么好，如果喜欢顾筱筱的话，大可以接受顾筱筱的心意……

"下次我一定……"

"没有下次。"林屿斩钉截铁地打断她的话，许是觉得之前的语气太重，重新放柔了语调，"你想要拍什么，我会专门找时间，让你慢慢拍的，以后这样的事，你不要再参与了。"

我想要拍你难看窘迫尴尬的瞬间呢！叶迟迟撇撇嘴，低下头小心地用余光扫了他一下。不过说到这个，她才猛然惊觉："比赛呢！比赛怎么样了？！"

林屿一脸平静，对她露出一个宽慰的浅笑。

叶迟迟心里闪过不好的预感："不会输了吧？"

如果连续两年雄霸篮球赛场的 2 班因为她输了的话……

"噗，瞧你那样。"陆沉在后面笑了笑，满脸得意，"我们当然赢了。虽然林屿确实错过了比赛，不过少了他一个也并不影响我的发挥，76 比42，怎么样啊，是不是觉得学长我就是三次元的流川枫？"

叶迟迟心里犹如放下了一块重石，就连陆沉的自夸听起来都没那么讨厌了。

她好像……还是没有办法真的讨厌林屿啊。

"既然你没事了，那我和陆沉就先回去了。你好好休息，晚上我给你发信息。"林屿站了起来。

"嗯，这次谢谢你们了。"想着麻烦了会长那么久，叶迟迟有些过意不去，"会长再见，学长再见。"

林屿走到门口，忽然又停顿了一下，转头问她："你喜欢看书吗？"

"嗯？"叶迟迟不明所以，但还是老实回答，"喜欢啊，不过我喜欢看小说。"

"小说？什么类型的？"

叶迟迟不好意思地"嘿嘿"两声，半开玩笑半认真地说："喜欢看言情小说，什么《霸道总裁爱上我》《总裁的五十亿小娇妻》之类的；如果是古代，就《霸道王爷》……"

"我知道了。"林屿无奈地打断她的话，"我先走了，你休息吧。"

什么嘛，明明是你自己要问的！叶迟迟嗫嚅嘴，敢怒不敢言，不过她会说那些，只是故意整他而已。

等到他们离开了好一阵，叶迟迟重新把手机从枕头旁边拿起来，仔细翻看起纪晴朗发来的信息。

"叶迟迟，你还好吗？"

"叶迟迟，你怎么总是那么笨啊。"

"叶迟迟，能不能回我个信息，还是你睡着了？"

"只要不是在生我的气就好了，毕竟我那么帅。"

……

他又这样，惹怒她之后，就会发一大堆信息过来。如果她没有回复的话，那他也就算了，反正过一段时间，她总是会消气的。

这一次，她不会回复。

更不会消气。

可是叶迟迟有些恼火，因为她还是想要帮纪晴朗筹钱。

叶父和叶母拿着排骨汤来了，还做了叶迟迟喜欢的锅包肉。他们事先知道她并无大碍，只是背上缝了针，可看到女儿的伤口后，还是有些担心。从医生那儿再次得到了证实后，叶母的表情才缓和了不少，最终决定晚上不在这里住，吃了饭就拉着叶父走了。

叶迟迟一看才八点钟，他们什么消遣物品都没给自己带，电视节目也不好看。病房里另外一位住院的阿姨家住在附近，白天打完针，晚上都回家住。

好无聊啊……她不由得感叹自己为什么要那么努力，不过就是为了人家小情侣间的小玩笑……

叶迟迟还没意识到自己的这个想法透着一股酸涩的味道。

一张照片一百块，她也没理由拒绝。啊，照片！她赶紧拿出手机，看看自己付出了血与泪的成果——

第一张，林屿半蹲着准备起跳，脸上表情严肃，神色紧张，但是微微弯曲的大腿显得结实有力，充满了男性美感……喂喂喂！

第二张，林屿接到了来自陆沉的传球，手中运球，身体前倾，微微抿着嘴唇，运筹帷幄的自信让他看起来有一种篮球运动员的气场……什么鬼！

第三张，林屿在篮下被几个人围困住，眼睛斜着望向身边的人，应该是在伺机寻找传球或者上篮的机会，俊美的面孔被汗水打湿，在阳光下闪闪发光……你够了……

什么嘛！叶迟迟气恼地看着，为什么自己拍的每一张，即使会长表情扭曲、不自然，甚至有两张还闭眼睛了，却丝毫不觉得滑稽，不觉得丢脸，还是很好看呢？！

叶迟迟怕是自己花痴，主观认为这些照片都不难看，就试着发了一张给陆蔓薇。结果……陆蔓薇比她还要夸张，疯狂刷屏求再多来几张，甚至丧心病狂地把自己微信的头像换成了林屿的照片。

这么明目张胆真的好吗？叶迟迟汗颜。果然是验证了一个道理，好看的人，干什么都好看。

叶迟迟正望着林屿的照片感叹，随便一张都可以当作运动品牌的画报时，有人发了微信过来。起初她还以为又是陆蔓薇在求照片，结果竟然是林屿。

"早点儿休息，别看太晚。"

看什么看太晚？叶迟迟不解，手机吗？她刷着朋友圈，居然发现会长刚才连发了很多条说说。

每一条都由图片组成，但上面全是文字，她本来以为会长如此感性，居然深夜写了那么多心情感悟。结果一打开，她才发现上面的标题是……

《霸道总裁的柔弱小娇妻》《霸道总裁的驭妻术》……

全部都是她喜欢的重口味……

他居然全部都做成了图片的形式，还特意将背景调成了柔和的暗色调，在病房里昏暗的灯光下，不会觉得刺眼。

其实她自己下载也可以的，但是说不感动是不可能的。她不光感动，还觉得心头沾了些蜂蜜，甜滋滋的。身上分明还在隐隐作痛着，止痛药也不能完全压制的痛感，此刻竟然被林屿这个暖心的举动轻易地治愈了。

可是分明不应该这样啊！她的拍照计划还能继续实施吗？！

叶迟迟忽然想到，林屿在朋友圈发这些，要是被别人看到了……果然，陆沉迅速地在每一条底下留了一大串问号，不过很快他又发了一个笑脸，评论道："我懂。"

不过陆沉也说了，林屿的微信里只有他们两个人。

叶迟迟戳开了一张图片，结果一看就一发不可收拾了。果然是她偏爱的强取豪夺类型，起初是男主虐女主，后期就是女主虐男主，就算都是千篇一律的故事，但是她就是看不腻……看着看着，她顿了顿，想着林屿在做这些图片的时候，有没有看到里面的内容……

也实在是有些尴尬。

算了，这也算是找到了可以调侃会长的机会吧！

不知道看了多久，叶迟迟不得不佩服他，眼光还不错，找的几本小说篇幅不长，但是内容紧凑不注水，那么良心的作者真是少见，可是她突然发现在打开另外一张图的时候，却显示不出来了。她以为是自己网络不好，重新打开朋友圈再刷了一次，才发现不光是那一张图没有了，就连刚才发的都没有了。

只剩下他发了一条文字的。

"快睡吧。"

简单的三个字，不知道为什么，在此刻竟然有那么大的魔力，就好像是被魔法师施予了咒语！一股暖暖的甜蜜从头顶渗透进了全身，顺着血液流遍了每一个神经末梢，最后又回到了心脏，藏到了她心底的最深处。

不多不少，刚刚好，让她觉得心动，又想笑。

"不对啊……不该这样啊！"重新醒悟过来的叶迟迟懊恼地把头埋到枕头里，痛苦地大叫起来。

在叶迟迟看来，可怕的不是敌人强大，而是敌人太温柔。

在这样的"怀柔"政策下，她开始动摇了，想着要是下次再见到顾筱筱，干脆跟她说放弃这个工作算了。但是纪晴朗的车子还是需要钱，她又发了短信问陆蔓薇有没有什么兼职的机会，陆蔓薇先是让她好好养伤别想太多，那边的兼职还在帮忙问。

第二天，叶迟迟出院回家。晚上十一点多的时候，她还躺在床上戴着耳机看书，歌曲播放完的间隙听到了外面突然响起了熟悉的男音，而且还逐渐向这边靠近着，她赶紧闭上眼睛躺好。

果然，很快门就被推开了，歌曲换了下一首重新播放。叶迟迟隐约听到纪晴朗说了什么，可是因为音乐声没听清，但她此时如果摘耳机的话，肯定会被发现，于是只能死死闭着眼睛没有答话，拳头紧紧握着。

他会说什么呢？要不要干脆起来听？她犹豫着，想要悄悄睁开眼的时候，只看到门被关上了。

纪晴朗已经走了。

要发信息问他刚才到底说了什么吗?

看现在的时间,应该是刚下晚自习,他坐了那么久的车回来还特地来她家一趟,会不会有什么重要的事情要说呢?

算了,他能有啥好说的,估计又是数落她那么大还不会好好照顾自己,还摔跤受伤入院。

叶迟迟看着空寂的房间,屋顶上的灯晃得她眼睛疼。

可是闭上眼,却总出现纪晴朗的脸。

叶迟迟回归的当天,陆蔓薇大惊小怪地说要庆祝,还提前在学校门口的甜甜圈店订好了位子,兴奋地告诉她,已经跟会长大人和副会长大人说过了,他们也都会来。起初她不太相信,毕竟林屿和陆沉都已经高三了,本身学业繁重,又要负责学生会的事务,怎么会来参加这么无聊的"康复派对",而且还是在那么简陋的甜甜圈店。结果五点半一到,她看到了准时出现的两个人慢悠悠坐在了她的对面……

林屿避开她的视线,转头看向窗外,陆沉倒是开心地跟她打着招呼,拿起菜单点起来:"啊,我要吃草莓味和巧克力味的,上面再加一点儿什么配料好呢……会长,你刚才不是说很想吃才来的吗,为啥来了又不着急点!"

他很想吃?可是他一看就不喜欢甜食啊。叶迟迟惊讶得微微张开嘴,看着林屿:"会长你喜欢吃甜甜圈?"

林屿蹙起眉头,勉强地回答:"嗯,挺喜欢的。"

这根本就是不喜欢的表情啊!似乎察觉到了叶迟迟带着质疑的目光,他从陆沉的手里拿过菜单,大致扫了一眼,然后跟来点单的服务员小妹说:"你好,请给我一个奇异果酱的,再给我一个三明治套餐吧,培根和金枪鱼。"

全部人都点完后,陆蔓薇开始吐槽叶迟迟不在的这三天都发生了什么,首先当然是害她受伤的罪魁祸首常晴。

"听说她被老师狠批了一顿，就连专题采访工作也被换成了日常的校刊编辑。"陆蔓薇显然对这次的处分相当满意，说完，冲陆沉眨眨眼。

陆沉得意地对叶迟迟笑笑："别客气。"

"是你下的处分？"

陆沉一只手撑着自己的下巴，露出烦恼的表情："有人欺负咱们的'网红少女'，我当然不能忍受了，不过这也算是某人下的指示吧。"说完，他看了看身边的林屿。

会长大人意外地没有否决，而是垂眼淡淡说了句："我只是建议了一下而已。"

叶迟迟简直不敢相信，想要追问的时候，正好之前点的东西端了上来。

陆蔓薇跟陆沉一句接一句聊得热火朝天。叶迟迟想插话，可他们聊的话题完全没有插足的余地，她只好咬着自己的甜甜圈用眼睛偷瞄林屿，对方吃得异常认真，皱着眉头一脸严肃。

像是察觉到了她的视线，林屿转过头来看她："你有话要说？"

"啊？没有！"如同做坏事被发现了，叶迟迟第一反应就是否认，但是想到自己确实有话要说，寻思着干脆趁现在说就好了。

结果，这时候陆蔓薇突然接到了电话，她挂了电话之后急急忙忙对陆沉说道："学长，能不能麻烦你骑车送我去一下市中心，很急！"

陆沉看出事态紧急，没有开玩笑就点头答应了，两人匆忙退场了，剩下一直没怎么说话的林屿和叶迟迟。

"啊，这个甜甜圈真好吃啊。"叶迟迟尝试着主动先开口，她看了看林屿之前点的奇异果酱甜甜圈一点儿都没动，便问道，"会长你不吃吗？"

林屿把甜甜圈推到她面前："你觉得好吃的话，你吃了吧。"

其实她不是这个意思啊……叶迟迟欲哭无泪，而且看他的表情，其实他好像并不喜欢吃这个，三明治倒是被他吃得干干净净，但是甜甜圈一口都没动，还有推给她之后脸上那明显如释重负般的神态。

可是如果他不喜欢甜甜圈的话，为什么要勉强自己来这里呢？叶迟迟没问出口，而是拿起了林屿给她的甜甜圈咬了一大口。

"超好吃！"叶迟迟兴奋得说道，赶紧又咬了一大口，跟林屿说道，"会长你不吃真的好可惜！这个真的很不错喔！要不要给你吃一口？"

她也没多想就递过去了，可后来仔细一想，又觉得有些不妥，他凭什么要吃自己吃过的东西啊？你们没那么熟啊！叶迟迟你脑抽了！但是手已经伸出去了，收回来好像有点儿奇怪……

哪知道林屿竟然真的伸出了手！叶迟迟还在想着应该给他重新点一个，可他现在接受了，也不好再收回来了，只能无措地看着他的手慢慢伸向自己……的脸？

林屿的手落到了她的嘴边，手指轻轻一抹，就又收了回去，云淡风轻地说了句："你嘴边沾着果酱，既然那么喜欢，你就全吃了吧。"

整个过程直到结束，叶迟迟才反应过来，登时脸"唰唰"变得通红，赶紧低着头把剩下的甜甜圈塞进嘴里。即便是这样，她还是感觉得到林屿的视线一直落在她的脸上，便赶紧吃完后站起来跟他飞快说道："我去结账！"

逃也似的跑到了柜台前付好了钱，叶迟迟深呼吸了好几口气，还是没缓过劲来。结果这时候害她紧张成这样的某人又出现了，手里面拿着她的背包，对她说道："结完账了？走吧。"

说罢，他就率先走出了餐厅，叶迟迟慢慢跟在他身后，从他手上接过自己的包："学长，你不住宿了吗？"她看他没往学校走，而是跟她一起走向车站的方向。

"嗯。"林屿点头，"在家复习比较方便，其实退宿有一段时间了。"

也是，这都高三了，下个学期就会更加忙碌了吧。

林屿又悠悠地补充了一句："而且担心哪天回宿舍，又会有一个打扮得很奇怪的女生在我的床上睡觉。"

"那不是我啊。"

"我也没说是啊。"他望着她的眼里带着笑。

叶迟迟家在附近，林屿要坐公交车，但都是一个方向。两个人并肩走着，有一搭没一搭地聊着天，她竟然觉得林屿并不像看上去的那么冷漠，甚至还会开玩笑。

"谢谢款待。"林屿没有回头，语气柔得像是迎面吹来的风。

"不、不客气……其实会长我……"叶迟迟吞吐了一会儿没说出来，只能转移了话题，"在我不在的这三天里，陆蔓薇跟陆沉的关系一下子近了好多哦！"

"嗯，陆沉说他要照顾陆家人。"林屿的脚步放得很慢，"之前他们俩同仇敌忾一起骂常晴，大概有了某种同阵营情谊。"

叶迟迟忍不住笑起来，没想到林屿这样的人也会说玩笑话，之前的尴尬一下子消除了不少，她也放开胆子继续说道："不过没想到会长你会来这个无聊的'康复派对'，陆蔓薇说的时候，我还以为她是故意逗我的。"

"伤口好些了吗？"林屿没接话，而是这样问道。

她点点头："其实没啥大碍，不过伤口愈合的时候会很痒，自己挠不到还挺闹心的。"

他没有回答，像是在想些什么。眼看着车站就在面前，叶迟迟想着也该到分别的时候了，就说："到车站了呢！会长，那你路上慢点儿，我就先走了，再见！"

林屿的脚步却没停下来："我送你回去。"

"啊，不用了。"叶迟迟想拒绝，但是林屿已经大步向前了，没办法，她只好跟着他继续朝家的方向走去。可是路上再没说什么特别的话，她看着他的侧脸，忍不住想起顾筱筱对自己说的那些话，心里又开始摇摆不定。

林屿知道短片是顾筱筱拍的，却还是选择让自己背了黑锅……

好不容易挺过来了，再想起那些时候发生的事，还是会觉得委屈得不行。当然，更委屈的是因为当事人一直不出面解释，别人谈论起这件事的时候他并没有为自己辩解……

是因为他喜欢顾筱筱，才会在两个人之中牺牲掉她吗？

叶迟迟觉得有些酸涩。

可是林屿有时候对自己那么好，她甚至会误会，他对自己是跟别人不一样的。

直到他们到了叶迟迟家小区门口，林屿才停下来，目光柔和地望着她："到了，你快回去吧。"

叶迟迟总算忍不住开口："会长，之前谢谢你，小说看得很有意思。"

一直都想找机会谢谢他，现在总算是说出口了。

"你觉得有意思就好，不过你如果想看别的类型，我可以推荐给你一些。"林屿笑了笑，"快回去吧。"

"嗯，明天见！"她也朝他回以微笑，招了招手，可她刚转身，就听到林屿说，"明天估计见不到，但是礼拜天，我们见一面吧。"

叶迟迟这才反应到今天已经是礼拜五了，明天是周末不用上课！周末见的话……难不成他以为她在约他？！不是这样啊！会长你误会了啊！

她还想解释，林屿已经转身走出几米远了，又回头倒着走，对她挥了挥手，便重新向前，慢慢走远了。

Chapter05
渐行渐远 渐渐靠近
GUAINI
GUOFENQIANGJING

　　晚上，林屿发了微信消息过来，简单地交代了几句话：星期天下午三点，某间咖啡厅，以及对于今天的甜甜圈表示感谢。叶迟迟其实想好好跟他聊一下，那天见面是要去做什么，这样她也好有个准备，结果因为思考如何回复的期间，对方已经发了"晚安"两个字过来。

　　这直接把她满腹的疑问又给压回去了，于是她也只能回了一句："嗯，会长晚安。"

　　叶迟迟觉得自己还是很有良知的。她决定跟顾筱筱说清楚，放弃这个任务。就算林屿有些过分，偶尔想起来也会觉得憋屈，但也不至于要因此报复他，达到赚钱的目的。

　　顾筱筱于是也跟她约在礼拜天下午市中心见面，因为顾筱筱其余时间都没空，而且时间刚好在她和林屿见面之前的一个小时。刚好和顾筱筱谈完了，林屿也差不多到了，虽然有点儿冒险，不过只要速战速决应该不会有问题。

周日，叶迟迟提前到了跟顾筱筱约好的甜品屋。没过一会儿，一个戴着鸭舌帽和大墨镜的女生坐到了她面前。叶迟迟以为是没位置来拼桌的，刚想让她走开，结果对方把墨镜一摘，露出了顾筱筱那张精致小巧的脸。

今天天气直线转凉，来的时候还下了阵雨，根本没啥太阳，女生这样打扮显然是不想让别的人认出来，可是这样有些适得其反了。

顾筱筱像是做贼一样四处张望了一眼："东西呢？"

"啊，什么东西？"叶迟迟听得云里雾里，再看对方一副在拍谍战片的模样，更是不解，"你怎么了？"

像是大明星在躲避狗仔的追踪一样，顾筱筱重新戴上了眼镜，飞快说道："我妹妹在这儿附近，我不能让她发现我。我没多少时间，照片拍好了吗？其实你直接传给我就好，也不一定非要来这边见面的。"

"不是，我的意思是这份工作我决定还是算了。"叶迟迟坦白道，"总觉得心里有些怪。"

"不怪不怪，我就是想整整林屿而已！他最近老是不理我，我就想恶作剧一下，放心啦，其实我跟他关系还挺好的。"她一把握住叶迟迟放在桌面上的双手，撒娇般说道，"迟迟，我知道你最好了！就帮我一次吧，人命关天啊！我说真的！这样，我先付你定金！你现在拍到了多少都全部发给我！"

他们的关系……很好？人命关天又是怎么回事？从来没有听林屿特别提过啊。不过想来也是，人家凭什么告诉你啊，你们之间的关系好像也没有近到可以聊这些事的程度吧？

叶迟迟耳根子软，根本经不住别人这样的拜托，勉为其难地点头："这样吧，我只能说平时帮林屿拍照的时候找机会偷拍几张，钱就算了吧。"

"太棒啦！"顾筱筱立刻欢呼起来，"那我先走了！等会儿记得发照片喔！"

望着顾筱筱离开的背影，叶迟迟长叹一口气，分明是下定决心来跟她拒绝这个请求的，结果最后不但没能拿到钱，还得继续帮忙。她垂头丧气地走到了跟林屿约定的咖啡厅，挑了几张自己觉得没能体现出林屿帅气的照片发了过去，果然顾筱筱不是很满意，有些失望地说要什么脸扭成一团的丑照……

叶迟迟又继续翻找着手机里的照片，不知不觉竟然看得入了迷，直到一道熟悉的男声响起："你在看我的照片？"

她吓得一哆嗦，手里的手机都差点儿没拿稳，一抬头，正好对上林屿带着笑意的脸。他冒雨而来身上带着水汽，额前的头发有些湿了。

见叶迟迟不说话，他接着说："刚才那些是我的照片吧？如果专题还不够的话，找个机会再补拍几张也可以。"

"够了够了。"叶迟迟下意识地回答，可是想到和顾筱筱的约定，又反悔了，"哦，不够不够，还缺一些。"

林屿见她变来变去，有些疑惑，但并没有问什么，而是笑了笑，重新站起来："我先去点点儿东西，吃什么？"

叶迟迟赶紧道谢："榛果卡布奇诺，谢谢。"

林屿点点头走向柜台。

她望着窗外，雨似乎又大了一些，滴滴答答的，路上的行人举着伞艰难地前行着。

正在发呆的时候，面前的手机突然响了起来。她拿起来一看，竟然是纪晴朗，本来是想要挂断的，但想到那晚没能听到他说的话，最后还是接听了，然后就听电话那端立刻传来他抱怨的语气："叶迟迟，你怎么还没来啊？我等了你五个小时了。"

"你在说什么啊？"她虽然有些莫名其妙，但一听就知道他现在的情况并不好，声音都变了。

隔着手机都可以听到大雨哗啦的声响。

"那天晚上我去你家跟你说，让你周末把时间空出来，十点在小区路口那里等我，现在都几点了，你怎么还没来？"纪晴朗飞快地说着。

她愣住了，脑子里空白了片刻。这个白痴，就算约定了，也得单独再说一次啊！叶迟迟一下子站了起来，正好这个时候林屿拿着饮料过来，她只能提起包急急忙忙说道："会长对不起，我今天临时有事情得先走了！下次我一定请你吃顿好的！"

她转身要走，可是手腕却被人拉住，林屿一脸担心："很严重？需要我跟你一起去吗？"

"不用了，不用了。"叶迟迟摆摆手就朝外跑，来的时候没下雨，自然也就没带伞，她拿着包挡在自己的头上站到路边的树下拦出租车，无奈同样在等车的人也不少。

正焦急着，一把伞出现在了自己的头顶，她转过头，看到林屿不知道什么时候已经跟了出来，手里撑着伞挡在她的头顶，说道："雨那么大，你这样打不到车。"

他把伞柄朝叶迟迟手里一塞，走上前，到了马路边缘，举着他长长的胳膊拦车。雨水很快打湿他的衣服，叶迟迟也跟过去，替他撑着伞。他看了一眼她被雨水淋湿的手臂，重新将伞推回她身前："好好打着，我等会儿就回家了，可你还得去别的地方，不是吗？"

略带责备的语气，叶迟迟却觉得此刻的心温柔得如同覆盖了一层羽毛。

果然没多久，林屿就拦下了一辆车，看着女生钻进了车里，他也没有拿她递过来的伞，而是替她关上门，说："你拿着用吧，我等会儿回家就行。到家给我发信息，快去吧。"

叶迟迟点点头，看着窗外满脸雨水的林屿，只能说出一句苍白的"谢谢"。

　　林屿对她笑笑，然后招手："再见。"

　　车子慢慢启动，她也赶紧和他挥手道别，后视镜里，林屿的身影渐渐变小，可他依然站在原地，望着她的方向。

　　叶迟迟长叹了一口气，心中的烦闷和愧疚扩大。

　　叶迟迟到达纪晴朗所说的位置时，他像是一只无家可归的流浪狗，站在小卖部前的雨棚下，东张西望满脸焦急。直到看到她出现，他立刻忍不住地抱怨起来："叶迟迟，你迟到就不能说一声吗？"

　　可是等她靠近，他又赶紧从包里拿出了纸巾递给她。天气转凉又逢下雨，纪晴朗的嘴唇被冻得有些发白。叶迟迟擦了擦自己的脸，对他的怨气少了大半，又觉得这么便宜他不行，便没好气地问："到底什么事？"

　　纪晴朗看了一眼她，伸手将她脸上沾着的纸屑拿下来，然后在包里面翻找了一下，竟然拿出了一个四四方方的盒子："送给你的。"

　　她仔细想了想，不是生日，也不是什么特殊的日子，也没有什么值得庆祝的事情，于是问："为什么突然送我礼物？"

　　"你先拆开看看。"纪晴朗不答，而是对着礼物盒抬了抬眉毛。

　　叶迟迟慢慢拆开了盒子，露出了里面的物体———台崭新的拍立得。

　　她没说话，而是愣怔地看着。纪晴朗笑了笑，对于自己的礼物让对方大吃一惊而感到高兴，语气轻快地说道："叶迟迟，你之前那个还留着吧？上次我去你家看到你还放在柜子里，有了这个你就可以把那个坏掉的给扔了。你能不能忘掉以前的不愉快，纪晴双年纪小不懂事，你就原谅她吧。"

　　纪晴双，又是纪晴双！叶迟迟又想起因为纪晴双的陷害而被误会的时候，纪晴朗却无条件相信自己妹妹的瞬间。

　　"我不要。"她冷着脸把相机退回去，一口回绝。

纪晴朗没想到她变脸那么快，以为她还在因为纪晴双而赌气，又劝慰道："迟迟，那就不要管纪晴双，我们就跟以前一样当好朋友不行吗？这个相机是送给你的，不是因为被纪晴双弄坏了我才赔给你，你不是喜欢拍照吗？以后无条件供应你相纸，别生气了好吗？"

她望着他的脸，此时大雨终于快要停下来，远处被乌云遮住的太阳重新洒落光线，逆着光的男生仿佛裹着一层柔和的光晕。

他很少对自己那么温柔，可是这样的温柔，在他重新和纪晴双相认之后却屡见不鲜，只是对象不是她罢了。现在她终于见他也对自己流露出了这样的一面，她却已经没有想象中的心动。

叶迟迟叹口气，她没有力气再闹别扭，接下了他手中的相机。纪晴朗知道对方没在生气了，脸上的笑容立刻恢复，又一脸苦恼地说道："叶迟迟，以后不要总是这么容易生气，每次要哄你我都很伤脑筋，以前明明说句对不起就消气了，现在我真的越来越摸不清楚你的脾气了。"

"摸不清就不要理我。"叶迟迟小声嘟囔着。

他没听到。

"走吧，等你那么久我肚子都饿了。"纪晴朗可怜兮兮地说，"你知道我现在什么情况吗……算了，你请我吃一碗面吧。"

吃面的时候，纪晴朗就像是饿死鬼投胎，一大碗炸酱面十分钟就吃光了，又点了一份饺子，吃得津津有味。叶迟迟小口吃着自己面前的东西，突然走神想到，刚才林屿已经点了吃的，她这么匆忙离开了……

而且他要跟自己说的话似乎都还没来得及说。

"你在想什么？"纪晴朗打断她的分神。

叶迟迟摇摇头："没有。"

纪晴朗怀疑地看了她一眼，又继续专心吃东西。叶迟迟看着他的脸，黑眼圈有些重，眼眶也有些红，似乎休息得非常不好。

过了一会儿，纪晴朗吃饱了，一看手机立刻有些急切了，招呼老板过来结账。他跟叶迟迟解释道："我得去学校了，等会儿晚自习。"

"这还有两个多小时呢。"她也看了一眼手机上的时间。

"我现在坐公交车，路上不远，但是这公交车会绕路，而且公交车来得还慢，错过这一趟我肯定迟到了。"

两个人朝车站走过去，一直觉得他没有跟自己提起电动车的事，所以她也想忍着不谈，但犹豫了一会儿，叶迟迟还是明知故问道："你的车是不是被偷了？所以现在都坐公交车，最近学习应该挺紧张的吧？你这样下去不行，要不你就找你爸……"

"叶迟迟，我的车子不是被偷了。"纪晴朗打断她的话。

"啊？"

根本来不及追问，远处的公交车已经驶了过来，里面挤满了同样要去学校的人。

"本来想跟你多玩一会儿的，都怪某人喜欢闹别扭。哈哈，叶迟迟，我们有空再见吧。"纪晴朗拍了拍她的脑袋，就转身上了车。早就已经载满学生的公交车里，他只能勉强站在前门的门口，但还是腾出手，朝她挥了挥。

叶迟迟也挥手道别，用口型说了拜拜。

一想到纪晴朗满脸疲惫的模样，叶迟迟就知道他不会向自己父亲服软，这样继续每天两个小时来回，中午在教室又没办法好好休息……

晚上回家，她还在想着纪晴朗说自己的电动车没有被偷的话，难道是怕她担心，所以逞强不愿意透露？

陆蔓薇突然发了信息过来："迟迟，会长大人跟你说了关于兼职那件事情吗？"

她这才反应过来，今天会长约她见面是要说这件事？！

"什么情况？我跟会长今天见了面，但是没说成我就有事情走了。"

"我无意中跟陆沉提了一下你在找兼职的事情，毕竟还是高中生，很多地方不收。陆沉立刻就把这件事顺便告诉给了会长，会长说他那儿倒是有一个活儿，所以打算跟你当面谈过再说。"

叶迟迟立刻开心地给林屿发信息："学长，今天的事情对不起啊，我有些事先走了，下次我请会长你喝东西吧！可是我听说你今天找我是要跟我说兼职的事情吗？现在这个机会还有吗？"

不过消息发过去很久，对方都没有回复。她抱着手机坐在写字台前，写一会儿就看一下手机，生怕是不是自己屋里信号不好没收到。结果等她作业写完，十一点多要上床睡觉的时候，那边才回了信息。

只有简单的几个字。

"明天放学再说。"

当时只顾着开心的叶迟迟根本没有察觉到，发这条信息的人，心情跟她恰恰相反。

放学之后，叶迟迟如约来到了学生会会议室的门口，林屿还没来，她就坐在他的位置上等着。桌子上其中一个抽屉没有关上，她朝里面看了一眼，竟然看到一张很熟悉的字迹，抽出来一看，果然是自己竞选学生会时填写的申请单。她以为是大家的申请单都在这里，翻了翻，并没有别人的，而且剩下的……竟然是她之前交上来的人物稿初稿。本来这些都交给柳文婷学姐了，学姐看过之后修改完毕，现在基本定稿，就等着给老师最后看过一次，确定了之后自己就完成任务了。

可是那些交上来的资料，为什么都在这里？

而且只有她一个人的？

在她思考的时候，林屿正巧推门进来，看了一眼她手上的纸张，又扫了一眼打开的抽屉，淡淡说了句："翻别人抽屉不是个好的习惯。"

"啊，抱歉。"叶迟迟自知有些失礼了，解释道，"因为刚才抽屉没有关，我好像看到了自己的资料……所以就拿起来看了一下，真的对不起。"

"虽然我的抽屉是打开的，里面也确实装着你的东西，但是这并不是你拿出来看的理由。"林屿的声音放低，自然显得有些冷漠，跟平时的温润相差万里。

"我真的很抱歉。"叶迟迟忍不住又说了一次。

林屿大概觉得自己太过严苛，再次说话时已经缓和了不少："你的资料在这里是因为柳文婷拿来给我确认一下你写的内容。毕竟是关于我的，一些缺漏的地方我可以亲自补充上。"

原来是这样。可叶迟迟还是觉得有些怪怪的，他拿自己的稿子来看是正常，但是为什么把自己竞选学生会的申请书也给拿来了？

不过看他说得那么理所应当，反倒是她觉得理亏了。所幸林屿没有继续这个话题，而是从另外一边抽屉拿出了一叠厚厚的笔记本。

"我听陆蔓薇说你现在需要兼职，刚好我这里有一部分资料需要整理，就是把我这些笔记输入电脑打印出来，按照学科分类整理好。"林屿递过去，"因为从高一开始的，我记东西比较乱，没工夫自己整理了，你以后每天放学来这里做两个小时，用这台电脑直接打印，每小时一百块，你觉得少了可以跟我说。"

"不少不少！"叶迟迟赶紧摆手，这样算下来最多两个礼拜就可以帮纪晴朗买到车子了！

"那就好。"林屿点头。

叶迟迟拿起了其中一本翻看起来，顿时感慨林屿不愧是学霸，笔记详细，而且还整理出了一些当天的要点，但也确实像他自己所说的那样，有些资料会分散开来，整合起来确实麻烦。

"可是为什么要整理这个？"她觉得自己的笔记就算再乱，本人应该是看得懂的。

"为了复印成册来卖钱？"林屿挑了挑眉毛，言语间带着一丝玩味，"应该很多人会抢着要买吧。"

"真的吗？"叶迟迟张大了嘴巴，有点不敢相信。

林屿低下头嘴角挂起微笑："说笑而已，快高考了，觉得有必要系统地复习，我平时也会在这里自习，你有任何问题可以直接问我。"

叶迟迟点点头，表示理解，还拍胸口保证："放心！我一定会尽快完成的！绝对不会故意拖时间拿工资的！"

林屿浅浅一笑，犹如天空的云朵缱绻变化万千，低声说了句："我倒是不介意你拖得时间长，反正急的人也不是我。"

叶迟迟开始了坎坷的兼职路程。

她最终跟林屿商量，还是每天去两个小时，但是改成按照笔记本的本数来计算报酬吧，按时间算的话林屿太亏了。于是跟他讨价还价许久，对方才接受了她的提议。

早知道有这样的好事，她当初就不应该意气用事答应顾筱筱的请求，而且对方还会发信息过来，让她多发几张林屿的照片，最后演变到帅的也行……

放学后，叶迟迟如约来到了学生会会议室。外面的长桌旁边坐着几个学姐和学长在讨论着什么，她跟他们打完招呼之后走到了林屿所在的小屋子里。

林屿已经到了，他坐在原本属于陆沉的桌子上，应该是正在做题，戴着一副黑框的眼镜，神色专注。她也不敢打扰，就在他的位置上坐下，开始了工作。

两个人每天一同待在学生会的办公室里，叶迟迟对林屿的好奇不断扩大。虽然告诉自己要专心，可还是忍不住用眼角偷瞄他，她好像更加了解他，更加靠近他了。

林屿写作业的时候喜欢一只手撑着下巴，思考的时候手指会灵活地转动手中的笔。他只喝白开水，不泡茶也不喝饮料，有时候陆沉会带着可乐或者咖啡过来，他就喝一点儿。

叶迟迟发现，他之前只是轻微地咳嗽，这几天变得严重了……想到那天林屿把伞塞到她手里之后离开的背影，总觉得他的感冒跟自己也有一定的关系。快要高考了，现在是复习的冲刺时期，她越发愧疚。于是，她悄悄买了感冒药放到了他的抽屉里，一打开他的抽屉，里面果然又堆满了零食和粉红色的信封，这些人来得真是神不知鬼不觉。

但是这样的话，林屿就很可能发现不了自己买的药啊。为了确认他能够顺利收到，在整理资料的时候叶迟迟一直不能专心。

林屿也察觉到了，忍不住开口问："怎么了？有什么地方看不明白？"

"没有没有。"叶迟迟尴尬地摆手。

他没继续追问，接着写题去了。可她还是担心对方发现不了，所以在自己也没注意到的时候，她开始光明正大地盯着林屿的脸看了，而且还一脸纠结。

林屿忍不住了，站了起来，直接走到了叶迟迟的身后，双手绕过她，撑在了她身体的两侧，摆放在电脑两边，望着屏幕，拖动鼠标看了看她做的内容。

叶迟迟就像整个人被他的胳膊圈在怀里一样，吓得下意识地蜷曲起了身子，低着头弯着腰，不知所措地看了看屏幕，又看了看自己身边两侧林屿的手。

"没有什么问题啊。"林屿自言自语说着，好像完全没有发现女生的慌乱。

叶迟迟的心跳猛然加速，仿佛有人在她的心里放了一串鞭炮，"噼里啪啦"响着、蹦跳着。分明自己这样激动，这样紧张着，但是她浑身僵硬，不能动弹，身体的四周像是包裹了一层石膏，生怕稍微动一下，就会触碰到他。

自己的脸真的要红成番茄了！

好在林屿很快就放开她了，满脸狐疑地打量她。叶迟迟不敢和他对视，小眼睛不停地东张西望，视线满屋子乱晃，就是不去看他，小声回答："没……没有，就是想稍微停一下。"

林屿"哦"了一声回到自己的位置，嘴角挂着一丝不易察觉的笑意，并没有说什么。

一直到了两个小时的整理时间结束，林屿开始收拾东西。当然也包括那一抽屉的零食和信封，他基本不怎么看，就把这些全部装书包带走，当然他也会让叶迟迟把自己喜欢吃的挑出来。

今天林屿也是照例打开抽屉拿东西，他很快就发现了在零食堆里显得突兀的药。叶迟迟紧张得屏住了呼吸，还以为他会觉得奇怪并且询问，结果他也是照例全都塞进了书包里，拉上了拉链。

叶迟迟叹口气，没说话。

两人一起走到了公交车站。林屿和她一样，没住宿的学生都可以申请晚自习在家复习。有时候他稍微晚一点儿，叶迟迟就干脆拿出作业在那儿写，有不懂的题目还能就近询问，她当然乐意多跟他待在一起，一路上还能趁机多提问。

不过这次她没有问，满脑子想着怎么开口。

两个人眼看着就要到车站了，林屿要坐公交车，该道别了，叶迟迟就这么直直地望着他，怎么都没办法说再见。

没想到对方忽然笑了，开口说道："药我会吃的，谢谢。"

"啊？！"突然被戳穿了心事，叶迟迟瞪大眼睛抬头，满脸诧异，接着就变成紧张和害羞，又在他的注视下变成愧疚，于是小声说，"都怪我那天拿了学长的伞。"

提到那天自己突然放了他的鸽子，还害得他在那么冷的天里淋雨回家的事，两个人的气氛一时间似乎冷却了不少。叶迟迟小心翼翼地看着他的脸，云淡风轻的神色之下，看不出什么特别的情绪。

公交车缓缓而来，周围都是嘈杂的声音，可是他的眼睛因为微笑而变成好看的月牙儿，上扬的嘴角犹如凝聚了光，他缓缓开口，声音清晰地传来："迟迟，明天我有事情不会在学生会办公室，你可以休息一天。还有就是……周末我们去约会吧。"

"……"叶迟迟大脑空白了半天，只能吐出一个，"啊？"

叶迟迟回到家里，顾不上老妈喊她吃饭，一个人坐在写字台前，拿出了自己的书本。林屿带着笑的模样一直在她脑子里，说完那句话的他就这么坐上了公交车。

发呆的时候，外面突然热闹了起来。纪晴朗不知道什么时候来了，跟叶母打了招呼就直接推门进来，她好半天才反应过来："你怎么来了？"

"发什么呆呢，我来了有一会儿了。"纪晴朗在她的床边坐下，开始翻她的漫画书。

不过叶迟迟忽然察觉到了不对劲，一下子冲到了他身边，用手扳正他的脸，有些惊讶："你脸咋了？被打了？"

纪晴朗的脸上有一些青紫的地方，虽然已经消了大半，但隐约还是能看出来印子。

"你知道男生都是用拳头说话的好吗？"纪晴朗不以为然地拍掉她的手。他没说自己为什么来，只是拿着漫画书一直看，问了她一些学校的事情。

叶迟迟拿出作业，多亏了林屿的笔记，正好整理完了高一的内容，她写作业的时候都觉得轻松了一些，尤其是文科的笔记，详细到还有一些自己补充的资料。她的笔停下来，突然意识到自己竟然又在想着某人，不禁有些烦恼。

他是个温柔的人，对自己也还不错，可是对于顾筱筱那些恶作剧的纵容，又让她不知道为什么多少有些耿耿于怀。也或许，耿耿于怀的已经不是他的袖手旁观，而是他和顾筱筱之间的关系吧……

"叶迟迟，你说如果我去你们学校怎么样？"纪晴朗突然开口问道。

可是女生还在想着别的心事，好一会儿才反应过来他开口说了话。

"啊？什么？"

"我说，我去你们学……"纪晴朗慢吞吞说着，看到女生走神的脸，便意兴阑珊，"算了，我走了。"

他转身出了门，心情明显低落了许多。叶迟迟望着他关上的房间门，也说不出是什么滋味。

Chapter06
一张最难看的照片
GUAINI
GUOFENQIANGJING

　　叶迟迟听陆蔓薇说，林屿和陆沉代表学校去外地参加英语比赛了，难怪不在学校。她想要旁敲侧击地问一下会长大人口中的那个定在周末的约会，是一时兴起随口提的，还是真的要约她出去。

　　犹豫再三，她给林屿发了一条短信："会长，比赛还顺利吗？"

　　那边一直没有回复，直到放学，她习惯性地走到了学生会办公室门口，才猛然想起林屿并不在学校。

　　她心里一阵失落，又默默转身下了楼。

　　一直到晚上，林屿的短信才迟迟回了过来。

　　"嗯，明天早上十点在你家小区门口的车站见。"

　　她赶紧回复："你回来了？今天比赛得怎么样？"

　　可是对方没有再回复了。

　　叶迟迟拿着手机等待他的信息，写作业的时候也总是忍不住想看看他是否有回复，偶尔手机振动，她都会忍不住期待，期待是他的。

这还是第一次，自己那么期待一个人的信息。

叶迟迟出门赴约的时候，特地换了一件平时极少穿的白色连衣裙，外面加上牛仔外套，脚下一双黑色的马丁靴，把平时扎起的头发也放下来。

准时来到车站，却没想到林屿已经先到了。他穿了黑色外套，里面是白色 T 恤，加上深蓝色的休闲长裤，一整套都是休闲运动的打扮，相当养眼好看。

她忍不住嘴角挂着笑冲向他："学长！"

林屿也回了一个微笑，看了看自己的手表："来得真准时。"

"那当然。"

"那我可以理解为……你还挺期待这次约会？"

叶迟迟窘迫得回答不上来。

林屿轻笑了两声："你之前不是问我那些女生送给我的东西，我明明不吃，为什么又要拿走吗？"

她想起来，之前林屿把收到的零食分给她后，剩下的全部打包带走，还以为他是要拿回去吃，结果有一次她发现他根本不吃这些东西，就随口问了问，那时候他回答的是给了重要的人。她还暗暗猜测他是不是有喜欢的人了，甚至想到了顾筱筱。

她真想问出来，可开口却是："所以今天是要告诉我吗？"

林屿笑着点头，恰好公交车来了，两个人上了车。

叶迟迟老实跟着他，一直来到了所谓的目的地，但是跟她想的完全不一样。

"福利院？"叶迟迟望着大门口的门牌，震惊得合不拢嘴。

林屿抬手看了一眼手表："走吧，已经稍微晚了点儿呢。"

两人走到了一层的一间大屋子里，有很多小孩子在玩闹，一看到林屿走进去，都兴奋地冲上去，直接抢过他手里的袋子开始瓜分起来。

一个跑起来跌跌撞撞的小孩子一头撞进了叶迟迟的怀里，她赶紧扶住小男孩儿，正要劝他别急，可是他一抬起头，叶迟迟还是忍不住愣了下。小男孩儿的一只眼睛是畸形的，而且脚也有些怪异。她放眼看过去，几乎每一个小孩子都有一些缺陷，不过她调整得还算快，笑着扶住小男孩儿的胳膊："别着急，肯定还会有你的份。"

原来是给这些孩子的啊。于是，她跟着林屿一起分零食，再帮着福利院的阿姨一起给洗完澡的小孩子穿衣服，又去把洗好的衣服给晒了，才总算有机会喘息一下。

叶迟迟坐在大树底下，看着不远处还在和那群小孩子玩游戏的林屿，不禁有些入迷。自己想过各种各样的可能，结果却是这样的"约会"，她为自己脑海中幻想的那些画面而感到好笑。

林屿走过来，给她拿了一瓶水。

"很累吗？"他在她身边坐下来。

叶迟迟摇摇头："我就是以为我们……是去逛逛街，然后吃饭什么的。"

"我们确实要去逛街吃饭啊。"

"啊？"

"等会儿小孩子们都睡觉了，我们就去吧。"林屿转过脸，摸了摸她的头，像是在表扬一只小狗，"辛苦了。"

"不辛苦，不辛苦！有肉吃就行。"叶迟迟配合地接上。

结果正要继续商量吃饭的地方，她的手机却响了，是纪晴朗发来的短信："迟迟你在哪儿？能到你家附近的花园来找我吗？我真的有很重要的事情跟你说。"

叶迟迟盯着手机屏幕，犹豫了。纪晴朗如果说是有重要的事，那可能就真的是重要的事情了，而且上一次他来分明有心事，还有脸上的淤青，指不定是真的发生了什么呢。她站起来，对身边的林屿抱歉地说道："对不起啊！会长，我得走了，我朋友有点儿事情……"

林屿脸上温和的笑容凝固了片刻，突然变得冷峻和淡漠，但还是笑着的，却已经失去了原本的神色。叶迟迟看得出他是生气了，赶紧双手合十，脸上堆着讨好的笑容："会长大人，这次真的是有点儿事情，我朋友之前心情不太好，可能发生了什么事，我真的得……"

"你去吧。"林屿不动声色地看着她，淡淡道，"我没事。"

叶迟迟停顿了一下，怎么觉得他脸上的笑不像笑，这句没事也根本不像是没事呢？只是她现在顾不上这些事情，再次说了句对不起，就跟他挥手道别了。

一路上，叶迟迟满脑子都是林屿最后给她的那个笑容，心里的不安和歉疚不断扩大，想了想还是给他发了信息。

"学长，我下次绝对不会放你鸽子了，下次我请学长看电影吃饭！不要生气哦！"

末尾还附赠了几个笑脸。

林屿当然没有回复了，可她已经没办法回头了，匆匆赶到了家里附近的小花园里。

这个时间太阳正当午，花园里没什么人，她没想到纪晴朗会约在这附近见面，来来回回找了几圈，都没有发现他的人影。于是她拿出手机给他打电话，但是电话接听，那头传来了女孩子的声音。

与此同时，叶迟迟看到了那个突然出现在自己面前的身影，她停下脚步，瞪着面前的人。

纪晴双晃了晃手里的手机，一脸得逞的坏笑，扬扬眉毛："你在找我哥？"

叶迟迟立刻就反应了过来,自己被骗了。她白了一眼纪晴双,转身就走。没想到纪晴双冲上来一把捏住了她的胳膊,将她用力一扯,硬是将她重新给拉了回去。

纪晴双跟她体型相当,力气还在她之上,被纪晴双这么一拽,她差点儿没站稳,手臂也被纪晴双捏得通红。

"我的话还没说完呢,你去哪儿?"

"我没话跟你说。"叶迟迟又想走。

纪晴双这次没扯她,而是说了句:"我哥因为你跟我爸闹翻了!上次还被我爸狠狠地揍了一顿,你见过纪晴朗了吧?他脸上的伤你也看到了,你应该知道我没说谎。"

叶迟迟停下来回头:"你在说什么?"

纪晴双冷笑着看着她,那么漂亮可爱的面容,双眼中却带着如此清晰可见的讥诮,歪着头说道:"纪晴朗想转学到你们学校却不给一个理由,老爸当然不同意!现在转学只能办走读,需要一大笔钱,他就自己暗地里去打工存钱,还把车子给卖了。为了存够走读的费用,成绩下降被老爸发现了,两个人就吵起来了。你也真是厉害啊叶迟迟,我哥像是鬼迷了心窍!"

"那你跟我说的理由呢?"叶迟迟质问她,"你一直很讨厌我跟你哥在一起,又为什么要来告诉我纪晴朗为了我都做了什么。"

"因为我了解你。"纪晴双慢慢走近她,"你喜欢我哥吧?或者是种变态的占有欲!我跟你说这件事,是想让你去跟我哥说,不要跟老爸闹别扭了,我哥听你的,自然也就会放弃。"

"我凭什么要按照你说的那样去做?"她瞪着对方。

纪晴双冷笑一声:"你总觉得自己很正义、明事理,即使自己很想要的东西,也还是愿意放手。不像我,我想要的东西,就一定会想办法得到,所以我知道你一定会劝我哥做出正确的决定。"

纪晴双冲她摆手，慢悠悠地走了。

叶迟迟咬着下唇，一时间无法反驳。

纪晴双说得没错，即便心里千百个不愿意搭理对方的话，她也知道自己确实会跟纪晴朗说，让他不要继续跟他老爸作对了。就连纪晴双说的那句"变态的占有欲"，她也不能反驳。

叶迟迟心事重重地回了家，老妈跟她说纪晴朗在她房间。她推开门进去，果然看到纪晴朗躺在床上，手里还捏着漫画书，可是已经睡着了。平静而美好的脸庞，遍布了大大小小的瘀青，他皱着眉，就连睡觉都在烦恼。

她的心里忍不住柔软起来，可还是用脚踢了踢他："喂，醒醒。"

下脚的力度不轻，某人慢慢醒了过来，睡眼蒙眬地看着面前的人，立刻蹙起了眉头，声音沙哑地说道："叶迟迟，你能不能不要那么粗鲁。"

"我就这样。"叶迟迟又踹了他一脚，彻底把他给踹醒了，开门见山地说，"纪晴朗，别跟你爸闹矛盾，你也不要转学。"

纪晴朗不说话，甚至没问她怎么知道的，想来应该猜到跟纪晴双有关。

叶迟迟还想多唠叨几句，可是看着他的脸，又说不出来，只好转移了话题："你妈妈怎么样了？"

"就那样。"他不痛不痒地说着，"一根管子吊着活着，医生说她的大脑有时候会有意识。可是我宁愿她是沉睡着的，意识到自己还活着，却什么都不能做，不更残忍嘛。"

他没用疑问的语气，叶迟迟有些懊恼自己瞎提问。

他们太熟悉对方了，就算凭借这样的音调都能猜出他的心情。

她只好一枕头朝纪晴朗的头砸过去，狠狠地骂道："但是如果你下次再敢让纪晴双这么耍我的话，我绝对不会手下留情，就算她是你妹妹也好！”

"知道啦。"纪晴朗笑了笑，把轻易接住的枕头垫在自己的头底下。

叶迟迟走到自己的写字台前坐下来，拿出书本写作业。

纪晴朗望着屋顶，半晌才说了句："迟迟，我觉得你好像变了好多。我偶尔会觉得如果我离你太远了，你就会真的把我给扔下了。"

叶迟迟写题的笔停下来，没有回答。

可是纪晴朗，一开始被扔下的人，是我才对啊。

纪晴朗答应她不再闹转学，叶迟迟这下最为头疼的，就变成爽约这件事。

林屿肯定是生气了。

照例去他的办公室给他整理笔记，结果办公桌前坐的人，变成陆沉。他一脸笑眯眯地跟她摆手问好，看到女生失望的脸之后，露出了不满："你也不要失落得那么明显嘛！我的人气没有比林屿低，长得不比林屿差，成绩也跟林屿差不多喔，关键是我的脾气比林屿好太多了。"

瞎说什么大实话！

可是叶迟迟依然无精打采，坐到自己的位置上打开电脑，翻开林屿的笔记，重新整理起来。其实已经快整理完了，只是不知道为啥还拖着。现在好像也没啥理由继续拖了，林屿都不理会自己了。

"都整理好了。"叶迟迟把电脑推到陆沉面前。

"林屿算着也差不多该整完了，特地让我把工资结算给你。"陆沉拿出手机，按了几下，"我微信转你。走吧，估计你也要回家吧，我送你。"

叶迟迟本来想问林屿去哪儿了，又怕得到他在躲着自己的回答，最后干脆没问。

陆沉去拿车，她站在校门口等。她捏着手机，犹豫要不要发信息跟林屿报备一声，结果不知道什么人经过她身边，直接把她的手机给撞掉了。

"对不起。"一个女孩子的声音。

叶迟迟说了句没关系便弯腰去捡手机，再直起身的时候那女生已经走远了。她捏着自己的手机，总觉得有点儿莫名的熟悉……

"走吧。"陆沉不知道什么时候出来了，看着满脸疑惑的女生，"怎么了？哇，怎么摔裂了？"

叶迟迟看着自己的手机屏幕，在顶端的位置裂了几条缝，不过还好只是屏幕上的钢化膜，到时候重新买一块新的来贴就好了。

她叹了口气："刚才不小心被人撞的。"再看向那边的方向，那女生连影子都没有了，于是心烦意乱地把手机收起来，"走吧。"

陆沉载着叶迟迟一直到了她家楼下，道别后她转身要上楼，陆沉忽然开口喊住她："网红少女，林屿喜欢吃市中心那家寿司店的刺身，还有街角奶茶店的珍珠奶茶，商场里负一层的那家蛋糕，他喜欢蓝莓芝士。礼拜五我们都要开例会，而且这礼拜是最后一次，我们这学期结束，他就要卸任了。"

"哈？"叶迟迟回过头来看着他。

陆沉语重心长："学长能帮你的只有这些了。"

叶迟迟按照陆沉说的去买了这几家的零食，再匆匆赶回学校，来到了学生会会议室的门口，结果发现大门紧闭，会议早都结束了。

还是晚了一步啊。

她提着一大堆东西，失落地朝校门口走去。

"你在找我？"身后突然传来林屿的声音。

某人激动得一转身，差点儿没站稳，所幸林屿上前一把扶住了她的腰。

叶迟迟高兴得连连点头，都没发现他们两人的动作如此暧昧，一开口就先道歉："对不起，会长！你是不是生我的气了？我真的是有急事才走的，下一次绝对不这样了。"

林屿轻笑了一声："嗯。"

他们又重新回到了学生会办公室，打开灯，叶迟迟殷勤地把东西全部摆好，筷子准备好，芥末酱倒好，然后在他桌子的对面坐下来，笑嘻嘻地看着去洗了手回来的林屿。

"我知道你要说什么，可是你也不用笑得那么恐怖。"林屿皱眉，也坐了下来，"一起吃吧。"

"嗯嗯。"叶迟迟也拿起筷子，邀功起来，"全部都是严格按照陆沉学长说的去买的，会长，我想要道歉的真心青天可鉴啊！"

"看出来了。"林屿吃了一片三文鱼刺身，"可是怎么不打电话，或者发个微信，提前跟我说。"

因为不敢啊！怕发了之后没有回复，怕打了电话却被挂掉。所以干脆直接冲到你的面前，当作给你一个惊喜。

所幸你还在这里。

"笔记我整理好了，会长你有看吗？"

"嗯，看过了，很仔细。"林屿抬头看了她一眼，带着一丝赞赏，"那些高二的部分我还以为你会比较吃力。"

"那是因为之前会长你都在我旁边教我啦。"叶迟迟冲他眨眼，"而且报酬那么丰厚，干劲也足。"

林屿忍俊不禁地笑着，继续吃东西。好一会儿，他突然问："上一次突然离开，是发生了什么事吗？"

上一次……叶迟迟叹口气，自嘲地说："怎么说呢，算是被人耍了吧。不光耍了，我居然还自愿替耍我的那个人做了她所想的事情，我是不是还挺傻的。"

算了，就算纪晴双不来说这件事，她如果知道的话，也还是会如纪晴双所愿，劝纪晴朗不要再任性胡闹了。

林屿点点头，没再追问。

叶迟迟吃得差不多了，从包里拿出之前在网上买的手机膜，想趁着现在没事贴好。但她没想到，光是把原来的钢化膜取下来都费了不少工夫，而且那膜下面的胶弄得她满手都是，旧膜取下来，她的手指没一会儿就把手机屏幕给弄花了。

林屿没有掩饰地直接笑了一声，走到她身边，推了推她的肩膀："我来吧。"

"你还会这个？"叶迟迟很惊讶，但还是站了起来。

"应该比你会。"林屿坐下来，接手这个任务。

叶迟迟瞧见他摆弄她手机的姿态比她娴熟，也就干脆破罐子破摔地交给他好了，反正也不会比自己更糟糕，就去了卫生间。眼下大家都在上晚自习，卫生间里没人，只有昏暗的灯，在静谧的夜晚格外瘆人。

叶迟迟赶紧低头洗手，可在抬头的瞬间，好像看到门口站了一个人，她吓得小声尖叫了一声，又迅速捂着嘴巴。她快速走出去，果然看到一个女生的背影，而且还有点儿眼熟。

是之前……撞了她的女生？她正准备追上去看个究竟，结果胳膊忽然被人给拉住了。她一回头，看到了满头大汗的顾筱筱。

"你怎么在这儿？"叶迟迟惊讶，顾筱筱是隔壁学校的，按道理来说进不来才对。

"我来找我妹妹顾茜茜。"

"你妹妹是我们学校的？"

顾筱筱擦了擦额头上的汗，长长叹了口气："她以前是，后来休学在家养病，估计是拿着以前的校牌进来的。"

"那你又是怎么进来的……"

"我不是在自夸自大，但是你知道其实一般人都不会拒绝美女的请求。"顾筱筱边说着边用手撩了撩头发，清纯中带着一丝可爱俏皮的气息，确实楚楚动人。

叶迟迟还是很不给面子地翻了个白眼。

"不过你怎么不回复我信息啊？"顾筱筱拿出手机，"我找顾茜茜的时候，看到你跟林屿在一起，正想提醒你这是下手的好机会啊！"

"你发什么了？"叶迟迟瞪大了眼睛，激动地抓住了她的手腕。

"我发了……"

可是不等她说完，叶迟迟就已经朝办公室冲去了。林屿依然坐在原处，似乎已经把手机膜给贴好了，修长的手指在手机屏幕上来回擦了几下，他的脸上带着笑容，显然对自己的作品很满意。

看到他的笑容，她总算松了口气，然后深呼吸一口气走过去，小声喊了句："会长，怎么样了？"

"贴好了。"林屿笑着把手机递过去，视线紧紧锁定在她的脸上，仿佛在等着她验收成果后夸他几句。

"真的比我想象得要好得多！"看他一脸平静，显然短信应该是没看到了，叶迟迟放下心来，忍不住开始打趣，"会长手艺那么好，可以考虑搞个贴膜的兼职，而且你长得又帅，肯定有一大群女生排着队找你贴手机膜。"

"说的也是，可以考虑看看。"林屿挑眉点头表示赞同。

两个人不约而同地笑起来。

这时候，他站起身，拿过自己的包："走吧。"

不管怎么说，总算是把会长大人给哄好了，叶迟迟心中的一块大石头终于落了地。

回家后，叶迟迟看了顾筱筱的短信，果然说了一大堆不该说的话，还好没有被林屿看到。她心里对林屿有诸多愧疚，索性跟她摊牌。

"顾筱筱，这件事到此为止吧。"

顾筱筱又挽留了几句，都被她一口回绝，顾筱筱也就没再强人所难，答应了。

临近期末，天气越发冷，叶迟迟变懒了许多，冻得不愿意动弹。所以听说军训又被移到下个学期，她差点儿没欢呼雀跃起来，一高兴就决定请陆蔓薇放学后去校门口吃麻辣烫。没想到陆蔓薇把陆沉和表哥沈浩喊上了，陆沉又非常自觉地喊了林屿，于是五个人一起坐在了校门口小食店的外面。

本来只是她和陆蔓薇倒还好，现在这三个大男生跟着她们一起，怎么看怎么觉得奇怪，大眼瞪小眼半天，叶迟迟觉得尴尬得不敢直视林屿的目光。

之前是少女气息的甜甜圈，这次是接地气的麻辣烫。

"不然，我请大家吃点儿别的？我没想到一下子会来这么多人，吃麻辣烫多掉价。"她恼火地白了陆蔓薇一眼，她这种拖家带口吃白食的行为简直禽兽，可是眼下也不能明摆着表示不满。

"不要紧的啦。"老实小伙儿沈浩摆摆手，"我觉得麻辣烫挺好的。"

陆沉和林屿也附和了两声，于是叶迟迟只好按照他们所点的东西，去找小食店阿姨下单。

等她付好钱回来，他们正好聊到军训的事情。

"一中也是厉害，为了你们这些祖国的栋梁真是拼了。"陆沉啧啧两声，"当年我们可是顶着九月的烈日在太阳底下晒了一个礼拜，我差点儿成了《寻秦记》时期的古天乐，不过林屿这怪物就是皮肤红了一点儿，过几天又白得跟《神雕侠侣》时期的古天乐一样了。"

这什么破比喻。叶迟迟还是低下头忍不住笑了笑。

沈浩说出自己打探到的消息："其实是因为之前别的学校军训时不少人中暑了，所以一中就干脆向后移了。没想到今年一中第一次模拟考没有二中考得好，所以现在狠抓学习先冲刺期末考。下学期开学也才三月初，正好天气不错。"

"其实我有听说二中那个校草想转学来一中，也不知道是不是真的。"陆蔓薇想了想，"叫什么纪……晴朗来着，真是叱咤风云的人物啊！成绩好，长相好，跟林屿学长一样厉害喔！"

某人一脸花痴地开始侃侃而谈。

叶迟迟心虚地没作声，下意识看了一眼林屿，才发现他正在看着自己，一时间更是不知道视线应该移到哪儿。

陆沉赶紧出声声援自家好友："我们家林屿岂是那么容易超越的！你不知道，当年可是有妹子为了他要死要活啊……"

不过陆沉说到这里就没再继续说下去了。

林屿的脸色也有些僵硬。

沈浩完全没有眼力见儿继续说着："是啊，我那时候也听说了，后来那个女生退学了吧？其实算起来跟林屿没啥关系，是她自己太较真了吧，林屿也是躺枪，啊？啊？"

陆沉用胳膊肘撞了撞沈浩，还顺便瞪了他一眼，他这才反应过来，气氛顿时降到了冰点。

陆蔓薇还没意识到，兴奋地问："然后呢？然后呢？"

结果被陆沉用视线硬是逼得闭了嘴，所幸这时候麻辣烫端了上来，大家也就开始只顾着吃东西。

叶迟迟还是跟林屿一条路回家，她担心之前的话题让他不高兴了，也就尽量找别的话题。

林屿看着她努力的样子，突然笑出来："叶迟迟，你在安慰我吗？"

"啊？"

"其实不是什么大事，你还记得之前视频那件事，我为什么会冷处理吗？是因为以前有人做过类似的事情，入侵到了我的私人生活，我当时没能认真考虑对方的心情，非要把那个人揪出来。其实只是想要让她们能够适可而止地收敛一些，却没想到我的一些行为伤害了别人。"

看起来他真的很后悔过去的那些事，这还是叶迟迟第一次见到那么颓丧的他。

"所以那个女孩子……"

"嗯，她本来就有忧郁症，后来退学了，说是在家休养。"

叶迟迟哑然。以前，她总觉得林屿那么受欢迎，走到哪儿都是焦点，是老师的宠儿，给他送礼物的妹子更是络绎不绝，生活一定一直是顺风顺水的，可现在看来真是：彼之蜜糖，汝之砒霜，个中滋味只有自己才能体会。

难怪之前大家都说他难接近，看来都是保护自己的一种措施啊。

"叶迟迟，不要一副可怜我的表情。"林屿伸出手弹了弹她的额头。

叶迟迟捂着自己的额头，一种莫名的熟悉感扑面而来，纪晴朗也喜欢这么弹她的额头，但是力气比他要大得多。

她不满地看着林屿："为什么大家都喜欢弹我的额头？！"

林屿一脸揶揄地笑着："叶迟迟，你不知道你的额头……其实很大吗？"

又走了一段路，快要分开的时候，林屿的声音像是夜里的风，缓缓传来：

"新年去看电影吧。"

"就我们两个人。"

某人当然同意了。

新年将至，叶迟迟心里竟然忍不住浮现出一丝丝期待。

之前，两次跟会长大人的约会都被打扰了。这一次为了以防万一，她在新年的前一天晚上，就把纪晴朗给约了出来。反正每年的跨年，他们都是一起过的。

叶迟迟把帮他买的小电摩开到了河堤上，纪晴朗过了好一阵子才来，脸上的疲惫显而易见。明天就是新年，今天也仍没放假，二中为了超过一中，也是拼命了啊。

"怎么了？"叶迟迟知道他们晚自习结束得晚，所以约见的时间是十一点，可他十一点四十才匆匆赶来。

天色已晚，但是河堤边满是等待跨年的情侣或者朋友，成群结队在一起，手里拿着孔明灯。

"稍微有点儿事情耽搁了一下。"纪晴朗回答得躲躲闪闪，一看就知道跟纪晴双有关。

叶迟迟没有追问，而是拿出之前准备好的孔明灯递给他："现在还没到时间，先写好吧。"

纪晴朗在她身边坐下，全然没有发现停在他们身边的小电摩。

从她有记忆以来，每一年他们都是一起跨年的。

纪晴朗的母亲没有生病之前，叶迟迟都会邀他们来自己家，到了十二点两家人一起放烟花，偶尔大家会去泡个温泉。后来，纪晴朗的母亲生病入院，叶迟迟怕他到这个时候会难过，就自己单独约他出来跨年。

然后，纪晴朗的父亲出现了，也带回了纪晴双。

现在想来，或许以前小时候那些彼此习惯的事情，其实早就改变了许多。纪晴朗每次写新年愿望都不让她看，就连放飞孔明灯的时候，也绝对不会把写了愿望的那一面露出来。

"叶迟迟，等会儿你要仔细看我的孔明灯哦。"纪晴朗突然说道。

她奇怪地看了他一眼："以前不是不给我看吗？"

"你等会儿记得看。"他又叮嘱了一遍。

等写完，已经快要接近零点了，他们开始着手准备放飞工作，叶迟迟想凑过去看某人的孔明灯，却被他一把推开："升上去再看。"

叶迟迟倒是无所谓，大大方方地把自己写了新年愿望的孔明灯展现给他看。

纪晴朗看完之后忍不住笑她："怎么每一年都一样，大家身体健康，你要减肥成功变漂亮，第一个还好说，但是让你变漂亮这个也实在困难，还是换个稍微没有难度的吧，老天爷都觉得为难了。"

"精诚所至，金石为开。就是因为有难度，所以老天爷还在努力，你别打击人家的积极性。"

叶迟迟放开了手中的灯，随着沿江边的风，慢慢升上了天空。接下来到纪晴朗，点燃了火，他找到一个顺风向的位置打算放手，哪知道就在放开没多久，寒风凛冽，她还没看到，他的孔明灯就摇摇欲坠，掉落到了江里。

"啊……"叶迟迟愣了好一会儿，有点儿尴尬地看着他。看他也是呆若木鸡的样子，忍不住笑他，"哈哈哈，还说我的困难，明明是你的老天爷觉得更加困难嘛。"

纪晴朗恼火地用手拍了下她的脑门儿："没心没肺。"

她吐吐舌头："所以你干脆直接告诉我吧，说不定我能帮你实现呢，其实我也能基本猜到你的愿望啦。"

他扭头盯着她的脸，看起来情绪低落了不少。

"叶迟迟，你知道才怪。"

她神秘地走到了帮他买的小电摩旁边，拍了拍座位："我当然知道啦，看你那么不开心，走，姐姐载你去兜风。"

"你……"纪晴朗惊讶得说不出话来，看着叶迟迟得意地笑，好半天才反应过来，"你搞什么鬼？哪儿来的钱？我都跟你说了这些事情你不用管我……"

自己的一番心意没有得到想象中的惊喜！叶迟迟明白他自尊心很强，所以还是耐着脾气解释："因为看你最近太疲惫了，就在二中好好上课，不要任性，听你老爸的话……"

"你什么都不知道。"他的声音冷下来。

叶迟迟原本期待他别扭一下会开心地收下，结果跟她想象中的完全不一样。

不，甚至更加糟糕，她居然还期待纪晴朗会跟她好好说话。

"是啊，我什么都不知道！我哪知道你把摩托车卖掉是为了什么，整天把自己弄得那么疲惫，你跟我说过原因吗？什么都不说，却责怪我不知道，我只不过想替你分担一些。"叶迟迟说不下去，鼻尖酸涩，声音也开始颤抖，"算了，你才是什么都不知道的人。"

她拿出车钥匙，坐到了车上，打算离开。纪晴朗反应过来上前拉住她的胳膊，却被她狠狠甩开。

"叶迟迟，我还有话跟你说。"

"跟知道你事情的人去说吧。"叶迟迟拍掉他的手，开着小电摩头也不回地走了。

他还跟以前一模一样，之前的温柔都是自己瞎了眼。他依然自尊心强得要死，不肯接受别人的帮助，"死鸭子嘴硬"什么都不愿意说，最后只会把关心他的人越推越远。

那就算了。

反正她也不想再管了。

叶迟迟比以往更早地回到了家，叶父和叶母不由得惊讶起来。

　　"你们平时不都要疯到一两点多才回来吗？今天那么早？"叶母去厨房拿出准备好的夜宵，"纪晴朗没跟你一起过来？我还准备了他的那份呢。"

　　叶迟迟没有回答，直接进了屋。叶母追着问了几句，没得到回应，大概猜到他们俩又吵架了，走到门口敲敲门，说了句："迟迟！你也知道，晴朗自从他妈妈生病之后，整个人变得孤僻了许多。你平时多忍让他一些，你们从小一起长大，算是彼此最亲近的朋友了。"

　　她当然知道，她也知道他们的关系不是别人轻易可以取代的，也正是因为这样，她现在才会那么难过。

　　他们明明应该是彼此最熟悉的人，可现在她对他一点儿都不了解。

　　新年到了，电影之约也到了。

　　心情虽然还是有点儿低落，可想到能够见到某人，叶迟迟好像也多多少少有些安慰了。她换好衣服出门，看到楼下车库里买给纪晴朗的车子，恼火地拿出钥匙走过去。

　　"他不开，我自己用。"

　　相对于叶迟迟的体型来说，这辆车稍微有点儿大，不过凑合着能用，就是冬天开车太冷了。昨晚开回来就冻得不行，现在又一路开到市中心，她的脸被迎面的风吹得通红，像面瘫了一样，五官都失去了知觉。

　　林屿已经提前到了，看到她的脸没忍住笑："猴子屁股。"

　　她赶紧用围巾遮住自己的脸，不高兴地瞪着他："怎么可以这样形容女孩子！"

　　"我去取票。"林屿笑了两声走向取票机。

　　叶迟迟从包里拿出小镜子看了一下自己的脸，连同鼻尖一起，像是拉着圣诞老人雪橇的驯鹿，难怪林屿嘲笑她。脸颊忽然一暖，她转头看到林屿一只手抱了一大桶爆米花，另外一只手拿着一杯热咖啡，放到了她的脸旁边。

"谢谢。"温暖的触感让她舒服了不少。

"时间差不多了。"林屿看了一眼时间,"走吧。"

"会长,你是不是期待这个电影很久了啊?"叶迟迟事先了解过,这部美国科幻大片今天首映,电影票也得提前预订才能抢到那么好的位置,想来他应该是很喜欢这部电影吧。

林屿瞥了她一眼,不紧不慢地回答:"是期待看电影的这一天,期待了很久。"

叶迟迟皱眉,这两者……有什么区别吗?

不过这个类型的电影她也很喜欢,以前大多都是跟纪晴朗一起来……刚想到这里,她的手机响了起来,她拿出来一看,还真是说曹操曹操到,是纪晴朗打来的。

她想也不想就挂断了。昨晚的气都还没有消,她才懒得理会,可是他居然还死皮赖脸又打了几个。

林屿也注意到了,便问:"不接吗?电影还没开始呢。"

叶迟迟坚定地摇头:"不接,一个要了我的讨厌鬼。"

手机还是坚持不懈地响着,只是打电话来的换了个陌生号码,她这才按了通话键,结果对方劈头盖脸就是一顿数落:

"叶迟迟,你是不是有病啊!我哥给你打电话居然故意不接!"叶迟迟听出来是纪晴双,正要骂回去,就听她说,"我妈快坚持不住了,我哥坐在病房外面,像疯了一样打电话给你,说是你答应会陪在他身边的!"

她确实这样说过。纪晴朗的妈妈刚出意外的时候,当时的他孤身一人,她陪在他身边,承诺过他,一定不会让他自己去面对这一天。

叶迟迟一下子慌了,但她还是没有百分之百相信纪晴双的说辞。纪晴双以前骗过她太多次了,各种各样的谎言,把所有人都耍得团团转,所以她咬咬牙，挂了电话。

可是挂了电话，她还是心神不宁，于是立刻打给了纪晴朗。电话那头的人沉默了很久，最后只说了一句：

"迟迟，我妈走了。"

叶迟迟心里更慌了，起身就要走，手腕却忽然被拉住，林屿望着她，双眸深沉："不要去，你不是说那个人一直在耍你吗？为什么明明知道自己会被耍，还是要过去呢？"

是啊，为什么呢？

以前她以为是因为喜欢，所以自己才会心甘情愿地付出。可是现在她也渐渐动摇了、疑惑了，这份心意，用简单的喜欢，已经无法说明了。

她现在还弄不清楚，但是她知道，至少现在她无法留他一个人。

"因为……"叶迟迟苦笑了一下，低下头避开林屿的视线，"他很重要，对我来说是很重要的人，对不起啊会长，我好像还是得爽约了。"

"那如果是为了我呢？可以留下来吗？"林屿看向她，双目中带着化不开的深情。

她顿时愣怔了，张着嘴，却说不出话。

"叶迟迟，你是真的那么迟钝吗？"林屿拉着她手腕的手不断收紧，像是害怕她会突然离开一样，"你知道我的意思是什么。"

叶迟迟好像懂，又好像不懂，可她眼下只能抽回自己的手，愧疚地说："对不起，会长。"

她还是要走。

"等等。其实上次我不小心看到了顾筱筱发给你的信息，抱歉。"林屿从她的手里拿过了她的手机，打开了拍照功能，"叶迟迟，你不是一直想要拍到我难看的样子吗？给，这就是我最难看的样子。"

说来也是巧，就在他照完的瞬间，影厅里的灯光暗了下去，屏幕上显示电影就要开始了。

　　黑暗中，她看不清他的脸，只是感觉到一种莫名其妙的沉重和酸涩感，从头顶游走到了全身。她木然地接下他递过来的手机，甚至不知道自己说了什么样道别的话，就走出了影厅。

　　进场的人还在陆陆续续朝里走，她捏着手机，目光失去了焦点。

　　叶迟迟一路疯狂地赶往医院，停车的时候刹车不及时，一下子撞到了停车场的墙上，"咚"的一声，车子朝旁边倒下去，不光她摔倒在地，就连车子也跟着砸到了她身上。左边胳膊和左腿都疼得厉害，可她没心思顾得上这些，连忙爬起来，把车子扶正，一瘸一拐地朝纪晴朗妈妈的病房跑过去。

　　叶迟迟远远就看见自己的父母都已经在那儿忙前忙后了，叶母红着眼，指了指病房旁边的长椅。纪晴朗一个人坐在长椅上，低着头，双手按着自己的脸，浑身都在颤抖着。

　　叶迟迟走过去，慢慢拉住了他的胳膊。

　　"纪晴朗……别哭了。"

　　他松开手，露出一双哭得通红的眼睛，一把抱住了她。他的头埋在她的颈项间，温热的泪水顺着滑下去，如同决了堤那般。

　　叶迟迟鼻尖酸涩，小声安慰："会过去的。"

　　"迟迟，我什么都没有了，你能不能不要离开我？"

　　可是你还有你的父亲，你有你的妹妹，曾经的我那么害怕你抛下我，但是为什么现在不安的却是你呢？叶迟迟不知道是因为心痛还是刚才的伤口作祟，终于肆无忌惮地哭起来。

　　纪晴朗断断续续的声音传来，抱着她的胳膊也不断收紧，最后她轻轻点头："嗯，我不会离开你的。"

Chapter07
后来是你离开了我

GUAINI
GUOFENQIANGJING

纪晴朗妈妈的葬礼办得很是朴素。

早前，纪晴朗妈妈忙着工作赚钱养活纪晴朗，朋友也就只有叶迟迟一家，纪晴朗父亲那边更是没多少人知道他前妻的存在。所以葬礼基本上只有以前比较亲近的朋友，还有一些亲戚来参加了。

所幸刚好新年放假，这三天她都能够陪在纪晴朗的身边。短短三天的时间，纪晴朗一下子颓废了，那么骄傲、那么要强、那么毒舌的人，突然间变了一个人似的。

出殡的那天，纪晴朗甚至没有再哭，红肿的眼睛布满了血丝，下巴满是青色的胡楂儿。纪晴双对于自己的母亲并没有太多的感情，相认的时候纪母已经是植物人，她显然没有太大的悲伤。

叶迟迟之前缩在角落里，陪纪晴朗守夜三天，她自己已经累得不行，摔伤的地方瘀青了一大片。现在想要闭着眼睛休息一会儿，可是纪晴双却走过来在她身边坐下。

"叶迟迟，看不出你那么在意我哥。"

叶迟迟眼下没心情跟纪晴双闹，没说话，也没睁眼。

"不过真是有点儿可惜呢。"纪晴双欲言又止，摆明了在吊她胃口。

叶迟迟睁眼看向纪晴双："你什么意思？"

"啊，我哥没跟你说啊？"纪晴双忽然笑起来，露出可爱的虎牙和甜美的酒窝，对于叶迟迟这样的反应很满意。

但是叶迟迟这一次不买账了，再一次闭上眼睛，没有理会她。

葬礼之后，重新回到学校，叶迟迟想起了林屿。不，其实一直都有想他，给他发了信息，尝试着给他打了电话，全部都没有得到回应。即便是解释了原因，但是他好像打定主意要把她驱赶出自己的世界那般。

她看着那张林屿自己拍下来的照片，心里一阵又一阵地难过，她有想过要去找林屿道歉。他已经卸任了会长一职，不在学生会的办公室，她守株待兔似的在校门口堵了几天，才终于看见他一个人慢慢走出来。

叶迟迟赶紧冲上去喊他："会长！我……"

林屿如同视而不见那般，想要走开。

叶迟迟咬咬牙又一次跟上去，直接扯住了他的袖子，想要拦住他，一边说道："林屿学长，你听我说，给我一分钟可以吗？就一分钟！"

林屿停下来，她还开心地以为有转机正要开口，可是他却忽然一下子将手甩开。叶迟迟肩膀吃痛，疼得一下子脸色有些惨白。之前撞车受了伤，胳膊砸在地上的时候扭伤了筋骨，直到现在都还没好。一瞬间，林屿也怔住，眼神中闪现出一丝歉疚。

"叶迟迟，解释的话你已经说得够多了。"他苦笑着开口。

依然是一如既往的轻柔，还有熟悉的笑，但是此刻的叶迟迟突然意识到，根本就不一样了。她愣怔片刻，心中有些难过："可是我还是想当面跟你说，对不起，不管是照片还是那么多次放了会长你的鸽子，真的对不起。"

他没有接话，视线停留在她的肩膀上。于是，她只能转身离开，一瘸一拐地慢慢走着。

胸腔中空了一大片，迎面的风吹过来，像是一下子灌到了心底似的，到底为什么会那么伤心，她不知道。

不知道走了多久，突然身后有喇叭声，她下意识停下来回头，看见了陆沉学长开着他的小电摩。

"哟，那么巧啊。"陆沉拍拍车子的后座，"走吧，学长送你回家。"

本来想拒绝的，可是她觉得自己只想赶紧回家，躲到自己的房间里，于是木然地点点头，上了车。

"怎么伤的？"路上，陆沉问道。

"摔了。"

"很严重？"

叶迟迟摇头："不严重，就是疼。"

疼得都快哭了。

期末考试进入到了复习阶段，叶迟迟忙得焦头烂额，放了学就回家，等待纪晴朗回来一起写作业。老妈的意思是纪晴朗现在不适合独自待着，他又不愿意回他父亲家，便嘱咐她最好每天都去看看。不过纪晴朗并没有出现太过激的反应，上下学都很准时，他甚至还在二中那种严格到变态的制度下申请到了免除晚自习，基本上叶迟迟到家没多久，他也会回来。

对，纪晴朗终于接受了叶迟迟的车子，可是也如数把车费都给她了，他已经不再需要钱了。

　　他们一起吃晚饭，一起写作业，平淡无奇，也平静得可怕。

　　她好几次忍不住问他到底有没有事，他都摇摇头笑着否认，只说自己很好。为了让他高兴一点儿，她打算在期末考试结束的那天约他去看电影当作散心。

　　期末考试终于结束了，叶迟迟学校离市中心近，所以就先到影院取票然后等他。结果没想到，几个熟悉的身影由远及近，最后来到她的面前。

　　这几个人中，也有林屿。

　　叶迟迟和林屿自从上次之后就没见过，高一和高三的教学楼不在一起，说大也不大的校园，竟然真的没有再遇到过。

　　跟林屿同行的还有陆沉和陆蔓薇，陆蔓薇根本没有给她躲藏的机会就冲了过来，还兴奋地大喊："学长，你看！叶迟迟也在这里！我就说她会来看电影的嘛，嘿嘿。你准备看什么呢？"

　　最后一句话是问叶迟迟的。

　　叶迟迟看着手里的票，再看看林屿的脸，没回答，只是把票递给陆蔓薇看。

　　"咦？我们今天也是要看这个！趁着下档之前赶紧看了，听说口碑爆棚，你之前不就说期待了很久吗，怎么现在才看？"

　　叶迟迟瞪了她一眼，真是哪壶不开提哪壶。

　　"因为有点儿事耽搁了。"叶迟迟说着，正巧纪晴朗慢慢走了过来。

　　陆蔓薇的注意力迅速转移过去，凑到了叶迟迟耳边："这不是二中校草吗？他好像……咦？你们认识啊？"

　　叶迟迟尴尬地点头，给大家介绍："我的青梅竹马，纪晴朗。"

　　"他就是你总提到的那个……"陆蔓薇又要开始大惊小怪了。

　　叶迟迟眼疾手快捂住了她的嘴巴，用眼神示意她闭嘴，然后抱歉地跟陆沉说了句"有事先走"，就赶紧拉着一头雾水的纪晴朗先走开了。

走了两步路，叶迟迟回头看了一眼林屿，他仿佛没有看见她那般，照常和陆沉说着话。

她垂下眼，收敛住自己的小情绪。

纪晴朗摸了摸她的头，声音轻柔："怎么了？"

"没什么。"叶迟迟抬起头的时候已经换成了笑脸，"走吧，电影要开始了。"

她果然错过了一部精彩的电影，可是错过的，好像不止这电影而已。

放假后，纪晴朗要带母亲的骨灰回老家安葬，整个寒假都不在。叶迟迟偶尔跟陆蔓薇约出去吃点儿东西逛逛街，剩下的时间都在写作业中度过。

新年的时候，叶迟迟给林屿发了几条祝福的短信，几乎没有悬念的，没收到任何一个回复。以前和他聊过的记录还保存着，却已经是那么久之前的了。

陆沉发来回复消息，其中就有一条："对不起啦！小学妹！学长这次是真的帮不了你了。"

寒假没多长，二十来天的时间，几乎是一眨眼就又到了开学。

开学一报道就要军训，虽然就在学校里，叶迟迟依然很烦躁。天热容易中暑，天冷难道就不容易感冒吗？叶迟迟最担心的就是这个，不想才第二天，她就因为训练时出汗脱掉了一件外套，接着马上又站军姿半个小时，硬是当场被寒风吹得鼻涕落了下来，成功感冒，当晚就进阶到发烧。她起初以为自己可以坚持，跟着大部队走了几次正步，差点儿没有当场晕过去，最后教官同意她去医务室开假条回家休息。

叶迟迟慢悠悠地朝校医室的方向走去，脸因为发烧变得通红，脑里像是塞进了糨糊，鼻子堵塞，只能用嘴巴呼吸。刚走到楼梯口，她脚下一软，彻底没了力气，向前栽下去，膝盖狠狠砸在台阶上，疼得她当时就流了几滴泪。她甚至没有力气爬起来，只能勉强坐起来，难受和疼痛，让她在楼梯上忍不住哭起来。

泪眼模糊，一个人影靠近，她尚未看清，只听到一声熟悉的叹息："叶迟迟，怎么每次看到你，你都受伤了。"

随着话音落下，眼前的画面变得清晰起来，林屿站在她的面前弯下腰，径直将她拦腰抱起来，面无表情地朝着二楼走过去。

女生本来就烧红了脸，眼下更是紧张害羞得不行，低着头的举动更像是把脸埋在对方的胸口，亲密又暧昧。

是我更想问，为什么我每次最需要别人帮助的时候，你都会出现在我身边呢？

"到了。"不知道什么时候，已经到了校医室，他将她放在病床上。

校医看了她一眼，有些无奈："夏天军训有人中暑就算了，怎么冬天军训还有人中寒的？哎哟，还真发烧了。"

校医拿了体温计给她，看起来有些忙："我还得去隔壁输液室看看，今天也有不少说是肚子疼来这里请假的，你先量体温吧。"

校医走出去的时候，林屿也跟着转身，叶迟迟急得一把拉住他，小声说道："学长，你能不能先别走？"

"我不走。"林屿淡淡说了句，她半信半疑地松开手。

他走到校医桌子旁拿了酒精、碘酒和药棉，又重新回到了她面前坐下来，拿出药棉沾了沾酒精，拉过她的胳膊，开始帮她处理伤口。

摔跤的时候身上穿着厚衣服，只是觉得磕得疼，她挽起了袖子，手上有些擦伤。她大概是烧得反射神经都慢了，酒精碰触伤口也不觉得太疼，或许是他的动作太轻柔，每次擦拭的时候还会帮她吹吹气。

叶迟迟一双眼紧紧盯着某人，心中慢慢浮出一丝柔软。

"怎么这里还有伤口？"林屿把她袖子挽得更高，看见了手肘上结的疤。

"之前骑小电摩技术不佳，摔了一大跤，胳膊和腿都摔了，超级惨的。"她拉起校服裤子，把小腿上的瘀青和结痂处露出来给他看。

本来想靠"卖惨"来让林屿心软，说不定会给自己一些机会，没想到林屿的脸色变得越来越难看起来。

"所以上次你的胳膊……也受伤了？"

"上次？"叶迟迟想了想，是校门口那次吗？

她正要回答，就听林屿说："算了，天那么冷还只穿一条裤子，难怪你会生病。"

他默默地给她清理着伤，不知道是在生什么气，一直蹙着眉头，让她都不知道是否应该继续说话。

处理完的时候，校医又回来了。

"给我看看体温计。"

叶迟迟递过去，校医看了一眼挑挑眉："39度多，三天假都可以拿下来了。"

难怪她浑身没力气，爬楼梯都眼前发黑。

"我给你开假条，再给你打一针退烧的，你喊家长来接一下吧。"校医转身去配药。

叶迟迟躺下来，望着林屿，他的脸色没有丝毫的缓和，望了她一眼，没说话，走了出去。她还想喊住他，但是又怕他生气。校医刚好过来帮她注射，让她没来得及挽留，任由着人就这样离开了。

他果然还是在生自己的气。

叶迟迟心里空荡荡的，难受得直想哭。挂好吊针，她给老妈发了个信息，大意是她虽然病了，但是依然身残志坚，可以一个人慢慢走回去的。

正在上班的叶母压根儿没回复，她心里堵得慌，干脆闭上眼睛睡觉。迷迷糊糊之间，感觉到有什么人进来了。她以为是校医，就小声说了句"医生我想喝水"，那个人果然给自己倒了一杯水来。

她喝完水又继续睡，隐约之间好像听到谁的一声叹息。

"叶迟迟，一个人在这里打着针你也敢放心睡觉。"

她想回答，可是觉得太累了，没有力气理会。也不知道过了多久，她突然意识到那个声音是谁的时候，猛然睁开眼睛，起身想看清楚的时候，校医室里只剩下她和校医两个人。

刚才的那句话就像是个梦境一样，恍惚得不真实。

"终于醒了，你打完针还继续睡了一个多小时。"校医走过来摸她的额头，"稍微好了一点儿，来接你的人到了吗？"

"应该快到了，我等会儿打个电话。"叶迟迟不想说自己是个爹不疼妈不爱的可怜孩子，慢慢坐起来，拿上东西，谢了谢校医就朝外走。她想了想还是不甘心，又回过头来问，"医生，刚才有人来这里看我吗？"

"有啊。"校医偷笑了一下，眼里满是燃烧着的八卦魂，"林屿一直在这儿看着你，连课都没去上。等你打完了都还看了你挺久的呢。"

真的是他！叶迟迟再次谢过校医就朝外走，慢悠悠晃到了校门口。

"迟迟。"纪晴朗突然出现在了她的面前。

她吓了一跳："你怎么在这儿？现在不是上课时间吗？"

"你不是说你发烧了吗，我就过来接你……"

"我什么时候跟你说我发烧了……"她打开手机一看，自己还真的发了一条信息给纪晴朗，说自己病了，在学校打针，"啊？我有发过？"她已经想不起来，也可能是发现老妈没回复，自己又发的吧。

"走吧。"纪晴朗开了小电摩来，"扶好啦。"

叶迟迟拉着他的衣服，他停顿一下，直接扯着她的双手环住自己的腰："都让你扶好了。"

回到家后，叶迟迟还想着林屿对自己的照顾，是否需要发信息道谢呢？

最终，她还是发过去了，对方依然没有回复。之前的片段就像是水里面的幻影，她不清醒的时候可以靠近，现在她重新回到现实了，才发现他在校医室对自己的种种温柔，不过是转瞬即逝的梦境。

事实是，林屿依然生着她的气，看起来还打算永远不理她了。

也是，林屿从来都是在众星捧月的环境下长大的，自尊心肯定和纪晴朗一样高得吓人，被她这样三番五次放了鸽子，还拒绝了他的……

她忍不住叹气，看着那张林屿拍下来的照片，闷闷的感觉又重新回来了。

本来以为在学校还有机会见到，等叶迟迟病假结束，军训结束，正式开始上课之后，她才发现要见林屿一面简直比登天还难。因为高三现在已经停课复习，像林屿这样成绩数一数二的学生，不管在哪儿复习，老师都不会太干涉。

陆蔓薇说林屿和陆沉都放弃了保送，打算参加 A 大的自主招生。陆沉还偶尔会来学校，林屿就跟人间蒸发了一样。学校为了警醒高三学生，在操场上那个 LED 牌上进行高考倒计时，数字一天天减少，叶迟迟的心情就越难过。

能见到林屿的机会越来越小了。

学期过半，高三的学生开始慢慢把东西搬回去了。周五下午放学，平时都是学生会开例会的时候，叶迟迟不知不觉走到了学生会办公室门口，大家也都在清理东西。陆沉看到她，立刻跟她招手："网红少女！"

学生会的成员们跟着望向她，叶迟迟硬是尴尬地挤出了笑容，冲陆沉摆手，打算打个招呼就赶紧离开。

陆沉接着又喊："网红少女，快点儿过来帮忙，这里事儿多着呢。"

那跟我有什么关系呢？不过腹诽是一码事，她还是瞪着陆沉走了过去。

"这些都交给你负责。"陆沉指了指地上那一堆，"为了弥补你对他造成的伤害。"

"我说你……"叶迟迟看了地上那一摞资料的名字，全部都是林屿，对于陆沉这样的指责自然很是无奈，"你不要瞎说啦。"

陆沉挑挑眉，邪魅地一笑，凑近她的耳朵："网红少女，这是学长给你的机会，好好把握。"

一时间竟然好像被说服了！

叶迟迟耐着心把林屿的东西整理好，其实也没多少资料，就是一些字典和书。她翻了翻，突然察觉到了一些不对劲，这些字迹……

之前看林屿的笔记，字迹清秀得像是女孩子写的，可是这些全是字体苍劲，一笔一画都自成一派很有特色。她对书法并不太了解，可也能一眼看出这完全是两个人的笔记。她盯着笔记本看了许久，想问陆沉的时候，一抬头，他已经不见了。隐约想起刚才他说他们要把书拿到楼下操场，这段时间，学校特地允许废品回收的人进校方便回收旧书本。

学生会办公室已经没人了。

叶迟迟坐在那里翻着林屿的书，基本上没有什么笔记，偶尔随手写几个关键字。

完全是两个人的笔记风格啊。她心中的疑心扩大，结果就在此时，学生会的大门被人"嘭"的一下关上了。她以为是风，但是窗外静谧，除了些许鸟叫和外面的嘈杂，没有一点儿风吹的动静。她走到了门边上，试图打开门，却发现门被人从外面用东西挡住了——是有人刻意把她关在这里。

叶迟迟反应过来，立刻大喊："喂！有人在吗？"

门外传来了一些声响。

果然有人！

"是谁在外面？你把我关起来干什么？"她的大脑飞快运转，想了好几个跟自己有过节的人，也都是因为之前林屿的视频事件，惹得林屿的后援会不满，可是那些恶搞早就平息了……

"你、你……"一个女生讷讷的声音传了过来，"你跟林屿学长到底什么关系？"

叶迟迟也猜到只可能跟林屿有关，心里也就自然放松了一些，于是耐着脾气解释："我们没啥关系。"

如果说以前还算是不错的学长学妹关系，现在基本就是陌路了。

"你骗人！"女生叫起来。

"喂，这位妹妹，我真的没有说谎啊！我现在发信息他都不理会的，不信我给你看我的手机。"她佩服自己面对这种情况竟然还能如此淡定。

推拉门的时候会稍微有一条缝，隐约能看见对方就站在门口，叶迟迟假装拿出手机，对着门缝给那个妹子晃了晃，只等着她打开门的瞬间寻找突破口。还好那个妹子还算单纯，立刻就把门给打开了。叶迟迟正想趁机往外冲，才发现那个妹子手里还拿着一把钢尺，其中一边还被磨平了。

这下她老实了，之前的淡定逐渐消失，开始慌乱起来。

"你要怎么证明你跟他没有关系？"妹子扬了扬手里的尺子。

叶迟迟打量着她，在此之前完全没有见过这样一号人物，体型微胖，长相平凡，双眼中透着一股怯懦和不安，眼神不如她的行为那般凶狠，一直回避着叶迟迟的视线。

"我给你看我跟他的聊天记录。"

"我不看！"妹子一口回绝，"你打电话给他，如果他真的跟你没关系，他一定不会接你的电话，就像他从来不接我的电话一样……"

她的精神状态似乎不太对劲……

"好好好。"叶迟迟打开了通讯录找到林屿的电话号码，连信息都不回复的他，自然也不可能接自己的电话。

于是她拨通了他的号码。

空气像是静止了那般，虽然知道结果，她还是忍不住紧张起来。

在两声"嘟嘟"之后，手机里传来了林屿的声音："喂？"

他居然接了！发多少信息都不回复的人，竟然在最不需要他给予任何回应的时候接了她的电话！如果不是知道他们之间没有串通，叶迟迟都要以为林屿是故意报复了。

"你骗我！"几乎在刹那间，妹子扬起了手中的尺子。

"喂喂喂，你别激动，你听我说——"叶迟迟大喊起来，并且下意识去挡，可是她太紧张，一下子撞到了尺子上面，不小心划了一下，疼得她立刻捂住手。

妹子也被吓了一跳，手中的尺子落到了地上，她一脸愧疚："对不起，我不是故意要伤害你的！我真的不是故意的……"

叶迟迟看了看手腕上的伤，破了点儿皮，渗出了些血丝，并不是很严重。就在这时，顾筱筱不知道从哪儿蹿出来了，立刻花容失色地冲过来，一把抓住了那个女生，紧张地问："茜茜，你没事吧？"

茜茜？顾茜茜？叶迟迟的大脑混乱了一阵之后想起来了，这个就是顾筱筱的妹妹顾茜茜！

陆沉也随之赶了过来，看了一眼这个境况，震惊得张大嘴巴："你没事吧？"他快步走过来拉叶迟迟的胳膊，看了看伤口，松口气，"还好不要紧，怎么回事？你们俩为什么打架？为了林屿吗？"

真是哪壶不开提哪壶！叶迟迟狠狠瞪了他一眼。

"不是，是我自己撞上去的。"叶迟迟三言两语简单概括发生的事情。

顾筱筱对她投来感激的眼神，代替自己妹妹道了歉，就带着顾茜茜先行离开了。

叶迟迟看着她们俩离开的背影，一下子认出来了，原来之前一直在她面前晃悠的女生……就是顾茜茜？！

"等会儿！"叶迟迟喊住她们。

两姐妹转过身来，顾茜茜的眼神始终闪躲，像是受了惊的小兔子，人畜无害。叶迟迟本来想质问的话，也被她压在了嗓子里，她只能作罢，语重心长地说道："顾茜茜，我跟林屿真的没有任何关系，就算有，也只是学长和学妹之间罢了，甚至连朋友都称不上。"

她边说着又开始难过，对于林屿来说，自己怕只是陌生人了吧。

顾筱筱点头，又说了句"对不起"，就走了。

眼下只剩下陆沉和叶迟迟，两个人大眼对小眼，没注意到走廊阴暗的地方，有个人影一闪而过。

"你也是厉害啊。"陆沉对她挑挑眉，示意她胳膊上的伤，"虽然不是很严重，你也不打算追究计较了，但当时为了让林屿出来澄清视频不是你偷拍的时候，还一副完全不能忍受委屈的样子，现在见面了也不报仇，反倒大度了。"

"报仇？"叶迟迟皱眉，"什么意思？"

"傻啊你。"陆沉推了推她的肩膀，"你以为林屿为什么知道是谁干的却不追究，你以为当初那个苦苦痴迷林屿，最后又退学了的女生是谁……"

"是顾茜茜？！"叶迟迟震惊。

"我没直接告诉你名字，是你自己猜到的。"陆沉耸肩，把责任推卸得一干二净，"走吧，我送你回去，路上顺便给你买个创可贴，尽一下学长的责任，下次再见估计就是我跟林屿自考回来了。"

两个人一起下楼，叶迟迟本想开口打探林屿的消息，但她一抬头，看到了不远处的路灯下熟悉的身影。

林屿站在那里，似乎在等着他们。

"你怎么来了？"陆沉瞪大眼睛，看到了他手里的小袋子，很快就一副了然于心的模样，瞥了身边的女生一眼，笑了起来，"好像不用我多事了。"

"来的路上遇到她们姐妹，已经听说了。"林屿走到叶迟迟的面前，一眼就看见她捂着手腕的地方，表情暗淡，把袋子递给她，"对不起，看来是我的原因。"

陆沉趁机赶紧道别，先一步溜走了。

"我真的没事。"叶迟迟摆手，"是我自己撞上去的，当时被吓坏了，手就胡乱挥，真不怪她，我最近刚好水逆时期，喝凉水都塞牙缝。"

林屿的脸色更加难看，于是叶迟迟不说话了，也不敢去看他。

两人沉默半晌，林屿先开口："走吧，我送你回去。"

总算是有机会和林屿靠得那么近了，叶迟迟以为自己准备了那么多想要说的话，终于都能够说出来了。可是就走在自己身侧不到二十厘米距离的人，却让她觉得离得很远。

她什么都说不出来。

一直到了叶迟迟家楼下的楼梯口，林屿才停下来，淡淡说了句："我走了。"

叶迟迟不知道什么时候才能够再见到他，终于鼓起勇气喊了句："会长……"

林屿没有应声，也没有离开，平淡如水地望着她。

"会长，为什么会接我的电话？其实刚才打电话给你是因为顾茜茜要我证明和你没关系，我以为你不会接的。"

　　一开口，叶迟迟就忍不住拍了拍自己的脑袋！那么多话可以说，那么多问题可以问，为什么偏偏选择了一个那么蠢的。

　　"我知道我们没关系，以后不会接了。"林屿苦笑着开口，"没事的话，我就走了。"

　　叶迟迟还想再挽留一下，但是那些道歉或是感谢的说辞，她已经说了无数次。深呼吸一口气，她一股脑儿把想说的话全部说了出来："林屿，你不理我是因为我放了你的鸽子吗？我跟你解释过了，事出突然身不由己，还是你觉得我拒绝了你所以面对我很尴尬？想要避开我，觉得我很讨厌，不想见我？现在这样，是一种报复和惩罚？"

　　风平静地吹，撩起他的刘海儿，他的神色在那个刹那变得温柔又落寞。

　　"叶迟迟，跟你没有关系。"林屿说得太平静，没有半点儿波澜，"你看清楚，我在报复和惩罚的，都是我自己。"

　　她说不出话来。

　　他抬起手想要摸她的头，却停在半空中，最后渐渐垂落，没有道别，转身离开了。

　　叶迟迟的胸口堵得难受，一阵又一阵地抽痛着。可她还是不懂，一点儿都不理解林屿所说的那些，所以才没能再找到任何理由抓住他，就这样让他离开了。

　　生活好像重新回归了平静。

　　顾筱筱带着平静后的顾茜茜来见了叶迟迟一次，主要目的是道歉，后来顾茜茜到了去医院治疗的时间，就被顾父接走了。她走后，顾筱筱才开口："我妹妹的病其实已经好很多了，最近又受了点儿刺激，才复发了。"

　　"所以你妹妹就是之前……为了林屿退学的人吗？"

"我妹的确退学了，但是说是为了林屿，感觉有点儿委屈他。"顾筱筱无奈地笑了笑，"我妹小时候发生过事故，我妈就过世了，她也在场，所以受了刺激，得了自闭症。后来遇到林屿，他是那么温柔、那么好的人。跟他接触后，我妹变好了一些，但她很容易钻牛角尖，对林屿做出了很可怕的事情，什么跟踪啊、偷他的私人物品都算小事了。林屿一开始都忍让着，后来真的很烦恼吧，他就说要查出是谁做的，最后发现是我妹。其实他知道是我妹之后没有追究了，我妹还是觉得受打击，闹着要退学。那之后她都在家接受治疗，偶尔会溜回来看看林屿，但是真的没做什么过激的事了。林屿洗澡的视频是我为了我妹拍的，放进那个电脑里真的是意外……你这什么眼神？"

本来叶迟迟还觉得顾茜茜挺可怜的，结果顾筱筱一说到视频是她这个姐姐替妹妹拍的，忍不住翻了个白眼。

助纣为虐。

叶迟迟摇摇头："你继续说。"

"我本来只是顺着她的意思，没想到被林屿实力圈粉，真的喜欢上他了。我妹居然还同意我接近他，她甚至鼓动我去追他，她对林屿就是单纯的迷恋，她觉得如果我把林屿追到手了，她还能一直看着他。"顾筱筱露出花痴的表情，"说是让你去拍林屿的丑照，其实也是因为我被他拒绝一时生气，但是你发来的照片都好好看，我又轻易原谅他了！"

叶迟迟这才了解为何林屿会对顾筱筱网开一面，也不让她追究。即使当年顾茜茜退学跟他没关系，想来也对他造成了不小的影响吧。

叶迟迟以为随着时间的推移，和林屿不再遇见，心底的思念总会少一些。可是越是见不到，她心中的空洞就越大，每次想起他，都觉得难受。

操场上的倒计时牌子总算是走到了零，高考结束，高三的学长学姐离开学校，校园里一下子安静了许多。偶尔听到林峥的消息都是来自老师同学的，还有随时都在关心八卦的陆蔓薇。她说林峥和陆沉参加自主招生考上了，不过林峥不知道什么原因又放弃了，陆沉当然是高高兴兴准备着去人人羡慕的第一学府。

后来高考结束，林峥破天荒地用全市第一名的成绩去了离本市不远的F大，虽然也是国内排名靠前的知名大学，但这样的结果还是让所有人大跌眼镜。

直到高三的毕业典礼，叶迟迟作为林峥那本人物传记的作者特别受邀出席。隔了几个月之久，再一次见到了林峥。她上了第一节课才赶来，此时林峥的毕业致辞已经说完，站在台下不远处等待着一会儿的表彰仪式。他穿着白色衬衣，黑色长裤，还是原来那般，雕刻而成的俊美五官，淡淡的双眸透着一丝难以靠近。

陆沉也站在他身边，两个人说着笑。

老师过来喊住叶迟迟："叶迟迟，等会儿你会跟林峥一同上台，先站过去做准备吧。"

叶迟迟点点头，刚才老师的话也吸引到了陆沉和林峥的注意，他们一并望过来。她登时紧张得呼吸都变得困难起来，咬着嘴唇不敢轻易靠近。

"哟，网红少女！"陆沉最先打破沉默，他看不下去这两人之间流窜的尴尬气氛，赶紧化解，"快过来。"

叶迟迟深呼吸一口气，向他们走过去："学长好。"

"好久不见。"陆沉拍拍她的脑袋，"现在还是网红吗？"

"早就不是了。"叶迟迟挥开他的手。

提到这个就来气，当初她的表情包会一炮而红全是拜陆沉所赐。她总算是弄清楚了，最经典的那张确实是林峥拍的，可传播出去的人，却是陆沉。

陆沉是率先用来当作表情四处发送的罪魁祸首！甚至加上了各种字

样，做成了九宫格发在微博里，大家看到才会纷纷拿来当作表情。

"可是学长你为什么也参加这个表彰？"之前被评为学校优秀十佳的学生中，林屿是本届唯一的一位，剩下的都是之前历届的风云人物，"你不是十佳吧？"

"是啊，我虽然不是十佳，可我跟你一样是撰稿人啊。"陆沉白了她一眼，"我负责写校长的专访，你忘记了？"

啊，那个冷面女魔头。

叶迟迟同情地拍了拍他的肩膀："辛苦了。"

"没事。"陆沉无所谓地摆手，"那个人是我妈。"

"……"

正说着话，主持人宣布可以上台了。叶迟迟还没能跟林屿搭上话，心里有些失落，满脑子都是等会儿应该怎么开口，心不在焉地走着，结果上台阶的时候没注意，脚下一滑，她差点儿失去重心。好在身边的林屿拉住了她，扶着她的肩膀让她重新站好。

"小心一点儿。"林屿在她耳侧轻声叮嘱道。

"嗯，谢谢学长。"叶迟迟点头。

林屿顿了顿，看了她一眼。她还想说些什么，他已经从她身边经过，率先登上了台。这摆明了就是在闹别扭，还一副那么深沉的模样！

某人咬咬牙，跟了上去。

就是这个舞台，九个月前的开学典礼，她就是在这个舞台上，因为顾筱筱的恶作剧而和林屿有了交集。现在同样是这个舞台上，他们又好像重新回到了陌路。

"大家一起合照吧。"教导主任喊道。

于是，台上的人都向着中间聚拢过去，身边的林屿也被推着向她越靠越近，直到两个人的手臂相碰。陆沉不知道什么时候蹿了过来，站在了叶迟迟的身边。

陆沉弯下腰在她耳边小声说了句："别客气。"

还没等叶迟迟反应过来，摄像老师开始喊着："一、二、三——"

随着一声"三"的落音，陆沉猛地将她向林屿的身边挤过去，林屿也被吓了一跳，自然而然地伸出手扶住了她的肩膀，"咔嚓"一声，画面定格住了。

"喂！"叶迟迟瞪着一脸坏笑的陆沉。他还冲她眨眨眼。

但是拍完第一张后，摄像老师说再来一次，林屿的手依然搭在她的肩头没有拿下来。叶迟迟愣了愣，没有说话，老老实实拍完了照片。

毕业典礼一结束，叶迟迟赶紧去后台拦下了林屿。陆沉识相地说"有事先走"，走之前还朝她挤眉弄眼。她虽然感激，但依然没忍住给他翻了个大白眼。

这也太明显了！

"走……走吧。"陆沉走远后，叶迟迟才踌躇着开口。

林屿没有拒绝，点了点头，两个人便绕着操场慢慢走着。

"为什么会放弃了 A 大啊？"

"因为离家太远了。"

"看不出学长还挺恋家啊。"

"只是觉得麻烦而已。"

叶迟迟想了一会儿，坦言道："学长，我知道你当初为什么没有追究顾筱筱视频的事情了。原来有那么多苦衷在里面，而我还埋怨过你。"

林屿淡淡应了一声，看不出喜怒。以前叶迟迟觉得这操场实在太大了，跑一圈她都累死累活，每次体育课最讨厌的就是长跑。可如今，她又觉得这操场太小了，不知不觉，他们就已经围绕着这里走了一圈。

但是他们好像还什么都没说。

林屿从自己的书包里拿出了一沓资料，递了过去。叶迟迟仔细看了下，居然是她之前整理的笔记。

"本来就是要给你的。"林屿又拿出手机按了几下，叶迟迟的手机也响了起来，"电子档我也发过去了，好好学习吧，叶迟迟，我走了。"

不知道为什么，她突然慌了起来，立刻拉住了他的胳膊，可是林屿却笑了笑，把她的手给拿开了。

"学长，其实我还是不懂，不懂你跟我说的那些……"

"我知道你不懂。"林屿还是笑得那么温柔，"叶迟迟，或许是我们遇见得太早了。我们不会再见了，好好保重。"

风里夹杂着一丝温热，夏天就要来临，叶迟迟突然一点儿都不喜欢这个夏天。

有人说，男生和女生成熟的岁数是不一样的，她懵懵懂懂，没能理解这句话。其实她看了很多爱情小说，看了很多凄美有趣的故事，也喝过很多心灵鸡汤，但当她的生活第一次被打乱，当她第一次遇到了纪晴朗之外的男生时，她还是太幼稚了。

幼稚到不能清楚地意识到自己内心真正喜欢的人，所以她只能眼睁睁看着林屿就这样走出了自己的生活，却什么都做不了。

八月，天气燥热难耐。纪晴朗就是在八月末的某一天，离开了这座他们一起成长了十七年的城市。

临走的前一天，他来找叶迟迟。

两个人还像以前一样，趴在床上看漫画。直到他忽然喊自己的名字，说了一段她从未想过，会从纪晴朗嘴里说出来的话。

"叶迟迟，我很羡慕你，很嫉妒你。"他顿了顿，没有看她，"也很喜欢你。那天放孔明灯的时候想要跟你告白，可是失败了。我爸让我去国外，很多事情压下来，告白也没成功，我忍不住发了脾气。"

叶迟迟慌乱无措起来。纪晴朗把漫画书放到一边，头看着天花板，像是一个人自言自语。

"你有感情和睦的父母，有聪明的头脑，有能够轻易和别人成为朋友的个性。很长时间里，你是我唯一的光亮，我只看着你。而我以为，你也只看着我。后来你的光芒再也掩盖不住，我开始慌了，幼稚地竭尽所能打击你、挖苦你、讽刺你，比你更努力地想要超越你，只为了跟上你的脚步。我喜欢你，我却从来不敢和你说，怕你笑我，你是除了我的母亲和纪晴双之外最重要的人。

"你很讨厌纪晴双，我都知道，可是我还是只能护着她。小时候，父母离异，我妈想远离伤心地，我和她都想跟着妈妈。我怕妈妈觉得带着我们两个人会吃力而放弃我，本来跟妹妹说好一起去找我妈，结果我把她骗到了一个陌生的地方，再打电话给我爸去接她，我顺利地跟着妈妈走了，她一个人被留下了，这是我欠她的，我这辈子都补不回来。

"我是个很差劲的哥哥，对吧？叶迟迟，那时候我不告而别丢下了纪晴双，但是这一次我不想把你给丢下。我爸让我跟纪晴双去国外读书。如果你愿意，我可以带上你，或者只要你开口，我想尽办法都会留下来。那时候我卖掉摩托车，还出去打工，都是想要摆脱我爸，自己独立起来，能够自己做出选择，选择留在你身边。"

叶迟迟张了张嘴，想说什么，但是这些背后的事实她一时间还没办法消化。

她曾经多么期待纪晴朗能够有一天认可自己，但当他说出这一切的时候，她却没有想象中的高兴。她猛然醒悟过来，在他们互相追逐对方的时候，其实早就离彼此越来越远。

叶迟迟伸出手，握住了他的手。

其实答案她早就已经有了。

"纪晴朗，你记不记得之前我生日让你陪我，可是纪晴双知道后故意让你去找她。那一次我没有留你，是因为我知道我留不住你，这一次我也不留你，因为我已经不需要你的陪伴了。"她笑了笑，"可是我们永远都是最好的朋友。"

许久，纪晴朗望着她都没有说话。

第二天，纪晴朗就跟纪晴双搭上了去国外的飞机。

如果说有什么能够让人迅速成长起来的话，大概就是离别吧。

至少在那个失去了两个那么重要的人的夏天，叶迟迟好像真的成熟了一些。

Chapter08
有预谋的重逢

GUAINI
GUOFENQIANGJING

叶迟迟在自己高三的那一年，做了一个决定。

她参加了Ａ大的自主招生考试，去了一趟Ａ大，见到了许久未见的陆沉。其实放假的时候，偶尔跟陆蔓薇出去时，会跟陆沉有过几次见面，只是高三忙起来，就没再见过了。

两年的时间，他还是嬉皮笑脸的样子，只是脸上多了副眼镜，让他看起来从痞痞的花花公子变成一个文弱书生。

不过他一开口还是破功："网红少女！那么久没见，赶快来学长的怀里哭一下。"

叶迟迟摆出了嫌弃的表情，转身离开。

"哎哎哎，你去哪儿？！"陆沉赶紧追了上来，"你考得怎么样？"

"还行吧，基本都写出来了。"

"多亏了学长我。"陆沉指了指校园里的一间店面，"那家黑椒牛排还不错，请我吃吧。"

"跟你有什么关系啊？明明是我自己努力的。"

"你敢说从那些笔记本里没有受益良多？那可都是我的心血啊！"陆沉一脸委屈，"当年林屿把我的笔记本给你整理，还不让我把你整理出来的复印拿出去卖。啧啧，跟我们当初说好的完全不一样。"

"你说什么？"叶迟迟蹙眉。

陆沉小媳妇表情尽显："你不是找兼职吗，林屿就想了这个方法，一方面给你赚外快，一方面给你笔记。这样等我们毕业了，你也不怕没有我们这样的学霸学长指导你……毕竟我的笔记那么全，比老师说得都详细，但是我跟林屿分明说好整理出来的笔记会拿去低价出售，五五分账的，所以你赚的外快本学长也出了一半！你说你还不请我吃饭！"

"你怎么现在才说！"

为什么这些关键的事情总是现在才让她知道？！那些以悲剧收尾的电视剧，都是你们这些本来应该起到助攻作用的人，却在关键时刻统统沉默，到了大结局的时候才跳出来告知真相，可是男女主角早就天各一方了！

叶迟迟烦躁得胃疼。

尤其是现在，她终于意识到自己的真心之后。

叶迟迟请陆沉吃了饭，还陪他逛了街，顺便八卦了一下他近来喜欢的女生，末了他送她去火车站。

"叶迟迟，林屿其实是个外冷内热的人。对于感情这方面还挺极端的，不是黑就是白，没有灰色的中间地带。在这个热情消散之前你没抓住，那就真的错过了。"

陆沉的话还在她耳侧响着。

于是，叶迟迟在高考成绩出来之后，想也没想就把F大填到了第一志愿。

录取通知书下来，学校领导都气得够呛。两年前是林屿，两年后又有个叶迟迟。她虽然不是全市第一的成绩，可怎么说也排在前三十。要上 A 大的王牌专业有点儿危险，可是除了那几个抢手的，剩下的也基本上是任她挑选。叶父、叶母对于这点，倒是无所谓，甚至还挺高兴她要去的学校离家不远。

"你看，去上 F 大我们还能开车送你去。"叶母帮她收拾东西的时候高兴得直乐呵，"我跟你爸一起过去，顺便在你们那儿玩两天吧？"

叶迟迟义正词严地摆手："大家都坐车去，我也可以。你们就不用送了，车子的油费够我去上学前好好吃一顿了！"

于是一家三口在本市的高级餐厅吃了饭，叶迟迟这才踏上了大学之路。

初到这座陌生的城市，叶迟迟心里满是紧张和兴奋。

一出火车站，就有学长学姐们举着欢迎牌，还有来接送的校车早已在等候着。叶迟迟找好队伍上了车，颠簸了几十分钟，终于到了 F 大，一进门就有好几个戴着工作牌的学长学姐帮忙指引道路。

从入学注册到宿舍的安排，他们全程跟完，一路上热心地跟叶迟迟分享在大学里的各种事迹。比如说他们专业的老师有谁，第一学期的课程内容，还有学校里的热门社团以及一些活动。

当然最后，他们还是不可避免地会说出自己的最终目的。

订报刊或者是卖二手产品。

比如考四六级用的收音机或者是自己的旧热水壶和电风扇，还有自己不穿的衣服拿过来便宜卖的学姐，甚至有几个还拿出了所谓的凭借他们的复习资料考试绝对不挂科的"独门秘籍"。叶迟迟尴尬地笑了笑，猛地想到了林屿给她留的笔记本，那个文档，竟然是他发给自己最后的微信。

毕竟也是受了那么多帮助，她多少还是不好意思，于是买了二手的收音机跟电风扇。

经历压抑的高三，她看着满校园各式各样的人，摆脱了索然无味又单调的校服，在这里充斥着许多不一样的色彩。

而其中，还有她思念的人。

宿舍里的两个舍友已经到了，一个是她的老乡叫作李青禾，以前在二中。一个是来自东三省的高个子女生，很高冷，头发又黑又长，中分，脸上化着淡妆，名字也相当符合本人的气质，叫作文艺。她们都是外语系的，但专业不一样，比如叶迟迟和李青禾学的都是英语，文艺则是德语，另外一个还没有到。

中午的时候，陆蔓薇打来了电话，她高考发挥失常，没能和陆沉一起考上 A 大，于是一气之下决定留守在叶迟迟身边，去了另外一所重点大学的王牌专业。大学都建在附近，她提前来报到，早早就约好了一起吃饭。

此刻的校门口依然有新生络绎不绝来报到，叶迟迟站在一个不太显眼的位置等陆蔓薇的到来，视线漫无目的地游移着。直到突然就像是被什么击中一样，她看到学校对面那一排门面的其中一间，有一个熟悉的人影走了出来。

叶迟迟觉得有股奇妙的电流从头顶一直贯穿到脚心！

心脏的地方酥酥麻麻的，心跳忍不住加速起来，她的手捂着胸口，嘴角挂着笑容。

正激动着的时候，肩膀被人一拍，陆蔓薇蹿了出来。

"看什么呢？"陆蔓薇也顺着她的视线看过去，正好看到林屿跟着另外几个同学一起从一间小吃店里走出来，陆蔓薇跟着开心，"林屿学长，怎么不去喊他呢！你不是想见他很久了吗？"

说完，她就想上前。

叶迟迟眼疾手快地把她拉回来，死死按住，视线一直望向那个人："现在还不是时候啦，等过几天吧。"

对，现在还不是时候。

叶迟迟来之前就跟本专业的学姐事先打探过了，林屿这颗走哪儿都发光的金子，就算没有第一学府的加持，也依然闪闪发亮地占领着学霸的位置。外语系的第一才子，专业是英语，二外是法语，大三这一年再次当上了学生会会长。

新一届学生报到完毕后，学校会召开新生入学仪式，到时候他会作为学生代表上台发言，听说还有提问环节，跟大家交流大学生活的事情。

她打算把那作为他们俩重逢的关键时刻。

晚上回宿舍的时候，最后一个舍友也到了，本地人，叫作朱爽，长得非常漂亮又灵气。叶迟迟听着这名字觉得有点耳熟，在李青禾的提示下终于想起来了！新生里第一名考入本校的女生，同样是英语专业。

好不容易等到了新生入学仪式，文艺习惯了独来独往，朱爽是新生代表发言，两个人都各自先走了。只剩下叶迟迟和李青禾，两个人是老乡又臭味相投，自然走得稍微近一些。

到礼堂的时候人已经不少了，没过多久就差不多来齐了。司仪按照顺序一项一项进行着，在几个领导都发言结束之后，叶迟迟看到了姗姗来迟的林屿，还有他身边的朱爽。

两个人站在台下有说有笑，俨然一对般配的璧人。

长得好看的人基本都能凑 CP，就像以前她也觉得林屿跟顾筱筱很般配，颜值高，站在一起就没有违和感。不过她没有受打击，她长得也好看，最关键的是，就算以前她懵懵懂懂没认清自己的心，但也能够隐约知道，林屿是喜欢她的。光凭这一点，她就没必要退缩。

老师喊了新生代表上台发言，朱爽跟身边的林屿说了什么，就兴奋地朝台上走过去。结果一转身，她大概是估量错了台子的高度，抬脚的时候没踏上去就踩空了，差点儿向前摔倒。林屿立刻一把搂住她的腰，扶住了她，没让她在开学认识大家的第一天就丢脸。

隔得那么远，叶迟迟都能看到朱爽的脸"噌"地红了。

好吧！这下她承认了，自己有些不高兴了！为什么同样都是开学典礼，她被当作偷拍林屿的变态，还摔了一跤成为表情包，朱爽却被林屿那么亲密地搂在了怀里？

不过他们很快就分开了，台下起哄声一片。围观的群众都表示很激动，有看好戏的，也有嫉妒得生气的。朱爽上台了，脸上带着两团鲜明的红晕，开始了自己的演讲。

朱爽比叶迟迟幸运得多。她不光顺利讲完，还博得了大家的掌声。

接下来就是林屿上台了。

他缓缓走上台前，步伐沉稳，举手投足间都带着自信，意气风发又外貌出众，还生了一双勾魂摄魄的眼睛。除了表情始终不咸不淡，让人觉得不太好接近外，这样的林屿真的是天生的焦点。他先环顾了全场一周，视线从叶迟迟的脸上飞快扫过。也不知道到底看到她没有，没有一刻停留就收回了自己的视线，开始了自己的演讲。

台下一点儿响声都没有，直到全部结束，才有雷鸣般的掌声传来。

终于到了众人期待已久的提问环节了！跟之前老师发言的情况不一样，林屿刚说完可以提问了，就有不少女生"唰唰唰"举起手，争先恐后要向他提问。

"学长，我听说你现在还没有女朋友是吗？"

林屿低头报以微笑："这位学妹看起来很关心恋爱问题，放心去谈吧，这是作为一个大学生的基本权利。"

全场爆发出一阵笑声。

接着第二个。

"学长，你是从什么时候开始那么帅的？去年开始？还是一直都那么帅？吃什么长得那么帅的？学长，接受我的撩吗？"

"用那么老土的方式搭讪，我应该不会接受。"林屿对她摆摆手，"下一个。"

他又开始全场扫视。

叶迟迟尽量举高自己的手了，甚至不惜站起来。可是他的目光几次从她的身上扫过去了，依然没有停留半刻。

一直到所有问题的机会都被别的女生问完了，新生入学仪式也结束了。

叶迟迟不服气！她期待已久的重逢不能就这样泡汤！于是她提前离场，悄悄走到了礼堂前门的位置等着。这时林屿和朱爽走了出来，她想也不想就走上去，对着林屿的背影喊了一句。

"林、林屿……林屿会长！"她还以为自己会很有底气，结果一开口却怂了，不光声音小，而且还发抖。

林屿和朱爽还在往前走，她鼓起勇气又喊了声："林屿！"

这下他们停下来了，可是林屿没转身，倒是朱爽转过来，看着她一脸疑惑："怎么了吗？"

"我找林屿！"叶迟迟走上去，抱歉地对朱爽说，"我有话要对他说。"

"可是学长……"朱爽看向林屿。

"嗯，那你等我一会儿吧。"林屿语气轻柔，终于转过了身，一双眸子冷得结了霜，像是夜里冷月的光晕，"我跟这位学妹聊一会儿。"

朱爽有些不乐意，但还是走了。

"这位学妹"，她从以前到现在，都只是"学妹"吗？

算了，她早就想到林屿会是这个态度。

叶迟迟望着这走道里也没啥人，为他们的对话提供了一个不错的环境。

两年了，她看着林屿，脸上掩饰不住内心的兴奋和激动。

这两年里，她变了许多，以前齐肩的头发已经长及腰间。来上大学之前，她染了栗色的头发，衬得她原本就白皙的皮肤更加光亮，微微的鬈发散落在她胸前，脸上还化了一个简单的妆。

叶迟迟变得更美了，也变得更好了，都是为了今天的重逢。

"学长，好久不见。"

"嗯，确实挺久了。"林屿蹙着眉想了一会儿，"两年了。"

他就这样语气平淡地说了一句。

什么？就这样而已吗？叶迟迟开始有些受打击，两年未见，他们上一次的分别确实不愉快，可是至少她以为他见到自己在这儿，应该多少会觉得好奇，会问问她，为什么那么多学校不选，偏偏来他们学校呢？

这样她就有机会说出自己的心意了。

但是林屿像是看穿了她的小心思，什么都不问。

好一会儿，两个人都没开口，最后还是林屿先开口："我约了人吃饭。没事的话，我先走了，再见。"

"哎哎哎……"叶迟迟忍不住喊他，林屿却走得头也不回，她的心也随着他的步伐远去变得拔凉拔凉的。

失败了，彻底失败了！就连这么简单的问候，他也不屑于给自己了。

翌日就是大学军训的日子。叶迟迟起了大早，之前发了教材，她拿着自己的手机打算找一个安静的地方听一下英语听力。她不算是什么天才型学霸，但是她很努力，为了自己的目标可以拼尽一切。于是她买了早餐，走到了事先踩过点的一个小花园时，才发现已经有人占领了。

她看了看手机，这才七点钟，就已经有人到这里了？于是慢慢走上前，发现那人趴在石椅上一动不动。

完了？这是什么情况？她吓了一跳，走过去仔细一看，才发现这个男生应该是在睡觉，肩膀有节奏地起伏着。不过男生似乎很是烦躁，时不时用手在耳边挥一挥。叶迟迟很快就猜到了原因，他坐的位置比较靠近树下，蚊虫会比她这边多。她早就想到过来这里会有蚊虫，就随手带了一小支驱蚊花露水。

就当作顺手解救路人吧！她悄悄拿出花露水，在他的身上附近喷了喷。也不知道是不是这驱蚊水起了点儿作用，男生没再挥手，继续稳稳地睡觉。

叶迟迟也不理会他，在他不远处的一个长椅坐了下来，戴着耳机听英文新闻。不过她又忍不住想起林屿，情不自禁地打开了他为她自拍的那张照片。

照片里的他面无表情，一双眼睛深沉得看不见底，带着一种难以言喻的决绝。

他说得没错，确实很难看。

她见过各式各样的林屿，即便是以前抓拍时他半闭着眼睛的照片，都没有那么难看。不知道过了多久，突然一个身影弹跳起来，吓得她手里的手机都飞了出去。

那个身影就是之前在睡觉的男生。

他莫名其妙地看着反应过激的女生，先一步低下头捡起了地上的手机。屏幕亮起，林屿的脸赫然出现。男生眼底露出惊讶的神色，还没看仔细，手机已经被重新夺了回去。

"抱歉。"男生不动声色地笑道，"我没发现你在这里，吓到你了。"

"没事。"叶迟迟慌乱地按掉了屏幕。现在周围的人也多了起来，应该也不早了，她站起来，"反正我也要走了。"她扫了一眼男生的脸，五官端正立体，眉目清秀，跟林屿的属性一样，属于走到哪儿都会有人追捧的类型。相比一丝不苟的林屿，他好像更加张狂一些。

虽然她不喜欢这样的类型，可跟她也没啥关系了，于是匆匆道别，回到了宿舍。

又是一天难熬的军训。

高中的军训因为生病侥幸躲了过去，这次就不一样了。他们训练的场地在校内广场，旁边就是食堂，学长学姐偶尔会停下来看好戏，本来就难熬，还有人故意拿着冰棍站在旁边看。

你说气不气？

中间休息的时候，身边的女生躁动起来。

"哎？那不是林屿学长吗！超级帅的！"

"我也听说过，挺有名的，放弃了 A 大来这里哦……"

"他身边的是他女朋友？果然也很漂亮啊！"

叶迟迟望过去，果然看到林屿和另外一个长头发、穿着连衣裙的女生正在向食堂那边走过去。阳光很大，他撑着把伞，挡在对方头上，女生和他走得很近，两个人的姿态也的确亲密得让人忍不住联想。

经过叶迟迟身边的时候，不知道是有意还是无意，林屿稍微停顿了一下。叶迟迟扭过头不去看他们，直到他们离开才转过脸，看着他们的背影消失在食堂门口。

其实她早就想过了很多种可能。

如果林屿已经不喜欢她了呢。

如果林屿有女朋友了呢。

所以她也做了一些心理准备……只是没想到，真的看到了这一幕，她的心会那么难受。

军训到第三天的时候，已经开始有人出现了脱水、中暑之类的症状。

叶迟迟这两年把身体锻炼得很健康，怎么折腾都没哪儿不舒服，倒是朱爽在站军姿的时候毫无征兆地晕倒了。几个男生自告奋勇要送她去医务室，教官一看就知道他们醉翁之意不在酒，最后找了一个还算老实的男生，不过教官也还是不放心，他指了指朱爽身边的叶迟迟："你跟这个男同学一起去，等送到了就让他走，你等到这个女生看了病，打了针你再回来。"

叶迟迟反正也乐得不用训练，自然就答应了。

男生把朱爽打横抱起，面色苍白的朱爽妹妹就像是偶像剧里的女主角，被抱到了医务室。哪知道这里已经挤满了，压根儿没有可以让她躺下的位置，不过校医还是赶紧过来给她做了检查。

男生还是不乐意走，叶迟迟白了他一眼："你得回去了。"

男生反过来白她一眼："我要确认她的安全！"

"她很安全！"开口说话的是校医，"你可以走了。"

男生这才悻悻离开了。

校医检查完了，把结果告诉给了叶迟迟："就是中暑而已，不严重的，不过这学生看起来体质不太好啊，有点儿营养不良。"

叶迟迟看着朱爽那张消瘦的脸，确实有点儿虚弱的样子。

校医拿了点儿藿香正气水，还有湿毛巾，让叶迟迟帮忙给朱爽擦一擦身子降温，顺便还给了请假条。

"那学生你叫什么名字？"校医边开假条边问，"等会儿她有什么问题，我得找你。"

"我叫叶迟迟。"她想到教官的交代，又说，"等会儿看到她醒过来，打上针了，我也得回去了。"

"就是因为这位同学还没醒，我才得问清楚她的陪护人是谁。"

校医开好假条递给她，可朱爽半天都没有醒过来，这么半躺在椅子上也不行，叶迟迟只好去另外一间治疗室看看有没有空的位置。

可是基本上都满了，只有两个病床拉上了帘子，但是没有拉牢，她经过的时候朝里面看了一眼，其中一个床上躺着个男生，而且还是个看着有些眼熟的男生……

她认出来了，就是前几天早上在石凳那里睡觉的奇怪男生。可最关键的不是这些，而是他正戴着耳机躺在那儿，就跟没事人一样，还在打手机游戏。

她燃起一丝期待，想去问问在一旁忙碌的校医，但是校医没时间搭理她。朱爽还瘫软在椅子上，她只好鼓起勇气，站在帘子门口说道："这位同学你好，如果你已经没事了的话，可以把床位让给我的同学吗？"

男生没有动静，她又走进去了一些，重新开口："你好……"

这下男生发现她了，突然弹了起来，一脸不爽："你没看到这里已经有人了？"

"我的同学很不舒服，你可以把床位让给她吗？"叶迟迟知道自己太冒失，尽量显得谦卑和友好，"如果你没事的话……可以吗？"

"当然不可以。"男生想也不想就回绝，重新躺下去，"我也是病人。"

算了，虽然多少会有些期待落空的感觉，可她也不能说什么，她不是医生，不能判定他是否真的不舒服。

叶迟迟长叹一声，小声说了句："对不起，打扰了。"

叶迟迟从帘子里退出来，重新走回朱爽那边。突然就被一个捂着肚子躺在床上的女同学给拦住了，让她帮忙去旁边食堂买点儿东西过来，女同学胃疼得走不了路，身边也没有别人了。叶迟迟推托不了，想到治疗室应该会有校医一直在看着，便只好赶紧跑去买东西。结果回来就发现朱爽已经醒了，而且身边还多了一个人。

不知道林屿是什么时候来的，他坐在朱爽的身边，用湿毛巾抵着她的额头。

"林屿……学长。"叶迟迟疑地喊他。

林屿一顿,转过身来淡淡地看了她一眼:"嗯。"

"你怎么会来?"她担心是不是他身体不舒服才来校医室。

哪知道林屿垂眼没去看她,说了句:"因为某人不知道去哪儿了,我才不得不过来。"

"我刚才醒了之后,有些难受,肚子也饿了,校医说是你陪我来的,可你却不在这里,我就以为你已经走了,想到你们在军训,才打电话拜托学长帮我买点儿粥过来。"朱爽解释道,提起林屿的时候两颊发红,一脸少女的娇羞。

叶迟迟算是大概了解清楚了。

林屿以为她不负责任,所以对她发了脾气。

"我不是乱跑,我是因为……"她想解释。

可朱爽偏偏在这个时候猛烈地咳嗽了起来,打断了她的话。林屿温柔地给她拍着背,一张脸上写满了关心。叶迟迟觉得胸口有些堵,原本满满的决心开始动摇,现在就算她解释,怕是他也不会相信吧。

"那既然朱爽已经醒了,我就回去了。"叶迟迟咬牙,转身朝外走,可她没走几步,就在门口停住了脚。

她知道自己以前对林屿有些过分,他现在这样的态度都是可以理解的,可如果他真的已经不喜欢自己了,而是喜欢上了别人呢?

想到这里,她呼吸都觉得肺疼。

是她自作自受。

她正要走,衣领忽然被人抓住了。回过头一看,一张冷得像中央空调一样的臭脸出现在自己面前,就是刚才躺在病床上的那个男生。

"是你?"

"走吧。"男生瞥了她一眼,二话不说就拽着她直接走。

"喂喂喂，我还要军训呢！"她想要挣脱，但是男生的手抓得太牢，又是扯着她的衣领，她不好意思使出全力反抗。

畏手畏脚的结果就是，某人被这么一路拖到了校门口。

"等车吧。"

"我凭什么要等车啊！我得去军训！"叶迟迟被这么擅自做主的人弄得莫名其妙，不高兴地瞪了他一眼，"你自己要去哪儿就去，为什么要来打扰我？"

说着说着，她眼泪忍不住落了下来。她本来心情就差，天气燥热，她谈不上中暑，可是跑来跑去也汗流浃背了，现在还被人不由分说地带到这里，她的火气和委屈一下子都上来了。

恰好这时候车子到了。

男生看着她，平静的眼波里浮起一丝柔和："走吧，你觉得你这个状态可以回去军训吗？"他想也不想，就直接拉着她的手腕，硬是将她拉上了小巴车，走到了最后一排坐下。

"到底要去哪儿？我跟你也不熟啊。"叶迟迟一边哭一边问，"为啥要来烦我？"

其实他也回答不上来。本来女生进入帘子里询问的时候，他正好也在气头上，没有看清就直接朝她吼了，结果发现对方是之前为她喷了驱蚊水的女生后，立刻就后悔了。

不光后悔，还有些庆幸，居然又一次遇见了她。所以想要追出去，把床位让给她同学，恰好看到了她被另外一个女生拜托去买东西，他就走到了治疗室问了校医这里是不是有人需要床位。

校医指了指一个坐在椅子上的女生，那个女生已经醒了过来，还拿着手机不知道跟谁打电话，语气很矫情，想来应该是男朋友。她听到女生打着电话说："对，还挺难受的，而且肚子也很饿，刚才晕倒了，醒来也没人在这里，我听医生说是我舍友叶迟迟送我来的，结果我醒了她也不知道去哪儿了，我碰到一个同学跟我说叶迟迟去食堂买吃的了……应该不是买给我的吧，她走的时候我还晕着。"

叶迟迟，原来她的名字叫作叶迟迟啊。

好心被当作驴肝肺，他都替她不值！他也不想介入，谁知道来的男生竟然是那天早上叶迟迟手机里的人。

果然，当那家伙替别人买了东西回来，被误导的男生却不留情面地嘲讽了她一顿。他不知道为什么放心不下跟出去，才发现她眼眶已经通红。

说起来真算是缘分，她此刻心情一定很差，而他的也好不到哪儿去，既然这样，就拽了她一起，不如跑得远远的，把这些烦恼都抛之脑后。

面对女生的质问，他什么都回答不上来，也懒得回答，于是他巧妙地转移了话题，笑吟吟地说道："叶迟迟你好，我叫郁淮风。"

"你怎么知道我的名字……"

他不说话，双手环抱在胸口，一脸笑意地闭上了眼睛。

"你再这样我就要下车了！"

"中途是不会停车的。"

"那你到底要带我去哪儿？"叶迟迟还在计算着等会儿回去需要多长时间，要如何向教官解释她这段时间去哪儿了。

"去一个不难过的地方。"

大概是这一句话，吸引到了她吧。所以她老实下来，望着窗外的风景，从楼房变成田园，换成山林。再过了一会儿，又重新看到了村户人家。

啥都好，就是郁淮风选的这个位置在空调底下，这么顶着吹，没多久她就冷得直哆嗦了。

"阿嚏！"叶迟迟打了一个大大的喷嚏，吸了吸鼻子，"还有多久啊？"

郁淮风朝外看了一眼，坐直了身体："差不多到了。"

两个人又坐了几分钟，他站起来跟司机喊了声："有人下车。"

叶迟迟奇怪地瞥了他一眼："不是说不能随便下车吗？"

某人反而哈哈笑起来："这么好骗？小心我把你卖到这里给人家的傻儿子当媳妇儿。"

他说完就跑下了车。

原来郁淮风带她来的是这附近挺有名的小寺庙，虽然现在没什么人，可叶迟迟看着到处挂满的香，想来平时来这里上香拜佛的人应该也不会少。

有穿着僧侣袍的人在扫地，对于他们进来也见怪不怪，和气地笑了笑，跟郁淮风说道："怎么这个时候来？"

"骗个傻子过来坑她香火钱。"他虽然是回答对方，却朝女生眨眨眼。

"佛门净地，你瞎说什么呢！"叶迟迟恼火地捶了捶他的后背。

郁淮风显然已经不是第一次来这里，自顾走进去，在门口的功德箱里投点儿钱，拿了一炷香，站在寺庙门口对着里面的佛像拜了拜。

叶迟迟照葫芦画瓢，也跟着做，她走到男生身边，揶揄道："不过看不出你还信佛，刚才跟那个大师也很熟识的样子，你经常来？"

"不信啊。"他无所谓地耸肩，"既来之，则安之，就当作是体验吧。"

说的也是。

叶迟迟拜完佛后，又朝寺庙后面走过去，后院是一些种了蔬菜的农田，有几个僧侣在整理着农作物。

"该不会还有斋饭吧？"叶迟迟以前只听老爸老妈说过，双亲都信佛，经常在佛教日去寺庙里住一晚吃个斋饭，打坐念经，感受一下暮鼓晨钟的祥和。

那么虔诚的夫妻俩，偏偏生了一个无神论者叶迟迟。所以她从来都拒绝这些事情，每次他们俩出去又担心她一个人在家不安全，就会拜托纪晴朗来照顾她，多个照应。

想到这里，她重新望向了寺庙里那尊庄严肃穆的大佛。

如果真的灵验的话，也请保佑纪晴朗一切都好吧。

他离开了两年都没再回来，甚至连信息都没有回复。偶尔一封邮件，也都是自说自话，跟她分享现在自己的生活，最后总是加一句：

迟迟，我很想你。

两个人在寺庙里转悠了一圈，郁淮风果然带她去吃了斋饭。叶迟迟吃得慢，郁淮风吃饱了就跑到附近不远处的叮当果树下摘果子去了，有一个稍微老一些的僧侣走过来，看模样应该是住持，向她询问："吃得还好吗？"

"嗯，还挺好吃的。"她说的可是真话。虽然粗茶淡饭，但是夏天里吃清淡些还更舒服。

"郁淮风第一次带女孩子过来。"老住持和蔼可亲地看着她，感叹道。

"您跟他很熟的吗？"

"他没跟你说？"老住持了然一笑，"等他自己说吧。"

后来他们又闲聊了几句家常，他不像是一个德高望重的住持，反倒像是平常人家的老者。郁淮风跑回来，怀里抱着一大堆果子，全部推到她面前："你去洗一下。"

"凭什么？"

"凭我是摘回来的人。"郁淮风白了她一眼，"你吃不吃？"

她竟然无言以对，只好拿着去洗。这里的水都是山泉，冰冰凉凉正舒爽，她本就觉得热得头昏脑涨，现在冲冲水，感觉好多了。

郁淮风见她洗了那么久都没回来。跑过来一看，她还洗上瘾了，立刻把水龙头关上："浪费水。"

叶迟迟自知确实不应该，讨好地笑："抱歉，真的太舒服了。"

他带着她到阴凉的小亭子里，两个人坐在椅子上分果子吃，她心里还是惦记着老和尚说的那些话，就直接开口："你好像不是第一次来这里了，对这里的一切都很熟悉。"

"嗯，我以前小时候住在这儿。"郁淮风咬着果子淡淡开口，仿佛一件和他没有关系的事，"听人家说我是弃婴，被扔在寺庙里。老住持本来想送我到县里的福利院，但是当时县里条件很差，手续也很麻烦，最后老住持就把我留在这里，一直养到了六岁。然后有一对常来这里上香的好心夫妇把我收养了，所以这位八卦的女施主你也看到了，我现在没有出家。"

原来是这样，难怪老住持没有说，而看郁淮风平淡无奇的语气，好像也没有在伤心。可叶迟迟还是不懂，他既然在这里长大，养父母也都是信佛的人，多少会受到一些熏陶，为什么之前在校医室见到的时候，整个人那么暴戾，一见面就凶她？

郁淮风看了她一眼，抓起她的手腕放在了自己的额头上，刚一接触她就吓了一跳："你在发烧啊？"

"虽然不如你的同学看着那么严重，但是在你进来之前，我也还在昏迷着。"

其实之前他拽着她走的时候也注意到他手心很热，当时只觉得心烦没有在意。叶迟迟的脸上立刻写满愧疚，男生翻了个白眼，伸出手指点点她的额头："什么表情，难看死了。"

"是不是因为之前你在石凳那儿睡觉才受凉了？"叶迟迟想起这件事，"我一直很好奇，为什么要在那儿睡觉？"

"当然是故意的啊，就是为了感冒。"某人说得一本正经，看到女生惊讶的眼神，知道她居然相信了自己的玩笑，没忍住笑起来，"是因为前一天晚上出去兼职，回来太晚校门关了。我等到早上六点才进来，但是宿舍里的人反锁了门，还在睡觉，压根儿没听到我的敲门声。"

是弃婴就算了，居然还那么辛苦的要打工，难怪累坏了。

叶迟迟更是觉得有些自责。

"别这样看着我。"郁淮风嫌弃地看了她一眼，"虽然你觉得我身世凄惨，不过我打工只是为了消遣，养父母对我很好，最关键的是……"他上下打量着叶迟迟，嘴角上扬笑起来，"他们都很有钱。"

最后顺带参观了一下老住持留给郁淮风的房间。天色已晚，两个人踏上了归途。

回去的路上，换成叶迟迟感冒了。

都怪之前车上的空调太足，在寺庙里又忍不住一直在玩冰凉的山泉水，还有一整天各种烦心事，整个人状态都不好。现在一吹，就开始不停地打喷嚏。

临走前，郁淮风递给叶迟迟一件格子衬衣："干净的。"

叶迟迟感激万分地穿上，后来太累了，立刻就困了。她想起他云淡风轻地说起自己的身世，忍不住想起了纪晴朗。他跟纪妈妈的生活过得并不好，但他自尊心很高，内心其实脆弱得不行，才会总是装作凶神恶煞的样子，害怕别人看到他的内心。

她都懂，所以才会忍了他那么多年吧。

郁淮风也是这样，偶尔凶，偶尔还很贫，大概都是为了掩饰自己的脆弱和无助。所以她想了想，没睁眼，就这么慢吞吞地开口说道："我觉得你挺好的，你的亲生父母肯定是有什么迫不得已的原因，才把你送走，不是你的错。不管遇到了什么样的事，都是经历，或许你比别人过得更坎坷，以后你一定会比别人收获更多的幸福，你要相信，一切都会好起来的。"

把想说的话说完，她就放心睡了。却不知道身边的男生看着她，久久都没有移开自己的视线。

　　到学校的时候已经夜幕降临，叶迟迟下车的瞬间才想起自己还在军训中的现实，无故旷掉了军训，被教训一顿应该是逃不掉了。她想着干脆自首算了，军训没带手机，就借用了郁淮风的手机打电话给辅导员，果然辅导员很生气，说是打了一下午的电话给她，又找不到她的人，最后还让她赶紧去办公室一趟。

　　"那我先过去了，不管怎么样今天谢谢你。"

　　刚准备离开，郁淮风又拉住了她的手腕："你不是还没吃饭？而且在生病。"

　　"不要紧的啦。"叶迟迟跟他道别，就朝老师的办公室走过去。

　　大概是新生入学所以工作量太大，辅导员一脸疲惫，看见叶迟迟更是直接表露了不满："你怎么搞的？突然玩失踪？这是在军训！教官本来就很看重纪律问题，一追究起来你就要被扣操行分了！我说你考进来的时候成绩那么好，不想要奖学金了？还是因为仗着自己成绩好觉得有特权？"

　　叶迟迟被说得反击不了，只能一个劲儿地道歉。

　　"我不管了，反正你自己去跟教官解释，然后扣操行分的事情……"

　　辅导员的话说了一半，突然有人打断了她的话："等等。"

　　叶迟迟听着熟悉的声音，立刻回头看过去，林屿走了进来，目不斜视地来到辅导员面前，笑着说道："是我的问题。我胃病犯了，但是医务室人很多，这位学妹恰好经过我旁边，我俩是老乡，本来就认识。她为了帮助我，就一直在我身边照顾我，后来我还拜托她陪我去市中心的医院，走得太急我们都没带手机，才耽搁了军训。"

　　辅导员的脸一瞬间变幻莫测，一阵白一阵红的，略显尴尬地对叶迟迟说："既然是这样，怎么不早点儿说。"

　　其实叶迟迟想要否认，也实在佩服林屿说起谎来面不改色。可是现在人家好心为自己开脱，眼下这样的情况如果她反驳，只怕两个人都会遭殃，于是她顺着林屿的话说道："因为的确是我的错，没有请假私自走了。"

辅导员的脸色缓和了一些："既然是这样的话我就不再追究了，等晚上我帮你跟教官说一声。"

"谢谢老师。"叶迟迟先出了办公室，站在走廊上等林屿出来。只是她一抬头，似乎看到一个熟悉的身影在转角处一闪而过，有点儿像是郁淮风，可也没看清就不见了。

没多久林屿也出来了，他没看她，就径直朝前走，她快步跟上去："学长！林屿学长！"

林屿的语气冷得能掉冰碴儿："感谢的话就不用说了，举手之劳。"

这么大的忙可不算是举手之劳啊！而且本来叶迟迟都快熄灭的小宇宙，又重新燃烧了起来！

"可是我还想跟你说别的。"女生干脆豁出去了，一下子拦住他，满脸哀切，"拜托了，就给我一分钟。"

林屿的视线从她的脸上一直移动到她身上的男生衬衣，视线紧缩，表情又冷了几分，一口回绝："算了吧。"

中午在校医院说了她几句，林屿本来觉得语气太重，想追出去，却看到她跟一个男生一同离开。后来纪检部部长汇报新生无故翘掉军训的名单时，听到了她的名字。他也找了她一下午，还厚着脸皮拜托别人给她打电话，自己又在学校里四处找她，总算在她进校门时看到了她，才能及时帮她在辅导员面前解围。

现在想到自己担心了一下午，她却和别人跑出去玩。说实话，他的心情绝对不能称得上愉快，更无法用和气的态度面对她，倒不如在境况变得更糟糕之前，早点儿分开为好。

叶迟迟急了，直接拉住了他的胳膊。他本想要挣脱，又忽然皱眉，伸出手摸了摸她的额头："你在发烧？"

她一愣，不会那么巧吧！上次军训发烧，这次军训又来一次？其实她只是觉得头有些晕，也没觉得不舒服，应该只是稍微发热了，不过看着林屿脸上浮现起的担心，她倒是忽然有了主意！于是整个人直接朝林屿的身上倒下去，对方立刻就接住了她。

发挥演技的时刻到了！

叶迟迟故作虚弱，小声说了句："学长拜托你了，就一分钟。"

林屿望着她，不知道是看出来了，还是没看出来，之前的气一下子消去了大半，神色缓和许多，长叹口气，无可奈何地说道："好吧，不过你先等等，我帮你去请个假。"

林屿不愧是学生会会长，只跟辅导员说了几句话，就成功帮叶迟迟请了一个晚上的假。他本来说要送她去校医室，叶迟迟怕校医一检查就暴露了，就嚷着要去食堂，她说自己还没吃晚饭，饿得难受。

林屿拗不过她，带着她去食堂。

"等会儿吃完了，还是去校医室开点儿药吧。"路上，林屿对她说着。

"嗯。"现在他说什么，叶迟迟都答应。

此时食堂里已经没什么人了，饭菜被抢食一空，林屿只好带她去校门口，找了一间东北菜馆。

"平时我经常来这里吃，只是不知道你是否喜欢。"

叶迟迟吃了一口："好吃好吃，那我以后可以常来吗？"

林屿有些奇怪："你去哪儿吃都是你的自由，不需要得到我的批准。"

"我是说和你一起来。"叶迟迟对他嘿嘿一笑，"还有别的地方，只要是你觉得好吃的地方，都带我去吃一遍吧。"

林屿一顿，没有回答，她直接挑明："林屿学长，你现在对我的善意，是因为可怜我，还是因为你还跟两年前一样呢？如果只是善意，那就不要可怜我，就当作是我的惩罚好了。"

"惩罚？"

"没有认清楚自己喜欢的人到底是谁的惩罚。"她说得很认真，"如果学长你还和以前一样，那么不管这个惩罚有多久，我都可以承受。可是如果你已经有喜欢的人了，那就赶紧给我来个痛快，我不缠着你。我来这个学校见你之前就做好了心理准备，所以答案是什么，我都不怕。"

许久，林屿看着她没有说话。

时过境迁，面前的女生似乎也已经不一样了。对，她变得更加漂亮，更加自信了。

两年来，他想尽办法躲着她，不去了解她的消息。这两年来的疏远，他以为自己的感情已经慢慢消散。可是如今看来，才知道存在过的东西并没有消失，只是沉在了心底深处的位置。

只是比起两年前的他，现在的他……才是胆怯的那个。

自己还喜欢她吗？

答案了然于心。

不过眼下他能够给她的回答只有一个。

"叶迟迟，如果你把这些当作惩罚和赎罪，其实没有必要。"林屿避开她的视线，继续说道，"不管什么时候，我都不是那个做出判决的人。"

Chapter09
恋爱记忆唤醒法

GUAINI
GUOFENQIANGJING

　　叶迟迟完全没弄懂林屿的话到底什么意思，可也能从他严肃的表情中知道了，他并没有接受自己的告白。

　　林屿把她送回了宿舍，她发现自己的桌子上摆着一个小塑料袋，里面竟然是感冒药。她问了在一旁玩手机的文艺，高冷美少女摇摇头，回答不知道，朱爽还没有回来，只剩下在厕所洗澡的李青禾。

　　没过多久，李青禾就出来了，一看到叶迟迟就满脸八卦地冲过来，大声叫道："叶迟迟！快说！你跟林屿学长，还有一个帅帅的男生到底什么关系！"

　　"就是学长和学妹的关系啊。"她想到自己鼓起勇气的告白被拒绝了，一颗心就跟泡在醋里一样，酸酸的。不过李青禾还提到了一个男生，她立刻蹙眉，"还有一个你说的是谁？"

　　正好这时朱爽回来了，一进门看到叶迟迟跟李青禾，随意扫了一眼，没作声，坐在了自己的床上休息。

"就是长得很帅！虽然没有林屿学长啦……但是依然很帅！"李青禾激动得词穷，除了"帅"这个形容词也懒得再去想别的赞美，"你知道吗？我今天看到你跟林屿学长一起走出去，我就想喊你！结果我喊了好几声，你都没理我。然后那个男生就过来问我，一脸冷酷地说，'喂，你认识叶迟迟吧？'我就说'是啊'，他就把这个给我，让我拿给你！"

那么没礼貌的人……

叶迟迟第一时间就猜到了是谁。

没礼貌，而且还知道她感冒了，也就只有郁淮风一个人了吧。

想到他心里多少也有一丝感激。

"不过，你和林屿学长去哪儿啊？"李青禾继续追问。

"去门口的一家东北菜馆吃饭。学长说那儿好吃，尝了一下，味道真挺不错，改天我们宿舍可以一起去吃了！"叶迟迟本来是想要提议军训结束的时候去的，想看看大家的反应，所以提前先说出来。

结果除了李青禾没有一个人回应，她也不愿意热脸贴别人冷屁股，就只好作罢。

叶迟迟从床上拿出自己的手机，翻看了一下，未接来电不少，有辅导员，也有李青禾的，甚至还有陆蔓薇和陆沉的。她先给陆沉回了个信息，问什么事；又拿了手机走到门口给陆蔓薇回电话，大概说了一些自己跟林屿之间的进展。听完后，陆蔓薇倒不觉得有什么，但还是安慰了她好一会儿，说过两天军训结束，再过来找她吃饭。

打完电话回去的时候，宿舍里的人都在各忙各的，陆沉也回复了信息："没事啦，就是想打探你的近况。"

感觉他应该只是无聊，就没有理会他了。叶迟迟想吃了感冒药再去洗澡。去拿药的时候，发现不知道什么时候袋子掉在地上，口服液的玻璃瓶摔碎了，里面的药汁洒了一地。她赶紧弯腰拿起来，只有两三瓶还是好的。

"刚才有人不小心撞到我桌子了吗？"叶迟迟向周围问了一句。

李青禾从阳台跑进来，看到这个场景吓了一跳。

文艺本来在专注地玩手机，不过听到她的话之后稍微停了下来，没有说话。

朱爽看了她一眼，面无表情地拿了衣服走进了厕所。

好吧，既然问了没结果，她也没办法。

叶迟迟相比之前，身体素质真的好了许多。喝了药之后，第二天又继续生龙活虎地军训去了。好不容易熬完了剩下的几天，在运动场进行了汇演后，他们总算是迎来了自己的第一个周末。

陆蔓薇是在周五晚上来的，叶迟迟带她去之前跟林屿一起去吃的东北菜馆。可万万没想到，一进门，她就看到了舍友朱爽和林屿也在这里吃饭。

陆蔓薇看到坐在林屿身边的朱爽，立刻露出如临大敌的表情，侧脸看了叶迟迟一眼，小声问道："这是什么情况？"

"没啥情况，那是我舍友。"叶迟迟不动声色地简单概括，"我们换一家吧。"

"为什么要换？"好朋友的作用就是在这个时候发挥的啊！陆蔓薇想也不想，就直接扯着她走过去，提高了音量跟林屿打招呼，"学长，好巧喔！"

原本吃着饭的两个人被这突如其来的一声吓了一跳，林屿瞥了眼叶迟迟，转向陆蔓薇，露出一个浅笑："好久不见，也是过来吃饭的吗？"

"嗯，刚好我和迟迟也要吃呢，不如我们拼桌？"陆蔓薇死死拉着叶迟迟的手不让她走，还扯着她干脆在桌子边坐下来了，扭过头对朱爽说，"你不介意吧？"

你这都坐下了还去问别人，不会太没诚意了嘛！叶迟迟无力吐槽，白了她一眼，只能硬着头皮坐下来。

“这是我高中的学妹，也是学生会的。”林屿向朱爽介绍着。

陆蔓薇自来熟地跟她打招呼：“我叫陆蔓薇，跟叶迟迟都是林屿学长的学妹，在高中的时候关系还算不错。尤其是叶迟迟，那时候还帮林屿写过人物专访呢。不过，最劲爆的还是叶迟迟曾经不小心……哎哟。”

那件事怎么能在这里提出来！叶迟迟在桌子底下用力踩了陆蔓薇一脚，结束了她口无遮拦地瞎套近乎。

朱爽的表情不是很好，林屿似乎也有些尴尬。叶迟迟不想被当成一个喜欢碍眼的人，知道他们不欢迎自己还继续厚脸皮坐着，于是干脆站起来：“陆蔓薇，我不想吃这家，如果你要吃的话就自己在这儿吃吧，我换别家吃。”

不等陆蔓薇回答，叶迟迟率先走了出去。没一会儿，陆蔓薇噘着嘴巴出来了，用手指轻推她的脑袋：“没出息。”

怎么能是她没出息呢？她只是被打击了，有点儿缺乏信心而已。

“你不懂。”想到那天林屿给自己的回答，叶迟迟的心就跟泄了气的球，“林屿学长好像已经不在意我了。”

“在不在意是可以看出来的，你不让我试试怎么知道他已经放下你了？陆沉跟林屿关系那么好，他肯定知道林屿是怎么想的，他既然劝你抓住，那就说明林屿还是喜欢你的。”陆蔓薇一副恋爱大师的语气给她分析着，突然故作神秘地说，“而且你不知道，之前……”

结果还没说到一半，她手机响了。

“完了，我们今晚要点名的，我先走了。”结果陆蔓薇连饭都没吃，就在校门口坐车离开了。

现在就只剩下叶迟迟一个人了，她还站在陆蔓薇上车的位置，思考着等会儿要去吃些什么。这时候一辆车停下来，不少从市中心回来的学生下车，她站的位置挡住了他们下车的路，就赶紧朝旁边移了两步。她只顾着让人，没注意旁边也有人经过，一下子和对方撞上了。她扭过头想道歉，却看到了郁淮风正眯着眼睛，带着狐疑表情的脸。

"是你啊！"叶迟迟开心地说，"我之前一直找你，可是不知道你是哪个年级哪个专业的，也没有你的手机号。"

"怎么？要告白？"

"为了还你的衬衣……"

"哦。"郁淮风做出失望的表情，"一般女生找我都是为了告白。"

"那我就是第一个找你但不是为了告白的女生啦？"叶迟迟笑了笑，"现在有空吗？我去拿衬衣给你。"

"就只是还衬衣？"男生摸了摸自己的肚子，"为了报答我，不如再请我吃顿饭吧。"

反正她也没吃，而且之前的事，也确实很感谢他，叶迟迟笑了笑："那你要去哪儿吃呢？"

郁淮风向马路对面的门面看了一眼，正好看到站在门口打电话的林屿，对着叶迟迟一笑："就去那儿吧。"

"我不要！"叶迟迟一口回绝。

不过，他可比陆蔓薇要难搞多了，压根儿就不理会叶迟迟的答案是什么，已经拖着她朝店门口走过去了。

林屿还在打电话，突然看到了他们俩走过来，脸色一僵，很快又恢复了。

郁淮风走进去，看到朱爽也在，还刻意找了他们那桌旁边的位置坐下。服务员送上菜单，他笑眯眯地望着叶迟迟："点菜吧，反正你也来这里吃过。"

亏他还笑得出来！叶迟迟快气炸了，她很感激他之前带她去散心，也感激他送药给自己，可是这么擅自做主，她真的很不高兴！

刚才因为陆蔓薇而丢脸，现在她真的不想再惹林屿心烦。她瞪着他，又望着大玻璃窗外林屿的身影。

郁淮风却突然神秘兮兮地凑近她的耳朵，小声说了句："你喜欢林屿？"

"啊？"叶迟迟一顿，吓得手里的菜单都要掉了。

"但是林屿不喜欢你？"郁淮风望着走进来的林屿，毫无顾忌地和他对视着，从对方眼中看出的反感，也恰好证实了他的猜想，"或者说他性格扭曲，或者胆小不愿意承认其实他是在意你的。"

说到这里，叶迟迟自然是忍不住地难过起来。

还沉浸在悲伤中的她，没看到郁淮风和林屿对视时剑拔弩张的一幕，她低着头哀伤地说："他大概不喜欢我了吧。我以前那么伤害他，忽略他为我做的一切，现在他忽略我也是正常的。"

"哦？"郁淮风挑挑眉，"那你知道……恋爱记忆唤醒法吗？"

叶迟迟听了他的一席话，真是胜读几百本恋爱秘籍。

郁淮风说，如果林屿还喜欢她，林屿一定会心软。如果他已经不喜欢她了，那么他被缠得不耐烦了，也会给她一个直接的答案。男生对待不喜欢的女生态度会很坚决，如果他允许她缠着，那就说明至少他还是在乎她的。

简言之，追了再说。

这么简单粗暴的方法……叶迟迟竟然无力反驳。

"但是追呢，要有技巧，比如故技重施。以前他怎么对你，你就怎么对他，你要唤醒过去你们俩那些甜蜜美好的回忆！"啃着烤鸡翅的郁淮风摆出了大师的口吻，"相信我，肯定没错的。"

"他又不是失忆，唤醒有用吗？"叶迟迟半信半疑，"你谈过很多次恋爱？"

郁淮风一脸鄙夷："你觉得我看着不像？"

"不像。"叶迟迟摇头，故意开玩笑，"你长得那么凶，哪有人敢靠近你。"

郁淮风停顿了片刻，直直地看着她："你啊。"

夜里凉风渐起，男生一脸真挚的笑脸，让她垂下了眼帘，突然有些慌乱和不安。不过她还是按照他说的那样做了，毕竟他说的没错，如果林屿还在意她，她一定可以感受得到。

第一件事就是竞选学生会成员！

林屿真是走到哪儿都是会长啊！叶迟迟感叹着，填好了竞选的表格。跟高中时候一样，在竞选理由那里，她毫不犹豫地写了四个字："因为林屿。"

哪知道这次接收报名表格的人看了一眼就否决："你这个理由不行！太多人这样写了，第一轮筛选你就会落榜了。"

很多人这样写？随着年龄的增长，林屿的迷妹们看来脸皮也变厚了不少啊。

"怎么大家都不尊重原创呢！"叶迟迟小声嘟囔，在那句话后面又写了一大串对于学生会的向往和溢美之词，顺便把自己的履历写得丰富了一些。

她是本专业第二名考进来的，在年级也算是小有名气了。果然她毫无压力地通过了第一层筛选，成功进入了面试。

郁淮风知道这一结果后，又趁机让她请客吃饭，叶迟迟表示很无奈："你不是说家里很有钱？"

"对呀，家里有钱。"他吃得理所当然，"可我穷啊。"

两个人"嘻嘻哈哈"的时候，正好看到从食堂门口进来的林屿，这一次他终于是一个人了。

叶迟迟顿时喜笑颜开，跟他打招呼："林屿学长！"

哪知道林屿淡淡地看了她一眼，就这样直接从她身边经过了。某人满腔热情和喜悦被当头浇熄，本来买好了可口的饭菜，这下都没食欲了。

郁淮风倒是无所谓地从她盘子里夹菜。

"这是我的！"她怒道。

"反正你现在也没心情吃不是吗？"他把她碗里的鸡腿夹走，"我是出家人，不能浪费食物。"

"骗鬼呀！"

面试是在周日的晚上，叶迟迟手里捏着演讲稿，时不时偷瞄坐在第一排的林屿。

这跟高中的竞选不一样，大学里高手太多，说得花枝乱颤的大有人在，甚至还有全英文演讲的，流利的英语让叶迟迟刮目相看。

这个人就是传说中的第一名，朱爽。人家是这一届新生的第一名，比专业第二名的叶迟迟名头要响亮多了。

林屿也依然跟之前一样，不怎么提问，大多时候都只是听着。

等了好久，终于轮到了叶迟迟。她最后看了一眼演讲稿，深呼吸了几口气，走上了台。

她一直望着林屿，虽然他始终低着头，可她还是对着林屿的方向，开始了自己的演讲。她也算是对演讲比较熟悉了，高二的时候参加了全国高中生英语演讲，高三的时候还代表学校参加了演讲比赛，这样的自我介绍就是小菜一碟。所以她说得很流畅，稿子很有趣，台下的学长学姐们也时不时会发出几声笑。

演讲顺利结束，林屿终于抬起头看了她一眼。叶迟迟抓紧时间给他回以一个微笑，而他始终面无表情，重新低下了头。

什么嘛！那么傲娇，以前还会给她一个鼓励的眼神呢。她嘬嘬嘴，心里"哼哼"两声。

终于到了提问的环节，前几个都还算正常，直到有一个学姐问道："你写你进学生会是为了林屿会长？看你写在了第一条，那么这条理由占你想要进学生会的原因中百分之几的比例呢？"

她真想说百分之百。

叶迟迟笑了笑，决定不要那么放肆："百分之八十。"

台下一片轰鸣。

"哦？"学姐觉得挺有趣，"说说看。"

"那么林屿会长，你对这个问题感兴趣吗？"叶迟迟并没有直接回答，而是把问题抛给了当事人。现场起哄的声音越来越大，林屿蹙了蹙眉，显然没想到她还有这一手。

如果他问，她一定给他最真实的答案，可是林屿抬头，望着她："不感兴趣，换别的问题。"

其实她也预料到，他可能会这样说。于是，对那个学姐摊手摆出无可奈何的表情："看起来学长并不想听。"

会长都这样说了，那个学姐也不好追问，台下的人大概也觉得无趣了，就草草结束了面试。

散会后，叶迟迟一直在等着林屿，可是他身边总是围绕着很多人。她本来想鼓起勇气上前打断他们的对话，没想到郁淮风不知道什么时候跳出来了。

"叶迟迟！"郁淮风的声音不小，随着她一起停下来回头的还有旁边的几个女生，一看到男生后立刻换上了少女怀春的模样，小声议论着。

等她再回头的时候，林屿他们一行人已经走远了，叶迟迟白了他一眼："都怪你，我错过了和林屿说话的好时机！"

"来日方长。"郁淮风好意提醒，"缠太紧了，也会嫌烦的。"

"好好好，你是大师你说的都有理。"叶迟迟说不过他，"那你来这里干什么？"

"给你一个机会，请我吃夜宵。"

"我才不要。"

叶迟迟果然落榜了。

她一开始就不指望林屿会让她通过，可是收到通知邮件的时候，心底还是有些失落。

郁大师又出主意了，林屿参加的不光是学生会而已，大学里社团那么多，也有不需要面试就能够进入的地方。比如说志愿者协会，林屿就是其中一员。

因为学业繁忙，他在协会里只是挂名副会长，平时不管事。听说他能够被选上完全是个人魅力，大家投票选举，他拿了第一，好说歹说没时间，会里同意他有头衔不需要干活儿，目的是招新的时候出来当个活招牌拉人气就行。林屿倒也无所谓，就同意了。

报名那天，郁淮风跟在她屁股后面，看到叶迟迟交了五十块，他相当自来熟地跟收钱的学姐说："找她十块钱就可以了，还有我一个。"加入志愿者协会只需要付二十块会费就可以了。

叶迟迟瞪着他："干吗跟我学？"

"出家人慈悲为怀，我要做好事。"他耸耸肩，说得很认真，"而且你还需要我这个大师为你指点迷津。"

叶迟迟甚至开始怀疑，自己那天早上和他在树下见面开始，他就是跟在自己身边的一个恶灵，每天只会压榨她、缠着她。还带她去寺庙？根本是想要靠她超度自己的灵魂吧！

越想越不对劲，她忍不住问李青禾："你看得见郁淮风对吧？上次拿药给我的人的确是他对吧？"

李青禾蹙眉："你在说什么啊？"

"难道真的是——"叶迟迟瞪大眼睛，心脏提到了嗓子眼儿。

李青禾翻了个白眼："那么帅的帅哥每天跟在你身边，你居然跟我说看不见？！怎么可能有人看不见！你是瞎了吗！"

"……"

好不容易等到了志愿者协会第一次活动，叶迟迟立刻带着郁淮风踊跃参加，同宿舍的除了文艺那个高冷美少女，都加入了这个社团。

没想到集合的那天，叶迟迟才发现自己有多失策。虽然她终于和林屿一个社团了，可是免门槛进入的地方，意味着对他有非分之想的人也就更多了。

比如同宿舍的朱爽。

让叶迟迟伤心的是，朱爽不光进了志愿者协会，还进了学生会。大家都说，近水楼台先得月，她望着站在林屿身边的朱爽很是心塞。

这次活动是去周边贫困山区的一所小学里，给那里的孩子分发文具，也有打扫卫生和上课、搞活动等环节。

坐了三个多小时的车，总算在坑坑洼洼的道路旁边，看到了一个矮旧的小楼。

在分配工作的时候，叶迟迟分配到了一把扫把和一块抹布。

郁淮风长得帅，分配到的是一个足球。

李青禾也没有好到哪里去，要去帮孩子们清理宿舍。

林屿和朱爽这样的学霸去给孩子们上英语课了。叶迟迟站在教室外面，一脸怨念地望着讲台上的林屿。一口流利的英语，一个词一个词地教孩子们念，而朱爽就站在他身边，一脸花痴的模样尽情欣赏他优质的面庞。

臭不要脸！叶迟迟在心里狠狠地骂道。

"这位同学，轻一点，窗户很脆弱的。"一位好心的老教师提醒她，"而且这块已经够干净的了，你可以擦下一块。"

叶迟迟这才发现面前的玻璃已经闪闪发亮，于是不好意思地笑了笑："对不起啊。"

最后擦着擦着，她干脆到了教室的后门，持续性地用眼神对林屿发起攻击，间歇性地弯着腰扫地。这么嘚瑟的结果就是，她一不留神，扫把打到了垃圾桶，还把里面装好的垃圾倒了一地。

学生和老师都朝这边望过来。

"对不起！对不起！我马上清理好。"

叶迟迟手忙脚乱地收拾着垃圾，也顾不上脏，就直接用手捡。不知道什么时候，另外一只手也出现在她面前，替她一起捡。她一抬头，看到了林屿的脸。

"学长……"她不敢相信，再看台上，已经换成了朱爽在代替他给小朋友们上课。

"赶快收拾。"林屿加快了手里的速度。

有了他的帮助，没多久就收拾好了。他提着垃圾桶去后面的垃圾回收处倒掉，叶迟迟有些愧疚地跟在他身后，不敢轻易开口。

直到倒完垃圾，他看了一眼她脏兮兮的小手，还时不时用来蹭脸，无奈地说："那里有洗手台。"他指了指树下的一处，在那儿的一个台子上有水龙头，水池边缘放着一些黄色的碎末。他打湿手之后，拿了一些搓了搓，解释道，"皂角粉，可以用来洗手，比较贫穷一点的人家也用来洗澡洗头，因为很便宜。"

"哦。"叶迟迟赶紧也拿了一些洗手。

"你的脸也脏了，记得擦一擦。"林屿看着女生脸上黑色的印子，忍不住地提醒道。

"谢谢学长。"

本来还在开心林屿终于跟自己说话了，哪知道他下一句就让她的心跌入谷底："所以你来这里是为了什么呢？只是觉得有趣？"他深深地看了她一眼，"如果是这种原因，下次你还是不要来了。"

"我——"叶迟迟想想开口解释，但是林屿已经走远了。

是啊，她只顾着想要更加靠近林屿一些，把正事都当作儿戏，他会这么生气也是理所当然。她失魂落魄地往教学楼的方向走，经过操场的时候，突然听到郁淮风大喊了一声"闪开"，她刚一回头，飞过来的足球就砸到了脸上。

"我去……"叶迟迟忍不住地想要骂人。

郁淮风快步跑向她，紧张地捧着她的脸来回看，一脸担心地问："怎么样？脑袋疼不疼啊？我都说了让你闪开，你居然还给我回头！"

贼喊抓贼，恶人先告状！

"听到声音就回头不是正常反应嘛！"叶迟迟欲哭无泪，心里本来就委屈，"我受了伤还要被骂。"

"好好好，不骂你。"他好笑地摸了摸她的头，"不疼，不疼，不疼。"

"这是在给我念咒语？"叶迟迟嫌弃地推开他，"有这个本事的话，赶紧帮我给林屿下降头让他回心转意……"

正说着，她一抬头，正看到站在不远处的林屿，似乎像是本来打算要走向她这边的。

难道他是看到自己被砸，所以担心她才过来的吗？

叶迟迟满心欢喜地想上前，可林屿已经转过身，头也不回地走了。

中午也是在学校的食堂里吃的。这次来做活动，协会拉到了不少的赞助，带了许多丰盛的食材过来。叶迟迟食如嚼蜡地看着旁边那桌的林屿，一边吃，一边和身边的朱爽谈笑，心里就跟灌了一大瓶陈醋一样。

郁淮风看了她一眼，把鸡腿放到她碗里："给，吃腿补腿！下次你跑快点儿，球就砸不中你了，说不定跑快了还能把林屿给追到手了。"

"你闭嘴！"叶迟迟瞪了他一眼，真是哪壶不开提哪壶，她夹起鸡腿狠狠咬了一大口。

身边的李青禾看着她满脸羡慕："郁淮风真关心你！叶迟迟你还凶他！"

叶迟迟翻了个白眼，这位舍友真是太傻太天真了！郁淮风根本就是"披着人皮的恶狼"，每天欺负打压她的事都罄竹难书！

郁淮风伸出大拇指给了李青禾一个赞："这位同学眼光很不错啊！怎么称呼？"

"李青禾……"某人露出少女怀春般的害羞脸，小声说着，"是叶迟迟的舍友，之前我们其实还……"

"你们俩干脆坐一起聊吧。"叶迟迟觉得自己像个电灯泡，干脆站了起来给他们让位置。她一个人走向门口，食堂里的氛围那么好，只有她没胃口。

她走到了学校旁边那一排叮当果树下，看到好几个小孩子正蹦蹦跳跳想摘果子。之前，郁淮风给她摘过，味道不错。虽然吃不下饭，但是肚子里的馋虫似乎对这些果子还挺有兴趣的。

她摩拳擦掌，一脸豪气地跟那些小孩子说："让我来！"

从小她就跟着纪晴朗一起爬树，小区里的树，哪一棵她和纪晴朗没有涉猎过？她手脚并用，三五下就爬到了树上，站在一个比较粗的枝干上，一只手扶着，另外一只手使劲儿摘果子。

小孩子们立刻拍着手欢呼起来！

她的自信心开始膨胀起来了。想着反正都上来了，就多摘一点儿，一会儿工夫，就哗啦啦扔了一地的果子。那群小孩欢天喜地地在地上捡果子，立刻就想往嘴里放。

叶迟迟在树上瞧见了，立刻制止："洗过了再吃！"

还好他们都还算是听话，小孩子们立刻兜着怀里面的果子朝水龙头的方向跑过去。

"喂——"叶迟迟还想喊他们给自己稍微留一点儿，结果还没开口，小朋友们都已经跑得无影无踪了。她只好想办法下去，这时候她才意识到自己遇到了难题。

毕竟那么久没有爬过了，以前纪晴朗在身边，每次下树她觉得害怕的时候，都有纪晴朗在树下面张着胳膊跟她说："迟迟，你大胆下来，我接着你呢。"

可是这一次没有纪晴朗了，她开始慌了神。她想找林屿来帮忙，但想到自己刚刚才惹他生气，肯定不会搭理自己，于是又想找郁淮风，才发现自己的手机放在包里了，不在身上。

就在她四处张望着看看有谁可以求救的时候，一个纤细的身影出现在面前。

"叶迟迟，你在树上做什么？"朱爽一脸疑惑地看着她。

"啊啊啊！还好你来了！"叶迟迟感激万分地看着她，此刻的朱爽真是如同天使降临一样，就连她总跟在林屿身边很碍眼这件事，叶迟迟都抛之脑后了，只觉得她可爱异常！没出息的某人赶紧拜托道，"我为了给那些小孩子摘叮当果才上来的，结果下不去了。你可以帮我悄悄喊郁淮风过来救我吗？"

"行，那你等一会儿。"朱爽果然是人美心也善，立刻答应了。

叶迟迟真想自打嘴巴三下，以前她还总和郁淮风吐槽朱爽利用美色勾引林屿，不过很快叶迟迟就不是想打嘴巴，而是想打脸了。因为朱爽不光把郁淮风给喊来了，还把大家都给喊来了，甚至连学校的老师都给惊动了。

郁淮风来到树下张开胳膊，皱着眉头瞪她："快点儿给我跳下来，那么笨还学别人爬树。"

叶迟迟不安地看了看老师们和林屿的脸色，就跟在冷柜里刚出来的似的，散发着寒气，一双眼睛恨不得把她钉死在树上，可是眼下她也没有多余选择，闭着眼睛朝下一跳。

叶迟迟刚一落地，脚就稍微扭了一下，朝着男生扑过去，没想到竟然把他给扑倒了！所幸地上满满的落叶，她的手撑在地面没觉得多疼，不过看郁淮风一脸痛苦，好像把他给砸伤了。李青禾和另外几个同学赶紧上前扶起他们两个人。

"迟迟你没事吧？"李青禾望着她紧张地问道，"哎呀，你的胳膊出血了！"

叶迟迟看了一眼自己的手肘，擦破了点儿皮，有点儿疼，不算严重，她倒是觉得一直捂着胳膊的郁淮风有事。

学校的一个老师走上来，神色很不愉快："同学，我们三令五申不让孩子们爬树摘果子，不光是因为会破坏植物，还怕他们上树会受伤，结果你倒好，起了这样一个坏的带头作用。"

"对不起，我下次不敢了。"叶迟迟低下头认错。

"算了，就当是一个反面教材了。"老师转身跟后面围观的小孩子们说，"所以同学们也看到了，学校不让大家爬树都是担心你们会出这样的意外，今天这个姐姐只是擦破了点儿皮，但是你们说不定就会摔断胳膊和腿呢，那就会耽误你们的学习了！甚至是造成一辈子的影响，你们要以此为戒，知道了吗？"

"知道啦。"小孩子们异口同声说道。

叶迟迟又说了句对不起，悄悄拨开了人群，不顾郁淮风在后面喊她，跑到了学校后面没有人的小操场。

叶迟迟一个人坐在小石凳上，抬起刚才扭伤的那只脚，捏了捏，还是有点儿疼。其实并不严重，可她就是没忍住，眼泪"哗啦啦"就流下来了。

哭着哭着，她似乎听到了有脚步声朝她靠近。她以为是刚才喊她的郁淮风，立刻说道："郁淮风，你别过来！我没事，不就是在林屿面前又丢脸了嘛！我不怕，我脸皮厚着呢！再说，也不是第一次丢脸了，所以我不需要你的安慰。我只是有点儿心烦，刚才摔得也疼，脚疼胳膊疼，胸口也疼，堵得难受死了。本来不想哭的，就是不知道为什么突然就哭上了……"

她止不住地碎碎念，即便她不希望对方过来，可还是忍不住把心里的委屈给倾诉出来。可是那个人还是朝她靠近，直到来到了她面前。

"我都说了你不用过来……咦？"叶迟迟瞪大了眼睛，看着面前的人，"林屿学长？"

林屿的眼底存着一丝柔软，在她面前蹲下，看了看她的胳膊，确认只是擦破皮之后，神色舒缓了些，又抓住了她的脚踝，问道："很疼吗？"

"不疼。"叶迟迟哭着摇头，可是眼泪越发汹涌，怕他不相信似的，又重复了一遍，"真的不疼，一点儿都不疼。"

"那你为什么哭？"林屿叹口气，从口袋里拿出纸巾帮她擦掉了脸上的眼泪。

"因为我觉得你离我越来越远了。"叶迟迟一下子握住了他的手腕，"学长，跟你分开的这两年我总是在想，你以前喜欢我的时候，我的视线总是看着纪晴朗，你会不会很难受，肯定得很伤心才会跟我断得那么干净吧？我之前不知道你到底多难受，才会以为我回来找你道个歉、卖个萌，你就会原谅我。学长，真的对不起啊，现在我明白了。"

现在不抓紧时间说，怕是下次就没这样的机会了。

林屿望着哭得稀里哗啦的女生，叹了口气，难得没有抽回自己的手，任由她这样拉着。叶迟迟哭着哭着，一头栽到了他的怀里，然后抱着他，哭得更加伤心。

林屿觉得好笑，明明当年受到伤害的是自己，为什么现在她却哭得那么伤心呢？

他伸出手拍了拍她的后背，语气柔和："叶迟迟，我不怪你。"

其实，他从来都没有责怪过她，只是他没办法就这样说服自己，接受重新回头的她。她或许根本看不清楚自己的内心，也会被很多事情左右。以前她是被对纪晴朗那么多年的青梅竹马的感情所牵绊，现在她的身边也有为她付出的郁淮风。或许她对他，也只不过是因为以前的愧疚，又或许是对他单纯的占有欲，才模糊了自己的心。

她还有太多的选择，他也还需要更多的勇气。命运给人开过很大玩笑，或许其中一个也包括，两个人错过了彼此相爱的时间。所以现在的他只能推开她，把她推得更远一些，好让她确定自己的心意。

不知道过了多久，怀里的叶迟迟终于不哭了，林屿有些无奈地望着自己的胸口，湿了一大片，哭得还真是伤心。

"走吧。"林屿拍拍她的后脑，"等会儿做完活动就可以回去了。"

她知道不能耽误大家的行程，依依不舍地离开了林屿的胸口，接过他递来的纸巾擦了擦鼻子，小声说了句："对不起。"

"嗯。"他轻轻应了声，目光沉沉，"别再说对不起啦。"

两个人重新回到团队里，大家已经按照进度开始给小孩子们举行游园活动，他们带来了一大箱的冰激凌，当作奖励分发给小朋友们。

郁淮风也包扎好了伤口在一旁休息，李青禾坐在他的身边，两个人一人拿了一个那种最便宜的冰棒一边吃着，一边聊天。

叶迟迟走到郁淮风身边，瞧了一眼他裹着纱布的胳膊："你没事吧？"

"哎哟喂，看你这鼻子和眼睛。"他突然站起来，然后一瘸一拐地走到存放冰激凌的保温箱，从里面抓了一些冰，用一块小毛巾包住，又慢慢走了回来，"给，快敷一下，等会儿变成金鱼怎么去见你的男神。"

"反正我最丑的样子他都见过了。"叶迟迟还是接下了冰块敷着自己的眼睛。

想当年，她一张摔跤时的表情蹿红网络，说不定郁淮风都用过当作表情包呢。只是他没认出来那是她而已，于是叶迟迟也不打算提醒他这件事。

"哦。"郁淮风恍然大悟地点头，"就是那个表情包对吧。"

叶迟迟吓了一跳："你怎么知道？"

"刚才你舍友发给我了啊。"郁淮风想指指她身边的李青禾，结果不知道她什么时候已经走开了，"就是那个李采薇。"

"人家叫李青禾！"叶迟迟白了他一眼，"就不能好好记住别人的名字吗？！不过算了，居然敢把我的表情包事迹抖出来，我跟她的友谊也要翻船了。"

"这样就翻船？你看一下我的微信头像。"郁淮风好心提醒她。

叶迟迟心中闪过不好的预感，从包里拿出自己的手机打开微信，居然看到自己那一张窘迫的脸此刻成了郁淮风的头像。

"你这个死变态！"

叶迟迟忽然看到有一群小孩子在玩游戏，还是挺幼稚的丢手绢游戏。有个老师在一旁跟他们解释，这里没什么太多可以消遣的玩具，所以大家做游戏也都比较单一。不过叶迟迟倒是忽然来了兴趣，拿着冰棒就朝他们那边走过去，大喊一声："带我一起玩儿！"

郁淮风怕她出事，就赶紧跟了过去，加入队伍。在小孩子中，帅哥总是要比美女受欢迎，这一点在郁淮风加入之后充分体现了。

　　女孩子们都喜欢把手绢往郁淮风那儿扔，然后他就往叶迟迟那儿扔，最关键的是，叶迟迟追不上他，就得被迫接受惩罚。她没啥特殊才艺，小孩子起哄要听她唱歌，指明要点《冰雪奇缘》里的歌。原来上一次志愿者协会来这边给他们放了露天电影，看的就是这部动画片。她就给他们唱安娜公主的那首《你想不想堆个雪人》的英文版本，从童年一直唱到长大，她还刻意变换了声音，再搭配上活灵活现的动作和表情，一下子就获得了小孩子们的掌声和喝彩。

　　郁淮风倒是没发现她还有这样的天赋，冲她眨眨眼，毫不吝惜地悄悄给点了个赞。

　　这边的热闹很快就吸引了其余人的注意。叶迟迟唱完一抬眼，恰好对上了不远处林屿的目光。

　　他竟然在对自己……微笑。

　　之前不好的情绪彻底从心中消散，如同受到了鼓励和认可那般，叶迟迟忍不住"嘿嘿"傻笑。就是因为这样，所以她才没有发现，离她最近的郁淮风也同样以那样的视线注视着她。

　　只是她不知道。

　　他也不想让她知道。

Chapter10

你和我之间

GUAINI
GUOFENQIANGJING

　　不知道是不是郁淮风的恋爱记忆唤醒法起了效果，林屿对叶迟迟似乎没那么冷淡了，不过这也让她更加伤心了。因为林屿对谁都是一副和和气气的态度，她有些受虐狂心态地想，这是不是代表她也跟别的人一样，不再是特别的了？

　　天气一下子就变凉了。

　　11 月份的风，夹杂着寒意。

　　叶迟迟也即将迎来自己在大学生涯中的第一次生日，十九岁。

　　李青禾老早就嚷着要大家一起出去吃饭庆祝一下了，既然要吃饭，叶迟迟决定喊上陆蔓薇、林屿和郁淮风一起。她揣着小心思，说不定林屿还会准备礼物给她。不过，她不好意思直接去邀请对方，一方面是怕他当面回绝自己，那她肯定难过得没心思过这个生日了。另一方面，郁淮风说不要太缠人了，要假装不经意一些，有点儿若即若离的感觉。

对此，她很鄙视："就不能少一点儿套路，多一点儿真诚嘛！"

郁淮风倒是无所谓："你爱听不听。"

于是，叶迟迟最终还是选择相信恋爱大师郁淮风，去拜托李青禾传话了。李青禾虽然没进校学生会，但成功竞选上了系学生会，平时偶尔跟林屿他们有点工作上的来往，一来二去，又是同一专业，所以还算熟识。

生日当天，一下课，叶迟迟赶紧冲回宿舍洗澡换衣服，宿舍里只有文艺在玩手机，李青禾发了信息来说，要稍微等一下，等会儿直接去饭店见面。

准备差不多可以走了，文艺才慢悠悠地起了床："叶迟迟，生日快乐。"

"啊？"平日里文艺跟她交流甚少，所以文艺这么主动开口与她搭话，叶迟迟真是受宠若惊，愣了一会儿，笑着说了句，"谢谢。"

"所以礼物我就不送了。"

"哦。"原来是这样。

走在文艺身边，叶迟迟总觉得她的气场太强了！

文艺个子高，长相偏冷，说话总是几个字几个字往外蹦，就像是发了脾气的林屿一样，不好靠近。还好走了没多远，就看到了郁淮风，原本压抑的气氛总算是得救了。可郁淮风一过来，就很自然地走在了叶迟迟的身边，他的身高一米八五左右，再加上另外一边的文艺那至少一米七五的个头，只有一米六左右的叶迟迟很是焦躁。

忍着走了一段路之后，某人突然问了句："你们能不能走在一起？别这么夹着我？"

文艺和郁淮风一顿，面面相觑，不约而同地回答："不能。"

"为什么？"她不解。

"因为不熟。"两个人又是异口同声。

叶迟迟眯着眼睛打量起同样都是面无表情的两个人，狐疑地问："你们俩有情况啊……"

不过话没说完，就被郁淮风狠狠打了一下脑袋："闭嘴。"

在这样的双重压迫下，三人总算是来到了饭店。李青禾和朱爽已经来了，叶迟迟坐下之前四周看了一下，并没有林屿的身影。

她坐在李青禾身边问："林屿呢？他说来吗？"

李青禾面露难色："我说是说了，但是学长没有给我确定的答案，我也没把握。"

"好吧。"叶迟迟对于她的愿意帮忙已经很感激了，也就展露笑脸，"谢谢你啊，青禾。"

因为饭菜是提前订好的，一入座，基本上菜就陆陆续续地端上来了。陆蔓薇好一会儿才赶过来，看到叶迟迟身边一个李青禾一个郁淮风，已经没有位置了，最后她只能退而求其次坐在郁淮风的身边，毕竟她讨厌朱爽。

陆蔓薇自来熟地跟郁淮风打招呼："哈喽，这位帅哥，一回生二回熟，要不要加个微信聊一聊？"

郁淮风瞪着她好一会儿，问道："你是不是在做微商？"

"噗——"在一旁的叶迟迟没忍住，笑喷了。

叶迟迟怕不够吃，又加了几道小菜。其实，她心里明白，自己还在等，抱着那一丝微弱的希望。可是又吃了好一会儿，林屿还是没出现，原本还算不错的气氛慢慢冷却了下去。

林屿应该是不会来了。她悲伤地想着，然后要了一扎啤酒，埋头喝起来。以前在家的时候，老爸喝酒，她偶尔会跟着喝一点儿，酒量还行，反正今天也机会难得，她还提议道："我们玩游戏吧。"

起初，她以为高冷的文艺跟优等生朱爽不会参加，没想到她们俩都同意加入，六个人一玩起来，喝得也就更厉害了。

情场失意，赌场也失意。

叶迟迟连连输，啤酒也一杯接一杯下肚，眼前的景象也开始旋转，但她的酒量本不该就这样而已。

最后，文艺看不下去了，要当黑骑士。某人有些醉了，开始耍酒疯，对舍友义正词严道："文艺，你是个姑娘，怎么能当黑骑士呢？！要当也是黑寡妇啊……"

文艺差点儿没把手里的酒杯砸过去。

郁淮风忍住笑，也来劝她："别喝了，等会儿还有蛋糕要吃呢。"

"我不吃蛋糕！"叶迟迟指着郁淮风的鼻子，"你也不准吃！你不是虔心向佛吗？怎么能吃蛋糕呢！你今天还喝酒吃肉了，得罚你不能吃蛋糕，给我滚去吃草……"

"虔心向佛跟吃蛋糕有什么关系？"郁淮风不由得笑出声，伸手去拿她的酒杯，结果某人把酒杯紧紧抱在胸口不撒手。

郁淮风没办法，转向陆蔓薇："你跟她不是闺蜜吗？"

"从她把纪晴朗，还有你这样的帅哥给藏起来的那刻起，我们友谊的小船都沉海底了。"陆蔓薇淡然地夹着菜，看了叶迟迟一眼，"而且她心情本来也不好，你见过叶迟迟那么失态的样子吗？更何况，她的酒量可是按白酒来算的，光是啤酒怎么会醉成这样？她要闹，就让她闹吧！在门口给她开间房，别回宿舍了，不然肯定被查房阿姨发现。"

李青禾立刻点头："嗯嗯，这边有个民宿是我们学姐开的，我去问问还有没有空房间。"

F大的宿舍管得不算严格，毕竟本市的学生也很多，经常会回家住，学校也就不要求一定要回宿舍。

文艺也表示赞同："她太吵了！回去的话，我今晚肯定睡不着。"

郁淮风拿来了蛋糕，本来还想让叶迟迟许愿吹蜡烛的，可是醉醺醺的叶迟迟看到就直接用手拿上面的水果吃，破坏了蛋糕的整体美感。

　　大家一致决定就这样吃吧。

　　吃得差不多了，朱爽站起来："那我先回去了，这次吃饭的钱，我已经给李青禾了。"

　　虽然叶迟迟一直坚持要请大家吃饭，不过宿舍的几个人商量还是不让寿星出钱了，打算剩下的几个人平摊。

　　文艺也站起来："嗯，我也给过了，那我就此别过。"

　　陆蔓薇看了一眼闹得筋疲力尽而趴下休息的叶迟迟，拿起包包也准备道别："我们学校查寝严格，再不走就没车了，她就拜托你了。"

　　最后一句话是对郁淮风说的。

　　某人立刻不爽："我才不要理一个会发酒疯的女人！"

　　但是一时间大家都走完了，只剩下李青禾怯生生地望着他。

　　"你好，可以麻烦你帮我抬一下叶迟迟吗？"李青禾一副快哭出来的表情，"我一个人真的扛不动。"

　　看来，她根本就没有朋友啊！平时那么横，难怪一出事大家都拍屁股走人。郁淮风气得用鼻孔出气，重重"哼"了一声，恨不得把叶迟迟扛起来扔出去。可看到她红扑扑的脸，紧锁的眉头，他最终还是无奈地点头："走吧。"

　　郁淮风背着叶迟迟，慢慢走到了民宿的门口。其实就是一个小的旅馆，毕竟是学生开的，动了挺多心思，每一间房都有主题的。

　　李青禾给叶迟迟开了一间 Hello Kitty 的主题房。

　　一进房，映入眼帘的都是粉红色，房间墙壁、床、床单和蚊帐都是，看得郁淮风一阵鸡皮疙瘩，这房间真吓人。他把叶迟迟扔在床上，某人"哼哼"了两声，翻滚了几下，手里摸到枕头，扯过来抱着，才又老实了。

　　李青禾走过去跟郁淮风说："可以麻烦你帮我看一下她吗？我得去前

台付款，还要去之前饭店把账给结了，也还有东西得拿过来。"

"行，那你快去吧。"郁淮风点头。

李青禾一走，屋内一时间只剩下他们孤男寡女两个人，而且其中还有一个人喝醉了。

郁淮风蹙眉，怎么那么像是犯罪片的开头。他看了一眼床上睡得正香的叶迟迟，第一次没有掩饰眼底的温柔，走过去，在床边坐下来，静静地看着她。

等等。他的脸色变得难看起来，现在自己这是在做什么？像是变态一样盯着熟睡的女生……

他依依不舍地收回自己的视线，拿出手机开始打游戏。可身后的女生不知道是在做什么，起初睡得还算安静，没多久就开始翻来覆去，甚至一脚踹到了他的后背。

"该死的！"女生闭着眼睛骂道，一只手胡乱地在肚子上摸了摸，还不过瘾似的，直接伸到了衣服里，差点儿因为烦躁而把衣服给掀起来。还好他眼疾手快一把按住，才没有让这个场景往更加奇怪的方向发展。

他把叶迟迟的手从衣服里抽出来，然后给她把被子盖好，这才怒道："再骂人我就把你这个样子拍下来发给林屿，女孩子家也不晓得矜持一点儿，我可是一个男人！"

"你真不是个男人！"叶迟迟不知道是不是故意的，又骂了句。

郁淮风气结，真想把睡着的女生喊起来，让她好好看清楚，在她身边的自己是个彻头彻尾的、成熟的男人，会对喜欢的女孩子想入非非，会想要更加靠近自己喜欢的女孩儿。

是啊，她就是那个自己喜欢的女孩儿。

可在她清醒的时候，他却什么都不能表现出来。

这样想来，她骂得也对。

他真不是个男人。

在知道她的心里装着别人的瞬间就决定了，他不会把这份感情表露出来让她知道，甚至连争取一下都没有想过，只因为他本来就是这样。

从知道他是被父母弃养开始，他思考过很长时间，为什么他的父母选择抛弃他。还有后来，他对叶迟迟隐瞒了一部分，他曾经被领养的人又弃养，如此反复过两次。其中有一次是因为他养父喝醉了酒，就会对养母和他进行家暴，最后养母不愿意他跟着自己受苦，又把他重新送到了寺庙里。

很多的事他以为自己已经忘记，其实却深深刻入了自己的骨髓里。

虽然现在的养父母对他很好，可被老住持送走的时候，他也在想是不是自己不够好，为什么大家都要送他走？

于是，他觉得自己不够好，不足以被别人选择。

所以，郁淮风在知道叶迟迟心里有着林屿的时候，他想也没想就放弃了。反正她也不会选择自己，那何必要说出来，让她抓到自己的把柄，看到自己的脆弱呢？

正出神的时候，身后的叶迟迟不知道什么时候起来了，一把抱住了他。

他手忙脚乱想要推开她，才发现她突然哭了。

"在认识你之前，我的世界里只有纪晴朗……对我来说，他代表了我从小到大十几年的回忆，他是陪伴了我那么多年的好朋友，所以我当时没能看到你对我的好，我知道是我的错。"叶迟迟死死搂着郁淮风，像是生怕他走了那样。

纪晴朗？郁淮风瞪着怀里的女孩子："怎么又多出了个纪晴朗？我说叶迟迟，你到底喜欢多少个人啊？！"

"我只喜欢你啊。"叶迟迟不假思索地说道。

一句话，即使知道她告白的对象并不是自己，可还是听得郁淮风一愣，突兀地脸红起来，心脏跳动的频率被人打乱，不光变快，还变得无序起来。

　　"我都说得那么清楚了，为什么你还是不肯接受我？你已经不喜欢我了吗？"叶迟迟边哭边吸了吸鼻子，"林屿，你再不喜欢我，我就真的要坚持不下去了。"

　　那就不要坚持下去，来我身边吧。

　　他轻轻拍了拍她的后背，心里暗暗地回答着。

　　直到她又重新睡着，郁淮风站了起来。

　　不行，他不能继续留在这里，太危险了。他想着赶紧去找她舍友回来照顾她，临走前他又有点儿不放心，于是把屋里的窗户给关上，用枕头挡在她身体的两侧，防止她翻来覆去滚下床。最后重新看了看脸上挂着泪痕的女生，他轻声说了句："白痴，林屿还喜欢你，而且还很喜欢，所以你一定要坚持到他回心转意啊。实在不行就硬着头皮上，他如果没有推开你，他就一定还爱你。"

　　对，作为一个男人，他看得出来，林屿喜欢她，很喜欢很喜欢。

　　这也是为什么他从一开始就知道自己输了的原因。他们两个人彼此喜欢，根本就没有他可以插足的余地。

　　违背自己的真心说了这些话，郁淮风才走了出去。他走出民宿没多远，又不放心地回头看了一眼，结果正好发现一个身影飞快地朝民宿那边跑过去。

　　他一眼就认出来了，那个人是林屿。

　　林屿接到电话的时候，正好从图书馆里出来，对方语气有些急，快速说着："叶迟迟喝醉了！然后就有男生带着她去开房，现在正在学校门口那个 XX 民宿 506 号房……"

　　他刚一听完就直接冲了出去。

　　从图书馆一直跑到校门口，以前跑一千米考试的时候都没有那么累，林屿扶着前台喘气许久，才说出话："你有 506 号房的备用钥匙吗？给我一下。"

前台恰好是林屿的同班同学，知道他不是那么随便开玩笑的人，于是赶紧拿了钥匙给他。

林屿不等她提问，就已经快步上了楼，飞快走到了房间门口打开了房门。

屋里很安静，他走进去，只有叶迟迟一个人躺在床上。他走到床边，看着晕乎乎的家伙，他慢慢扶起她，轻声喊她："叶迟迟，你还好吗？你怎么回事，喝得那么醉，怎么只有你？你舍友呢？"

被他摇晃了一下，叶迟迟醒了过来，睁开眼睛看到了那张自己日思夜想的脸，之前回荡在脑子里的话，重新回响了起来。

"实在不行就硬着头皮上，他如果没有推开你，他就一定还爱你。"

其实她不知道是真的听到了这句话，还是只是她自己的想法而已。她也根本没怎么醉，就是喝了酒之后，心里很烦躁，一些细小的情绪都被放大了，才会那么失态。而且刚才她还大哭了一顿，身体里的酒精估计也都蒸发了不少。她之前就想过要是有机会，一定要大胆地跟他告白，做一点儿出格的事情，吓吓他。

现在看来，眼下好像是个最好的时机。而且他还以为自己喝醉了，在这样的情况下，相信她不管做什么，他都会原谅她。所以她根本就没多考虑，直接抬起手一下子捧住了他的脸，就把自己的嘴巴给凑上去了。

这还是叶迟迟的初吻，只会青涩生硬地把自己的嘴巴贴在对方的嘴巴上。不过电视剧还有脑残小说她还是看得挺多的，就算没吃过猪肉也见过猪跑，按道理来说，接吻不是应该很缠绵悱恻，很让人忘乎所以的吗？

面红心跳的感觉是有了。

可是还是有点儿不对劲。

叶迟迟亲着亲着发现了问题——林屿始终闭着嘴巴没动。她有些急了，想学着书里说的那样，结果刚伸出舌头，就听到林屿恼火地说道："叶、迟、迟！"

"有！"吓得她一下子退了回去，瞪大了无辜的双眼看着对方。

完了完了，难道他看出自己是在装醉了？于是，她赶紧发挥演技，露出迷茫的双眼，醉眼蒙眬地看着对方。

"叶迟迟，你知不知羞啊？"林屿皱着眉头瞪她。怎么喝了酒就变得那么大胆主动，她真的有分得清面前的人是谁吗？林屿心里担心又气愤，如果知道是他还好，可是如果她把别人当成了他，那不就……想想都可怕。

"我知道，我知道。"她低下头故意重复了两遍。

他咬牙切齿地敲了敲她的脑袋："你下次再喝醉试试看！"

"醉了也被你打醒了呀。"叶迟迟捂着自己的脑袋，委屈地说道。只是她忽然有些不舒服，不知道是不是吃太多了，还喝了酒，总觉得胃里不停地翻滚，"我好难受。"

刚说完，她就开始作呕想吐。林屿叹口气，只好把垃圾桶拿过来给她接着。

叶迟迟干呕了两声，吐了点儿苦涩的酸水，重新倒回床上。

"不行了，不行了，我头太晕了。"她想着自己刚才居然偷袭了林屿，"肯定是因为我亲了你才吐的。"

"所以，你的意思是跟我接吻想吐？"林屿一张脸难看得吓人。

"不是，不是。"叶迟迟赶紧解释，"我是想说，亲了你之后太兴奋了，整个人都晕乎乎的，才吐的。你看人家去游乐场玩云霄飞车、大转盘什么的，不也有人会吐吗？是因为太晕了。"

这个解释虽然扯淡，林屿还算满意。他站起来想去给她拿点儿水，结果刚动了一下，手就被人牢牢抓住了。

叶迟迟眼睛红红地望着他："别走！我下次不亲你了还不行吗？你别走！"

林屿哭笑不得："我只是去给你拿点儿水，你不渴吗？"

听他这么一说，她才觉得自己还真的挺渴的。

叶迟迟好了一些，软绵绵地躺在床上，手依然死死拽着林屿的衣服，一抬眼就可以看见他的脸，安心了不少。

"你怎么会又来了呢？"叶迟迟这才想起来问。

林屿不答，那个打电话给他的人，号码并不熟识，如果说自己接了陌生来电就赶了过来，怕是她又会多想吧。

"今天是我的生日。"她不死心又开口。

"我知道。"

"那为什么不来跟我一起庆祝生日？"她委屈至极，"我一直在等你。"

林屿不禁有些奇怪，看着她："你喊我去了吗？"

如果不是朱爽偶然透露晚上她们要出去吃饭，他都不知道有这件事。

"喊了啊！我让李青禾帮我跟你说的。因为我怕我跟你说，你会当面拒绝我，我一定会哭得很惨的。"

"李青禾？"林屿反复想着这个名字，有点儿难跟人对上号，不过他很肯定的是，"我没有听到任何人说你邀请我。"

李青禾没有……叶迟迟的脑子乱乱的！算了，估计这其中有什么误会吧，可是他这口气是……如果她邀请的话，林屿是会来的？一想到这里，她心情好了大半："那我的生日礼物呢？"

"没有喊我来参加，我自然也没有准备。"林屿说得理所当然。不过他当然是在说谎，其实很早之前就买好了，只是没有给她。

他曾经很想送出去，但眼下却已经不想了。

果然，叶迟迟一脸失望，闷闷不乐地说："我就知道，也没有真的期待啦。"

看着女生脸上失落的表情，他又有些愧疚，犹豫了一会儿开口："那你想要什么样的礼物？"

其实她脑子里的第一反应是：我想要你亲我一下。

不过，这个愿望在刚才已经由她自主实现了，所以现在又多了一个机会。她心里很清楚，她想要的不过是跟林屿在一起相处的机会，她想也不想就开口："时间。"

"嗯？"林屿一顿。

"你要给我一天的时间，只能跟我玩儿。"叶迟迟像是一个要赖的小孩子一样，双手搂着他的胳膊哀求着，"不许跟别的人玩！只能跟我一个人！"

没有闲杂人等，更没有一起出去参与活动时的拥挤。

只有他们两个人的约会。

以前，她欠他那么多次单独的约会，现在她也找他要一个。

林屿竟然难得没有拒绝，轻柔地笑了笑，用手撩开她额前的头发："好。"

后来，叶迟迟还是睡着了，亲到了喜欢的人，得到了一个不错的生日礼物，他就在自己的身边，已经心满意足。她舒舒服服地躺在粉红色的大床上，觉得自己的心也蒙上了一层粉红色，睡得太安心，都不愿意醒过来了。不过睡着的中途总觉得有些闷，大概又吐了几次，迷迷糊糊地总看得到林屿的脸，不知不觉难受的感觉消失了，就记得自己牢牢抓着他的胳膊。

翌日清晨，叶迟迟睁开眼，第一件事就是确认林屿是否还在！她猛地坐起身，看到了那个熟悉的身影蜷曲在床旁边的那个小沙发上。

那么高的个子，真是委屈他了。

叶迟迟蹑手蹑脚地走下床，来到他的面前蹲下来，两只手撑着自己的脸，满脸笑意地望着他。

林屿长得真是太帅了！难怪他走哪儿都是高人气的学生会会长，走哪儿都有变态想偷拍他。别说是顾茜茜了，现在叶迟迟自己都想用手机把他睡觉的画面给拍摄下来。

他平稳的呼吸，起伏的胸口，微微滑动的喉结。

某人忍不住"嘿嘿"笑出了声，等她反应过来捂着嘴巴的时候，林屿已经睁开了眼睛。

"啊啊啊……"她对上林屿的双眼，吓得一下子弹开，结果没站稳，一屁股坐到了地上，"痛死了！你干吗突然睁开眼睛啊？"

还贼喊捉贼了！林屿眯着眼睛瞪她："因为有个变态刚才对着我的脸不停地傻笑。"

言下之意是他没打我，我都应该偷笑了吗？叶迟迟噘着嘴揉屁股，一脸委屈地望着他。

他不禁觉得好笑，站起来伸出手给她："快点儿站起来。"

"好啊。"叶迟迟伸手拉住了他的手，一脸害羞地站了起来，低下头小心翼翼地问，"我昨晚……你昨晚……"

"前前后后吐了四次，我今早凌晨五点多才睡下的。"林屿瞪着她，"你以后再喝醉试试看。"

酒不醉人人自醉，她那么好的酒量，竟然栽在啤酒上了！

"如果我喝醉你会……"她满心期待地问。

"我会躲得远远的。"林屿下意识碰了一下自己的嘴唇。

一个不经意的小动作，两个人都脸红了。于是叶迟迟赶紧冲进了厕所，林屿也弯腰去整理一片狼藉的房间。

半个小时后，两人离开了旅馆。叶迟迟饿得不行，捂着肚子拉了拉林屿的胳膊："我想吃小笼包。"

林屿看着她的脸，嘴角挂着莫名的笑意："嗯，走吧。"

本来叶迟迟不想在意的，但是吃小笼包的时候，他笑得更加明显了，想笑又忍着不笑，简直比笑更加可恶。

"到底怎么了？"她放下筷子，狐疑地瞪着某人。

林屿望着她，伸出手指了指她的脸，意味深长："自己照镜子。"

女生拿出自己的手机，打开前置摄像头——自己的脸肿了！原本又圆又大的双眼皮眼睛，也变成单眼皮。难怪她总觉得脸有点儿不对劲，光顾着开心，忽略掉了！

"啊，你不要看我啦！"她捂着脸大叫起来。

吃饱后，林屿送她回宿舍，走到门口，叶迟迟一直舍不得进去，用她肿起来的小眼睛含情脉脉地看着他，花痴地笑。

"别笑了，我鸡皮疙瘩都要起来了。"林屿皱眉，伸手盖在她的脸上，"进去吧。"

"可是……"叶迟迟欲言又止。

"怎么了？"

"我们的约定还算数吗？"女生可怜兮兮地望着他，"我的生日礼物！你会抽出一天的时间跟我玩儿对吧？"

"我考虑看看。"林屿故意逗她。

"你怎么这样——"

"知道啦。"林屿浅笑，朝她摆了摆手，"进去吧。"

宿舍里没人，叶迟迟也想到了。平时周末的时候朱爽回家，文艺出去玩，李青禾泡图书馆，只有她一个人留在宿舍里睡大觉。不过，她睡不着了，发微信给郁淮风和陆蔓薇，随时汇报战果。

郁淮风半天没有回复，倒是陆蔓薇迅速回复了信息，问她到底什么情况。叶迟迟言简意赅地交代了昨晚发生的事情，巧妙地略过了自己吻了林屿一事。不过她还有很多不太清楚的地方，为什么她会在学校门口的民宿，又为什么林屿说自己没接到邀请，可又怎么会突然出现在房间里。

本来应该照看她的李青禾跟郁淮风又去哪儿了，那么多疑问，结果一个人都没能帮自己解答。郁淮风也像是失踪了一样，根本不回复她的短信，打电话也不接。

公共课他们俩是一起的，叶迟迟占了位置，还给郁淮风带了早餐，她已经等不及想要跟他分享自己的喜悦了。结果他并没有来上课。接连两三天都是这样的情况，她有些急了，问了问李青禾那天到底发生了什么事情。

李青禾也一脸疑惑："那天我去结账还有拿东西，让他帮忙看看你，结果我身上的钱没够带够。回去拿钱再想出去的时候，发现校门被关了。我打电话给民宿和饭店，说是有个男生已经结账了……那应该是郁淮风吧，后来他去哪儿了我也不知道。"

叶迟迟还问了关于林屿的事情。李青禾一口咬定发了短信给林屿，还拿出手机来把记录给她看。她怕自己问得太多，会伤害李青禾的感情，于是也就只能作罢。

很快到了周五，大一新生必须前往大礼堂开会，叶迟迟总算是逮住郁淮风了。这一个礼拜不见，他就像是几天几夜没有睡觉一样，眼眶发红。看到热情招手的叶迟迟，眯着眼睛嫌弃地看了一眼，就转身朝另外一边走了，特地挑了一个中间的位置坐下来。她才不会就这么认输，也跟着他过去，死皮赖脸地问他旁边的一个男生，能不能换下位置。美女的请求男生当然不会拒绝，于是她成功坐到了郁淮风的身边。

"你情况不对啊。"叶迟迟打量着他，感觉他一直压着自己体内的洪荒之力，而且这力还是冲着她来的，"说吧！到底花了你多少钱，姐姐还给你。"

平时他就喜欢压榨她，这次估计让他花了不少钱，不然怎么能气成这样呢。

"叶迟迟。"郁淮风咬牙切齿，"你觉得会是这种原因？"

"啊？"叶迟迟还想到了另外一种可能，深呼吸一口气，小心询问，"我是不是吐到你脸上了？"

你还吐到我心里了！郁淮风憋着嘴巴不说话。

暗恋这种情绪都是哑巴吃黄连！他知道自己不管怎么躲都躲不掉，干脆认命："嗯，把我恶心得，现在看到你都能想到那天我有多惨。"

"对不起嘛。"叶迟迟双手合十，嘟着嘴巴卖萌求原谅，"不然你也吐……不行，我光是想都要反胃了，还是想别的补偿方式吧。你说，有没有什么事需要姐帮忙的？或者你要我做的事情我一定做到！"

"听着还不错。"郁淮风斜眼问，"真的都能做到？"

"当然啦！"叶迟迟见他有消气的趋势，赶紧跟他分享自己的最新战果，"我跟你说，我有机会跟林峪约会了！我一直在想着应该去哪儿比较好，你猜怎么着！我决定去上次你带我去的寺庙！最好是错过末班车，然后我俩就顺理成章在寺庙里过一夜……嘿嘿嘿！"

女生的脸上露出邪恶的笑容，完全没注意到对方的脸忽然就暗淡了下去。

半晌，郁淮风认真地说道："叶迟迟，你说所有事情你都可以做到，还算话吗？"

"算话啊。"叶迟迟拍着胸口保证，但是又担心某人的恶趣味，"别让我做什么丢脸的事就行了。"

"你不要跟林峪去那里。

"不要跟林屿见面。

"不要想着林屿。"

"不要。"他顿了顿，"不要喜欢林屿了。"

一连串的话，叶迟迟瞪大眼睛望着他，不知道应该怎么开口。她不是傻子，他脸上真挚的表情也不像是在跟她开玩笑。

两个人对视着，郁淮风眼底透着沉重的无奈和落寞。叶迟迟想要回避，避开他的视线，甚至懊恼为什么今天晚上要出现在这里。或许她没来反而更好，等到他自己消气了，他们还能是朋友。

就在她低下头的瞬间，郁淮风突然伸出手用力拍了她的脑袋一下，很重，拍得她眼前都闪白光了。

"叶迟迟，你知道你一提起林屿就变得多猥琐吗？还想去寺庙，那是佛门净地，去的人要六根清净，一心向佛，你满脑子黄色念头还跑去那儿祸害菩萨？"郁淮风瞪着她，"我都忍不住替法海收了你这小妖精了。"

叶迟迟愣了一秒，立刻反应过来了，她对他露出一个微笑："法海你不懂爱，雷峰塔会掉下来。"

郁淮风缩了缩脖子，顿感浑身起鸡皮疙瘩："你离我远点儿！你差点儿就污染了我多年修炼才获得的灵光。"

还好还好，两个人心照不宣地重归于好。可他看着女生的笑脸，低下头避开了她此时带着庆幸的视线。

如果再这样看着她，自己大概真的会变得很执着吧？他从来不敢去渴求什么，不管别人给他什么，他都当作是一种恩赐，还会疑惑自己到底配不配拥有。

对，他的自卑和不安写在骨子里。

被领养两次都被抛弃，第二次被养父打得浑身是伤在医院里。他也会想着，如果自己再忍一忍，或许他们会喜欢上自己，对自己好一些呢？

后来还是被送走了。

在寺庙里，他不是和尚，也每天都帮着老住持干活，害怕自己又会被抛弃。直到被后来的养父母领养后，很长一段时间，他都不敢跟他们提任何要求，战战兢兢地活着，总是担心自己如果开口说想要什么，养父母会厌恶他，觉得他是个贪心的坏孩子。

久而久之，好像也都习惯了。

不是他的，他不要。

但，这是他第一次有了贪念。

那天晚上离开了房间，他想要离叶迟迟远一点儿，就是因为害怕再待下去，或许真的会忍不住对她说出自己的心意。可他刚走出没多远，看到了飞奔而来的林屿，他也跟着林屿一起上楼，来到了房间门口。

林屿进去的时候并没有关门，所以他从门缝看到了里面的情景，看到了叶迟迟笨手笨脚地朝林屿扑上去，两个人接吻的画面。

那时候，他第一次那么后悔认识叶迟迟。如果不是因为认识她，自己也不会有那么多复杂的念头。他失魂落魄地离开，随便找了间旅店待到天亮，回宿舍收拾了东西就去了寺庙，每天跟着老住持一起念经打坐，直到这些欲望渐渐消失。

他确实不信佛，可至少这样的日子能让他平静下来。可重新看到她的第一眼，他就知道，只要喜欢不消失，他就会变得更加贪心。

好像一切又恢复了正常。

两人一起上公共课，一起吃饭，偶尔遇到林屿也能打招呼。林屿神色淡然，但至少没有躲着自己，叶迟迟还挺满意的。

跟林屿约好一起出去玩的时候是 12 月底，已经接近假期。

周六这天，叶迟迟起了一个大早。或者说，前一天晚上就兴奋得根本没有睡着。结果现在整个人都晕乎乎的，可是想到今天的约会，又立刻恢复了元气，换好了衣服，到学校门口等他。

林屿比她还早到，手里带着一小袋吃的。

"小笼包。"他递过去，"给你的。"

又取笑她！可是天那么冷，她根本无法抗拒这样热乎乎的早餐。叶迟迟气鼓鼓地接下了小笼包，只听到林屿不客气地补充了句："别鼓了，本来脸就够圆了。"

两个人上了车，林屿望着窗外，心情似乎不错。

"你怎么不问我们要去哪儿？"叶迟迟故意做出邪恶的表情，"说不定我会把你卖掉哦。"

"既然已经答应你会陪你去一个地方，那不管这个地方是哪儿都无所谓。"林屿把之前提着的塑料袋拿起来，"不过以防万一，我还是带了点儿吃的。"

一打开，全是她喜欢的零食。

"哇！"叶迟迟满眼星星，"好想给你一个拥抱。"

"算了吧。"林屿说着就要把塑料袋给收起来。

叶迟迟赶紧扯住，赔笑道："嘿嘿！我开玩笑的啦。"

一路吃吃喝喝，原本觉得漫长的路竟然没多久就到了，甚至还因为沉醉于吃东西差点儿忘了下车，她抓着林屿的手急急忙忙地走。地面凹凸不平，结果一脚踩在一个小坑里，差点儿就没站稳。所幸身边的人拉住了她，无可奈何地看了她一眼，反过来握住她的手，淡淡地道："稍微看着点儿路，难怪你这样总是摔跤。"

"我脚是扁平足嘛。"

"骗鬼呢你。"

"就是跟你在一起的时候很想摔跤。"叶迟迟干脆没羞没臊地瞎说起来，还晃了晃他们握着的手，"你看，如果不摔跤的话，你就不会牵着我啦。"

"那我放开？"

"啊！不要啦。"她故意学着台湾腔，"人家会摔跤的啦。"

林屿二话不说松开了她的手。

叶迟迟赶紧重新牵住，把脸转向侧面不去看他，岔开了话题："咦？你看，这边的树林长得都好别致喔……还有小溪呢……"

这一次的寺庙并不算安静，毕竟是周末，来上香的人很多。叶迟迟轻车熟路地带着林屿找到了功德箱，把钱投进去，一人拿了一炷香，站在门口面向里面的大佛。她闭上眼睛，第一次那么虔诚地许愿，好一会儿都没睁眼。

"一次性求那么多事，佛祖不会理你的。"林屿淡淡道。

"不多。"叶迟迟睁着一双明亮的眼睛，望着他，"我只求一件事。"

林屿顿住，没有问，他大概能猜到以她的性格又会说什么。只听到叶迟迟一脸认真地说："我的愿望是世界和平。"

"……"林屿转过身朝别的方向走了。

"我开玩笑的啦！"叶迟迟厚脸皮跟上去，对他解释，"但是世界和平不好吗？没有兵荒马乱，也没有天灾人祸，喜欢的人相遇，错误的人分开，相爱的人厮守一生，家庭幸福一切美满，还有什么比世界和平更好的愿望。"

她许的愿虽然不是世界和平，但是也差不多，就是希望大家一切都好。

希望纪晴朗不要因为妈妈的离世而继续伤心。

希望郁淮风忘记自己被抛弃的事情而更加勇敢一些。

希望她和林屿错过的那些可以重新弥补回来。

太多太多，她可能真的太贪心了，希望身边所有的人都能幸福。其实她也知道这样的愿望不实际，她也未奢望能都实现，至少她现在可以抓住的，她一点儿都不想放弃。

林屿停下来："我没说不好。"

"那你为什么生气？"

"我没有生气。"

"你还说没有？"叶迟迟指着他的眉心，"你看你就在瞪我。"

"不是瞪，我就这样看人。"

叶迟迟突然瞪着他说道："那你没生气，就亲我一下。"

"你到底知不知道，什么是矜持啊！"林屿用手弹了弹她的额头。

两人在寺庙里闲逛的时候，恰好碰到了老住持，叶迟迟立刻给他介绍林屿，然后凑到林屿的耳边小声说了句："人家是高僧，你身上有没有什么还没开光的玉佩之类的东西，机会难得！对了，下礼拜，你是不是有一个什么比赛，要不要求一道符……"

林屿一手掌拍到了她的额头上，然后对着老住持微微欠身："抱歉，失礼了。"

老住持和睦地笑了笑，望了望叶迟迟，又瞧了瞧林屿，一副了然于心的释然："原来是这样。"

"嗯？什么样？"叶迟迟双手合十，"求大师指点。"

"前几天，郁淮风来这儿小住了一个礼拜，起初我不知道他心中苦闷的事是什么，现在我知道了。"老住持笑了笑，"真是都长大了啊。"

女生没注意一旁的林屿的表情，一时间变幻莫测。

"什么？"叶迟迟本来还在期待老住持算出什么了，立刻噘着嘴，"我还以为住持爷爷你算出我的姻缘了，那我可以求一道桃花符吗？我今年超想谈恋爱的……"

林屿实在听不下去，捂着叶迟迟的嘴巴把她给扯走了。

没多久就到了吃斋饭的时间。在哪儿拿碗、哪儿领饭，叶迟迟都很清楚，带着林屿拿好饭，找了处偏僻无人的地方吃了起来。

"你对这里很熟？"林屿问。

"就跟郁淮风来过一次。"叶迟迟早就怀念这里的饭菜，专注地吃着，一边说话，"来的时候我就在想，下次一定要带你来这里。你知道吗？我有听过我同学说，一起做功德的两个人下辈子还会再相遇。"

林屿神色变了变，但是最终重回淡然："你同学是泰国人？"

"嗯……"叶迟迟心虚地点头。她没有泰国的同学，是看泰剧里说的，两个人一起去做功德，就是为了下辈子再见。她本来觉得挺浪漫的，才会想着要带他来。

"我们是大乘佛教，泰国是小乘佛教，说法应该不一样。"林屿直接拆穿她，"而且我不信这些。对我来说，把所有的希望寄托在下一世，不过是自我安慰的说辞。就像'下一世也要相爱'之类的话，也不过是忽悠人的空头支票罢了。当然，有的人相信，我并不会去反驳别人，或者说别人那样想不对，只是就我自己而言，我并不相信。"

被林屿这样毫不留情地打破了幻想，叶迟迟心里一阵失落。她也不信啊，她只是在花式告白，想要让他看到自己的心意罢了。

"不过。"林屿突然又开口，视线望着远处，"我相信我自己，想要珍惜的人，想要达成的目标，这辈子要实现的梦想，我都会靠自己的努力去争取，我只活这一辈子。"

"啊……"叶迟迟心潮澎湃，怎么？这是要告白的节奏？

"所以叶迟迟。"他转向她，语气很平静，"你也不要把时间浪费在我身上。"

叶迟迟心里像是塞了一块石头，硌得她生疼，可是够不着摸不到，就是疼得难受。可她竟然还忍住了没有哭出来，看着他好一会儿，平静地说："好，我知道了。"

他说得够清楚了，就差没说出"我不喜欢你"这五个字了，她还能说什么呢？胸口反复抽痛的痛苦，就当作自己以前伤害了他的惩罚吧。既然他能那么轻易抽身变得那么坚决，说不定两年以后她也可以呢。

她站起身，拍拍屁股上的灰："那行，你回去吧。本来我只是想尽可能多跟你待一会儿的，现在看来其实你并不愿意跟我待在一起呢，是我自作多情了。"

他也站起来，似乎想说些什么。

叶迟迟打断他："你千万别说什么对不起啊，也别给我发什么好人卡。你倒不如说你不接受我，是因为讨厌我呢，说不定我还能好受一些。你走吧，我本来想等到你说要走的时候，假装不舒服什么的，留你在这儿过一夜呢，我听郁淮风说，晚上这里可以看到好多星星呢，还想跟你一起看……"

她说不下去了，听见自己的声音颤抖，眼前的景象也模糊了。于是，她转头就跑，跑到了郁淮风以前在这里的房间，老住持还给他留着的。她来之前还拿到了钥匙，就直接打开门跑进去。

房间里很简洁，有床、衣柜、写字台和书架。她倒在郁淮风干净的小床上，哭得稀里哗啦的，后来干脆就睡着了。反正她前一天晚上也没有睡，刚好哭累了就睡过去了。

等到叶迟迟再醒过来的时候，天也黑了，屋子里黑漆漆一片。她这才慢悠悠爬起来，回想了一下之前林屿跟自己说的话，眼泪又差点儿流下来了。

"小气鬼。"她不高兴地骂了一句，然后站起来，往外走。

叶迟迟一路晃悠到了食堂附近，找了一个还算熟识的义工，他说已经过了吃饭时间，估计没剩什么吃的了。好一会儿，他才给她拿来了一个窝窝头，她眼下也不挑了，有吃的总比饿肚子要好。

她边吃着边绕到后院，脚步顿时停住了，寒风瑟瑟，林屿一个人拿着扫把在扫地，一地的黄色叶子，被他扫到了一堆。他停下来，对着自己的手哈哈气，看起来真的冻得不行。她在犹豫着是否要走上前的时候，林屿已经发现她，转过身来，望着她长叹了一口气，柔声说道："叶迟迟，你过来。"

她想上前，又不敢上前，于是摇摇头："我不去，我要跟你保持距离，说不定这样能让我早点儿放弃你。"

"你过来。"林屿又好气又好笑，催促了一次。

"我不过去！"她满脸坚定，"不是说男女之间安全距离是三十厘米吗？我要跟你保持六十厘米！不，九十好了，这肯定比保险柜还安全……"

她的话还没说完，林屿已经快步走上前，把自己的围巾取下来绕到了她的脖子上。她立刻就没声了，脖子还能感觉得到对方的体温。

"叶迟迟，如果下次你有这样的计划，能不能提前跟我说一下？我什么都没准备。"林屿伸出手弹她的额头，没好气地说道，"毛巾牙刷什么都没拿，夜里降温，我也不会为了耍帅连厚外套都没拿，你知道这山里有多冷吗？"

"那你还把围巾给我。"叶迟迟闷闷地说了句，鼻音很重，大概是又有点儿想哭了。

打一巴掌又给一颗枣，是什么意思。

"饿了吗？"林屿问。

叶迟迟点点头："饿。"

"那你等一会儿。"林屿说完就走了。没多久就回来了，手里端着泡面。

两个人来到了小亭子里，刚坐下，叶迟迟就吸了吸鼻子，问："你不觉得这里很冷吗？"

林屿也吸了吸鼻子："还挺冷的。"

"那就去房间里吃啊。"叶迟迟端着泡面站起来，打算带他去郁淮风的房间，走了两步发现林屿没动，又折回去，"怎么了？"

他看了她一眼，摇头："没什么，走吧。"

叶迟迟从郁淮风房间的衣柜里翻了一件外套递给林屿，他看了一眼，没接，反倒披到了某人的身上："我比你抗冷。"

叶迟迟不解风情地依然坚持："我都看到你鼻子发红了，等会儿估计要流鼻涕了，那男神的样子不就全部都毁掉了。"

"这样不是更好，反正你也一直想要看到我最丑的样子。"林屿苦笑道。

"不是我想，是顾筱筱。"叶迟迟极力澄清，"可是我怎么拍你都是帅的啊。老天真不公平，有的人三百六十度无死角，我是三百六十度全部都是死角。"

这时候，泡面好了。她不顾烫，赶紧大口大口地吃，可是头发散下来不停地往下垂，她站起来满屋子转了一圈，都没看到扎头发的东西。

林屿大概猜到了她的意图，干脆站起来走到她身后，帮她把头发全部捏到手里，说道："现在可以吃了吧。"

叶迟迟吃归吃，趁着他站在自己身后，看不到她脸上的表情，才问道："为什么没走？"

"我答应你的，我就会做到。"

只是因为承诺？叶迟迟停下了手中的动作，气呼呼地想回头跟他发脾气，可是林屿伸出手挡住了她的脸。不让她转头，她只好这么背对着他说道："不需要你做到，反正我都决定要放弃你了。你既然不喜欢我，为什么还要对我……"

"我没有不喜欢你。"林屿无可奈何地说了出来。他听得出,再说下去,叶迟迟又该哭了,只好干脆说出心里话。

其实他只是害怕而已。

害怕自己受伤,害怕她受伤。

"那为什么不接受我?"叶迟迟不解。

"因为我不确定。"他认真地回答,"两年前,我们的结局并不愉快,那之后,我反思了很久,其实都是我的错。我擅自干扰你的生活,以为凭借自己的力量可以让你把视线从纪晴朗的身上转向我。而你,因为我遇到了很多痛苦的事,你被常晴推倒受伤,你被顾茜茜跟踪后发生意外,我甚至还让你在我和纪晴朗之间做出选择……想来都是因为我太自信,太自以为是,以为可以轻易地获得一个人的喜欢。后来,你重新出现在我的面前,靠近过来说喜欢我。我看着你就像看着两年前的自己,对你永远都带着一份怀疑,你是真的喜欢我吗?还是只是简单的占有欲,不愿意失去我而已。也许你是真的喜欢我。只是我现在无法说服自己,带着这样的心情,我没办法接受你。多给彼此一点时间,你好好看看自己的心,或许你还有更多的选择。"

夜里的风很大,窗外总是传来呼啸的声音。叶迟迟一下子蒙了,大脑梳理了半天,她得出一个结论:"所以简单来说就是,你不相信我是真的喜欢你?"

林屿一愣,还有很多很多的原因,可是他此刻又无法反驳:"差不多。"

那就真的太糟糕了!喜欢变成相爱,看似简单,其实这中间隔着一大堆过程,一旦有任何一步出错,都可能无法达成"在一起"的结果。

在叶迟迟看来,其中最复杂的就是这个——

对方并不相信这份喜欢。

这也不能真的把心拿出来给他看,也不能让他进入到自己的脑子。光用语言也实在苍白，她还能怎么证明自己是因为喜欢他才想跟他在一起的呢？

叶迟迟很郁闷，睡觉的时候一直盯着天花板。林屿睡在她的身边，两个人中间放着郁淮风的衣服，还有几本书当作分隔线。他提出去找老住持再要一间房，或者跟义工们挤一挤，但今天是周末，房间早就满了，根本没有空的位置。

她说，放心吧，佛门净地，我不会对你做什么的。林屿知道她在赌气，于是点了头。

于是就有了现在这样尴尬的境况。

凌晨四点，寺庙里响起了钟声。

叶迟迟一夜未睡干脆起身，洗漱完毕后跟着大家一起去寺庙里做早课。

她满脑子都乱糟糟的，需要清醒一下。

等她回来的时候，林屿依然在熟睡。她想了想，给林屿写了一段话，就潇洒地离开了。

在叶迟迟关门后没多久，床上的人缓缓睁开了眼睛。

她没睡，他也醒着的。

林屿直起身，看着她给自己留的字条——

林屿，我先走了。你昨晚说的那些话我想了想，你说得其实挺有道理的。可是林屿，你总说不想伤害我，但是我觉得正是因为这些伤害我才能看清楚你对我的意义。即使会受伤也想要在一起，这不是真的喜欢吗？

PS：吻你的那天我没有醉。

林屿哭笑不得地看着最后这一句话，可他还是忍不住陷入了沉思。

叶迟迟留的那个问题，结结实实地把他给问住了。

Chapter11
矛盾和真相
GUAINI
GUOFENQIANGJING

期末考试要开始了，网上有人提问，什么时候觉得自己的知识最渊博？

答案是考试复习期。

叶迟迟在某天收到了纪晴朗的邮件。邮件里放了几张孔明灯放飞在半空中的照片，留言写道："叶迟迟，没有你跟我一起放孔明灯，总觉得不像是跨年夜了。你过得还好吗？我很想你。"

可是这个说着想念她的人，除了只在跨年时发邮件，没有给她打过一个电话、发过一条信息，就连她发过去的邮件，他也从来没有回复过。于是看到这样的邮件，她也只是停顿了一会儿，继续忙碌起来。

从外面回来的李青禾身上带着水汽，进屋之后还在不停地发抖："真倒霉，我回来的时候怀里的电脑被雨淋了，不少复习资料都是要靠电脑才能完成啊。"她看了看怀里的笔记本电脑，用毛巾擦，又拿出吹风机想要解救。

叶迟迟正好要出去，就拍了拍自己的电脑："我不在的时候，你用我的吧，反正我这几天都在图书馆。"

"啊。"李青禾感动得难以言表，"迟迟，你真的太好了！"

"没事。"正回着话，手机响了。

郁淮风的信息带着很浓重的怨气："大姐，现在下着雨呢，我在门口等你那么久了怎么还没来！图书馆要没位置了！"

叶迟迟立刻笑着回复："弟弟别闹，姐姐马上就来，给你吃糖糖。"

大家都要准备期末考试，郁淮风拉着她一起泡图书馆。唯一不好的就是，偶尔也会碰到林屿，但她都装作看不见的样子，小心翼翼地避开了。

"你们发生了什么吗？"郁淮风察觉到了事情的不对劲，"我后来回去发现我的房间干干净净，总像是犯罪过后被凶手清理干净的现场。"

"你满脑子整天这些思想怎么当出家人！"叶迟迟烦躁地白他一眼。

"你们要是真做了什么奇怪的事情，我真的会代表菩萨收了你们！"郁淮风愤愤不平，"那可是我的房间！"

叶迟迟故意给他一个冷笑："看来你要换床单了……"

"你们这两个变态！"郁淮风怒道，不过他正好要查点儿资料，发现今天叶迟迟并没有拿电脑来，就问了句。

"借给舍友用了。"某人漫不经心地解释，"说是回宿舍的路上被雨淋了。"

"那个李青禾？"

"嗯。"她冲他眨眨眼，"你现在终于记住人家名字了。"

"我刚才看见她的时候没见她拿着电脑啊，她不是放在那个大包里吗？"郁淮风有些疑惑，"她走到我面前的时候，还从包里翻出了纸巾给我，我看到啦。"

"指不定是人家先被淋了，才放进去的呢。"她不关心这些，倒是有些好奇，"她给你纸巾？哟，你们俩该不会……"

话没有说完，就被郁淮风狠狠捏住了嘴："复习！"

期末考试过后就是寒假。大学生的寒假没作业，假期也够长，叶父叶母打算去马尔代夫过年，叶迟迟本来不想打扰他们的双人之旅，但也不想孤零零一个人在新年的时候被留下来，于是收拾了包裹跟着去了。

他们一路从香港到澳门，玩了一个多礼拜后，从澳门飞往马尔代夫。她不想再因为国内的这些事情让自己受干扰，也怕自己忍不住会在过年的时候联系林峪，干脆连手机都没有拿。

一直到元宵过后，他们一家三口才重新回到国内。二十多天，回来后，她联系陆蔓薇想去吃夜宵，却得知陆沉受伤住院的消息，于是两人买了水果，就相约着去医院了。

陆沉看到她们毫不意外，就是觉得可惜："林峪刚走。"

他目光一直注视着叶迟迟的脸，这话显然是在和她说的，于是她白了他一眼："我又没想要见他。"

"我也就随口一说。"陆沉笑了笑，"我好奇你们这对痴男怨女到底要纠缠到什么时候。"

"没有下一次了。"叶迟迟绝望地说着，"《曹刿论战》都说了，行军打仗都是一鼓作气，再而衰，三而竭。我现在已经筋疲力尽，林峪不相信我喜欢他，我也没办法了。"

最难的就在这里。

不信任，如果两个人之间连信任都没有，光凭喜欢怎么支撑。

"我说你……"陆沉正要开口劝慰，目光却被门口吸引，有些惊讶道，"你怎么又回来了？"

叶迟迟浑身一震，缓慢地转过身，看到了站在门外，一脸淡然的林峪。

他没有看她，而是径直走进来，到了陆沉病床旁边的桌子那儿，伸手拿起了一部手机，语气听不出情绪："刚才放在这里充电，忘记拿了。"

陆沉和陆蔓薇都没说话，显然不想掺和这两个人的事。当局者迷，旁观者清。他们都看得出来，这两个人喜欢对方喜欢得要命，就是一个傻，一个又太傲娇。这些事情还是得等他们自己感悟吧，毕竟不管别人怎么说，他们自己悟不到，也是徒劳。

叶迟迟一下子蒙了，她不知道林屿有没有听到自己刚才的话，小声喊他："林屿……"

林屿转过脸看了她一眼，没说话，拿了手机就走了出去。她说那些话的时候多少带着赌气的成分，确实已经想要放弃了，可是她清楚心底还在挣扎着。

可林屿已经离开了。

"你还不追？"陆沉终于忍不住提醒了。

她悲观地反问："追有用吗？"

"那也总比坐以待毙要好。"陆沉看着她，"你还喜欢他吗？"

她想也不想就点头。

"那不就得了！你还喜欢他，他也喜欢你。光凭这一点，你们就都输给对方了。"陆沉叹口气，"你知道为什么林屿一直充着电吗？因为之前他联系不上你，怕你回来了找他的时候，自己不能第一时间知道。唉，我说你们……"

没等他的话说完，叶迟迟已经冲了出去。还好病房就在三楼，她没等电梯，直接走楼梯，终于在医院大门没多远的位置拦住了他。

"林屿，我有话跟你说。"

"我现在没有话跟你说。"他看都不看她一眼，就想推开她走。

她没办法，干脆直接冲上去，一下子拦腰抱住他，这下林屿没动了。

她闷闷道："林屿，你再走的话，我真的要放弃你了……"

怀中的人僵硬片刻。

最终，林屿略带着自嘲的声音缓缓响起："叶迟迟，两年前你被顾茜茜纠缠的晚上，我赶去了办公室，却只听到你跟我撇清关系的话；两年后你重新过来说喜欢我，你让我怎么相信？"

那晚，他接到电话，知道她可能有危险，所幸他也在不远处，就迅速赶往学校办公室。可是只听到她声音清澈又认真地说："顾茜茜，我跟林屿真的没有任何关系。就算有，也只是学长和学妹之间罢了，甚至连朋友都称不上。"

所以，他转身离开，选择在学校门口的地方等她，为了确认她的伤口是否严重。一次又一次想要鼓起勇气靠近她的时候，她的这些话就会重新回想在耳际。

你让我怎么相信呢？

"因为那时候我跟你已经闹了矛盾，我选择了纪晴朗而抛下了你。我以为你生气，不会再理我了。"叶迟迟解释着，可是她的心却一点点冷下去，"或许陆沉说得对！林屿你太骄傲了，你受了伤所以小心翼翼，你质问我对你的感情是真的吗？那你呢？你对我的喜欢也是真的吗？还是你虽然喜欢我，却不想再一次输给我？"

她松开了林屿，已经不想再跟他说下去。

林屿愣怔了片刻，转身离开。

告别了陆蔓薇和陆沉，叶迟迟慢悠悠地走在回家的路上。灯光黑暗，她的脑袋嗡嗡作响，现在只想赶紧回家待着。她的手机似乎有信息进来，可是没来得及看，就已经没电自动关机了。

算了，反正也不可能是林屿。

可是路过自家楼下的小花园时，她突然停下了脚步。

路灯下站着一个熟悉的身影，她根本不敢相信自己的眼睛。

"郁淮风……"她暗暗捏了捏自己的手臂，有痛觉，她又揉了揉自己的眼睛，"你怎么会在这儿？"

郁淮风快步走上前，停在她面前："本少爷有钱，想来看看你而已。"

"那你怎么不事先联系我？"

"那就不叫惊喜了啊。"郁淮风抬手撩开她额前的碎发，望着女生微红倦怠的眼睛，情不自禁俯身抱住了她，"叶迟迟，这二十多天你到底去哪儿了？"

"我不是发信息跟你说我去旅游了吗？"

"谁去旅游会完全不联系啊！"郁淮风故意死死勒着她，抱怨道，"我还以为你被林屿拒绝了想不开，就一个人瞎跑呢。我来这儿已经一个多礼拜了，每天晚上都来这儿等你，还好我终于等到了。叶迟迟，以后你去哪儿可以跟我说吗？"

叶迟迟摇摇头狠狠拒绝："除非你放开我，不然我真的要说不出话了。"

郁淮风赶紧松开她，有些愧疚："是不是我太用力了？抱歉，我只是……"

"我没事。"她觉得好笑，"不过你这个样子一点儿都不像你啊！没有挖苦我嘲笑我鄙视我欺负我，我都有点儿不习惯。"

他一愣，没说话。他只是太想念她了，之前告诫自己要恪守的那些规则，全部都打破了。他重新把她拉入怀里，认真诚实地表达自己的心意："叶迟迟，我很想你。"

怀中的女生顿时全身僵硬。

但是他不在乎，哪怕她推开他，跟他说一辈子都不要见面了，还是跟他说对不起，她不喜欢他，以后他们还是当朋友吧。

都无所谓，他想要告诉她，想要争取她。

拥抱中的两人没有看见转角处的身影在黑暗中注视着他们。

站在角落的林屿目光一点一点沉了下去。

静谧的夜里，呼啸而过的冷风，还夹杂着一阵无声的叹息，如同带走冬季，吹醒大地的春风，在不知不觉悄然到来，又悄无声息地离开。

郁淮风坐了第二天的动车回家，叶迟迟没有去送他。他给她发信息说走了，她回了一句："路上注意安全。"

那之后，他们没再联系，一直到了开学。就在叶迟迟以为一切都跟以前一样的时候，学校的八卦微博上却说收到了匿名投稿。有人爆料大一新生叶迟迟跟学生会会长林屿从酒店走出来的照片，还有她那晚跟郁淮风拥抱的照片。

大学生都是成年人，在外同居的人也不少，本来并不是什么大事。可是"脚踏两只船"，还是全校最受欢迎的两个男生，叶迟迟这下真是跳到黄河都洗不清了。

当然，帖子后来不知道为什么被删除了，可是已经有不少人知道并且保存了图片，叶迟迟的命运一下子回到了高中时期。大家以讹传讹，只当作八卦这样来讨论，没人在意事实的真相。

不过，叶迟迟的内心已经强大得完全没在意。她在意的是，看到她出了这样的事情，林屿还是选择不闻不问。还好起初只是热议，结果没多久，这个微博又爆料出，匿名爆料的人竟然是叶迟迟自己！

这一下，她就引起公愤了！自己"脚踏两只船"就算了，居然还自己倒贴着出来炒作，给两位男神泼脏水。一时间"心机X""绿茶X"之类的恶评传得满校皆知。她确实在自己的私信里找到了那些给爆料号的留言，真的是自己的微博发出的。可平时她比较粗心大意，不管到了哪儿都会随意登录自己的微博，偶尔不记得退出被人钻了空子也是有可能的。

为了避免这些流言蜚语越来越严重，叶迟迟都只跟李青禾一起吃饭。不知道谁经过她身边的时候，突然像是被绊了一下，对方手里的餐盘稍稍一倾斜，盘子里的菜和汤水全部都泼在了她的身上。

她立刻站起来，看着对方，是她不认识的人。

"抱歉，我不是故意的。"女生笑眯眯地说着，脸上没有半点儿歉意。

她反应过来了，这不是林屿的"后援会"，就是郁淮风的"迷妹"，她从包里拿出纸巾擦擦自己的手臂，淡淡说了句："没事。"

"长得也不怎么样嘛……"女生瞥了她一眼，随口说着转身要走。哪知道她突然尖叫了起来，叶迟迟抬眼看去，不知道什么时候，文艺出现在那个女生的跟前，手里的餐盘全部都泼到了对方的胸口。

"哎哟，不好意思。"文艺面无表情地说着。

"你！"女生气得脸都白了。

可文艺个子比那女生高了一个头，而且气场实在太强，别说这个女生了，平时就算是男生也都极少有敢招惹她的。于是女生瞪了她一眼，悻悻离开了。

"你是白痴啊？她做得那么明显，你还忍着？"文艺像是发火了。

叶迟迟心里过意不去："其实我没事的，不过还是谢谢你了。"

其实，她真的觉得没什么，别人怎么诋毁她，怎么污蔑她，都不重要。嘴巴长在别人的身上，而且他们只是说说，掉不了几两肉。现在的她，已经不会再因为流言蜚语而受到伤害了。

文艺的目光又转向李青禾，意味深长地说了句："你挺厉害啊。"

李青禾被她说得脸一阵红一阵白。叶迟迟不是很理解她的这句话，看了看文艺，又看看放下筷子的李青禾。

"也是。"文艺冷冷地看着李青禾，"你在旁边看着应该挺舒服吧？"

李青禾当即放下盘子就跑了。叶迟迟想去追，可是又觉得文艺话中有话。

"什么意思？"

"没什么。"文艺把餐盘放下，"就是觉得你这人有时候挺傻的，是那种被卖了还替人数钱的白痴。"

说完，她转身又重新去排队打饭去了。

叶迟迟走在回宿舍的路上，经过之前晨读的小花园，不知不觉坐到了椅子上，把脸埋在手臂上。

"你在这里做什么？"不知道过了多久，郁淮风的声音从她头顶传来。

她抬头，视线有些模糊："你怎么来了？我们现在可是绯闻对象，不要靠近。"

"没事。"男生反而坐下来，信誓旦旦，"我保护你。"

不过他的眼睛在叶迟迟身上扫了一眼，立刻眯了起来，眼中浮起一丝肃杀："有人欺负你？"

叶迟迟摇头，又点头。

"谁？"

"你啊。"她满脸怨念，"所以说你为什么要抱我，不抱我不就没事了吗？"

不然也不会有那么多事情，她见到他也不会那么尴尬了。

郁淮风也很无奈："不抱你怎么把你挪到房间啊！现在都这样了，你要我怎么办？要跟我决裂吗？不然我就干脆在你宿舍楼下摆满玫瑰花然后找你告白，你再当面拒绝我。这样不就可以直接让大家以为是我一厢情愿喜欢你，而你始终对林屿深情不变。"

"哎？"她知道他说的是气话，于是就顺着说，"是哎！"

刚说完，她的脑袋就被郁淮风狠狠拍了一下，于是捂着自己的额头不高兴道："要是告白有用的话就好了！你觉得怎么才能够让对方明白自己的心意？我不能为他上刀山下火海，也没机会抛头颅洒热血、挡刀挡枪，如果说出来有用，我可以说上一千遍，一万遍。可是没用，我一点办法都没有了。"

郁淮风脸带愤怒，如同一个不讲理的顽童那般说道："有，他不喜欢你，你就不要喜欢他，过来喜欢我吧！我长得比他帅，也比他有钱，最关键的是，我比他喜欢你。"

叶迟迟一愣，望着郁淮风的脸，竟然让她想到了两年前的林屿不让她走的那一天。

可是这一次，她还是要说出这些伤害人的话。

"你……"叶迟迟避开他的视线，"郁淮风，我们是朋友对吧？你这样会让我很为难的。"

"那就为难吧。"郁淮风站起来，"反正我都为你为难了那么久了。"

一切都是乱七八糟的！

叶迟迟回到宿舍，呆呆地坐在自己的床上。文艺不知什么时候爬上了她的床，坐在她身边，淡淡说了句："别难过了，这宿舍我就稀罕你。"

她倒是有点儿受宠若惊，要知道平时文艺从来不主动跟宿舍里的人搭讪，每天只顾着自己睡觉看剧玩手机，现在主动过来，算是安慰她吧？可她难过的真不是那些流言蜚语，她烦恼的是自己好像走到了一个死胡同里，可是眼下她心里还是被文艺的话治愈了一些，她勉强抬起嘴角望着一脸过来人模样的文艺："你好像经历过很多这样的事情。"

"有啊，比你严重得多了。"文艺满脸不在乎，"以前，有个女生非说我总瞪她，给她脸色，先是找别人哭诉，后来干脆带人在学校附近堵我，结果我几下给打老实了。还有人说我抢了谁谁谁的男朋友，专门在我们学校的贴吧里骂我，一开始我都会一个个找出来打一顿，我就一直在转学。我妈说，为什么她们都专门挑你来说呢，因为你太优秀了，光是存在就对她们是威胁，那些污蔑你栽赃你的人都是因为她们比你弱。既然她们比你弱，为什么要在意那些失败者呢？范冰冰之前有句话是啥来着……"

叶迟迟愣住，以前只觉得文艺是个神秘的高冷少女，结果现在这话匣子一打开，根本就停不下来。

"那你说我该怎么办呢？"叶迟迟找了个合适的时机打断她。

文艺想了想，说道："如果是以前，我当然会让你把她们约出去打一架，可我现在是文明人，优秀的学生，最好的方法就是无视她们！"

"……"

叶迟迟没有按照文艺说的那样，无视她们，而是胆小地直接逃跑了。她不是害怕面对那些"后援会"少女，而是害怕面对郁淮风和林屿。

大一的课程很轻松，经常有一整天都没课的时候。她收拾了包袱，翘掉几节课，加上双休，在寺庙里待了好几天。

暮鼓晨钟，叶迟迟被这里安逸的环境所吸引，都不想走了。

直到郁淮风出现在她面前。

他不苟言笑，总是皱着眉头很凶的样子，可是面向她的时候，会温柔许多。只是他不如林屿那样五官柔和，即使是笑着的，也总是一副随时要生气的模样。

他问她："回去吗？事情都查清楚了，帖子是李青禾发的，你那个舍友叫文什么的，跟我一起查的。"

她其实对这件事根本无所谓，不过知道这件事的幕后黑手是李青禾，还是有些意外。

"不过，大家并不关心这个，他们只关心叶迟迟跟林屿还有郁淮风到底是什么关系，到底有多混乱。"

叶迟迟突然想要试着开玩笑："我只是在想，会不会是她们嫉妒我的美貌？"

"倒也不是。"郁淮风无情地击破她的幻想，"是因为嫉妒你得到了那么多帅哥的喜欢。"

"可我只想要一个人的喜欢就够了。"

郁淮风原本的笑意慢慢凝固在脸上："你现在是要拒绝我了吗？我连正式的告白都没有，我甚至连努力都还没有开始努力……"

"不要努力。"叶迟迟打断他的话，"让我们之间的关系简单一些吧。我这个人很死脑筋，以前我的眼里只有纪晴朗，现在我的眼里只有林屿。林屿现在不喜欢我没关系，只要我还喜欢他，我就不会喜欢别人。也许等到有一天我觉得累了，伤心了，不愿意再继续等了，我大概会慢慢忘记他，可是就算我不喜欢他了，我也不会再回过头来接受你。不是因为你不好，我让你现在那么伤心，你让我怎么忘记对你的伤害，而像是没事一样跟你在一起呢？如果我知道有一天我们会走向那么两难的境地，那我一开始就不该靠近你。"

两个人陷入了一种静到可怕的死寂。

叶迟迟已经想清楚了，早点跟郁淮风讲明白对他们都好，即便现在会痛，那也好过长时间的痛苦来得好。

郁淮风本来想干脆走掉，给她留一个洒脱的背影，从此他们一刀两断，相忘于江湖，这样自己也能好得快一点儿。

但是不行。他望着眼下无助又悲伤的女生，他没办法视而不见，不过至少可以不要悲伤得那么难看。

"你不是想要挽回林屿吗？"郁淮风缓缓开口，"你还有希望，这次你的事情能顺利解决，其实都是因为林屿动用了学生会的关系，他联系到了那个爆料微博的管理者。因为当时爆料的时候照片太多，她用邮箱一次性传的，顺着邮箱我们才知道是李青禾。她已经搬离宿舍了，说是不会再干扰你，也是林屿想到你会来这里，才让我来找你的。"

看到女生暗淡的目光一点点亮起来，他苦笑着继续说："他还爱你！光是凭借这一点，我一开始就输了。"

叶迟迟跟着郁淮风回了学校，结果刚到宿舍，文艺就急匆匆过来拉着她："你到底去哪儿了啊！你不知道，李青禾又开始作妖了！她又瞎爆料，说林屿以前高中的时候是个风云人物，把一个女生给逼得差点儿自杀，后来又退学……"

叶迟迟当时就蒙了！这件事在本市并没有大范围地传开，李青禾在二中，自然多少会听说一点儿。可他们当时已经证实了那件事是假的，林屿那么想要回避的过去，竟然被李青禾当作报复自己的工具，她一下子火气上涌就朝外面冲。

叶迟迟知道这个点李青禾肯定在图书馆。果然，叶迟迟在角落找到了她，于是冲过去，愤怒地质问："你怎么敢……"

李青禾一看就知道她所为何事，干脆站起来，毫不退让地看着她装疯卖傻："我不知道你在说什么。"

"你有什么事冲着我来！不关林屿的事！"

李青禾当作没事一样，自顾自收拾书本打算离开。叶迟迟冲上去拉住她的胳膊，也不知道哪儿来的力气，就这么将她一甩，对方就直接摔在了地上。可叶迟迟没有半点儿愧疚，甚至想要冲上去再踢李青禾几脚。

"你别太过分了！"李青禾红着眼眶望着她。

叶迟迟正要冲上去补几脚，却被随后赶来的文艺给拦腰抱住了，郁淮风在她耳边努力劝慰着："冷静点儿！冷静！"

文艺也劝说道："是啊，是啊，你看这里多少手机摄像头啊！等会儿你就要变成校园霸凌舍友的小太妹了，这样不就刚好着了别人的道了嘛！"

一听到手机摄像头，叶迟迟稍微冷静了点儿。她深呼吸几口气，望着还在装可怜的李青禾说道："林屿没有让任何人为他自杀或者退学，他看着冷漠，可对每个人都很好，学习优秀，工作尽责。他是我喜欢的人，你之前怎么污蔑我都没关系，但你不能动他！否则我跟你没完！"

刚说完，闻讯而来的年级主任就喝止住了叶迟迟，厉声问她怎么回事。她咬着嘴唇不说话，这里毕竟是图书馆，主任就喊了几个人一起跟他回办公室。

到了办公室，主任自然是对叶迟迟一阵严厉的教训，可不管他怎么问，两个人都没有说出到底是为了什么事。他也只当作是舍友之间闹了矛盾，毕竟叶迟迟推伤了对方，就让她给李青禾道歉。结果某人偏脾气上来，十头牛都拉不住，她犟着不说，主任只好让李青禾先走，留下叶迟迟一个人。

叶迟迟在年级排名靠前，代表学校参加的演讲比赛都能拿奖。他自然惜才，象征性地又说了她几句。不过她也不是傻子，看得出主任给她台阶下，就顺着他的话，保证不会再有下次，诚心反省，主任也就让她离开了。

出了办公室，想到这一阵子的委屈，叶迟迟的眼泪不自觉流了下来，她赶紧低头，生怕被别人看到。结果没看路，一头撞进了一个结实的胸膛。

"对不起。"她声音沙哑，想要避开。可对方却又一次堵在她的面前，还直接伸出双臂轻轻将她圈在了怀里。

"如果怕哭的时候被别人看见，就躲在这里哭吧。"

声音轻柔熟悉，像是悠扬的琴声。她抬起头，看到林屿温柔的脸，原本的愤怒变成歉意和委屈。她死死搂着他的腰，闷闷地说："对不起，都怪我……如果不是我一厢情愿靠近你，或许你也不会遇到那么多麻烦。"

林屿叹口气，这些话，应该是他来说才对。

　　"主任怎么说？"他担心今天的事情影响她的学分，"会有惩罚吗？"

　　叶迟迟摇头，这些根本不重要好吗！

　　"那你呢，你会不会受到影响？需要我帮你解释吗？顾筱筱跟我偶尔还有联系，所以说不定可以让她来澄清一下……"她脑子很乱，想的都是一些乱七八糟的办法，最后觉得心烦，又忍不住烦躁地说，"啊，刚才应该再给李青禾几巴掌才解气啊！我怎么就只推了她一下，就这么一碰她就倒地了。"

　　林屿无奈地笑着，慢慢将自己的怀抱收紧。虽然这里是教学楼旁一个鲜有人经过的小道，而且又是傍晚，人来得少，但是偶尔几个路过的人，还是对这一幕表示很惊讶。他倒是无所谓，只是害怕言论又会给她带来什么不好的影响。

　　以前，高中的时候受了一点儿冤枉就可以溜进男生宿舍的女生，想尽办法让他还她清白。可现在她变了，之前那么多流言蜚语她都一笑置之，却为了他和别人大打出手，发了那么大的脾气。

　　"叶迟迟，以后不要这样做了。"林屿的语气有些冷，如果今天她真的当着那么多人的面打了李青禾，后果肯定不堪设想，不自觉语调稍微硬了些，"我的事情我自己会处理，不用你操心。"

　　话刚出口，他就有些懊恼了，果然，女生的手忽然就失去了力气，放了下来。

　　"嗯，我知道，是我多事了。以后我不会再掺和你的事了，可是李青禾的事毕竟是我惹出来的，我会想办法解决，不打扰你了，我走了。"

　　叶迟迟垂着眼，说完这些话就转身跑开了。

　　林屿站在原地，懊恼地叹了口气。

Chapter12
是你太抢镜 摔到我心里
GUAINI
GUOFENQIANGJING

　　李青禾已经搬了出去，所以宿舍里只有文艺跟朱爽。对于李青禾这么卑鄙的行为，她们自然是唾弃的，于是看到叶迟迟回来，立刻组成小分队，前来安慰她。

　　"之前郁淮风给你的药，分明是她趁你出去的时候拿起来看的，她当我玩游戏就是瞎子呢。微博也是用你电脑的时候发的，她之前说她电脑弄湿了不能用，狗屁咧！她去图书馆用的不都是那一台吗？就是为了有预谋地拿你电脑干坏事！"文艺很愤怒，对于叶迟迟的迟钝也很无奈，"亏你一直把她当朋友。"

　　"那你不早点儿说！"叶迟迟鄙夷她这种"马后炮"的行为。

　　"因为你当时跟她很好啊，说了我不就是挑拨离间的人了。"文艺耸耸肩膀很无辜。

　　朱爽也决定说一番掏心窝子的话："我知道，你对于我和林屿会长走得很近的事情不满意。不过说真的，他跟我知会交代学生会的事情时，不经意问一些关于你的事！我一开始以为我能'近水楼台先得月'的，结果发现会长早就把心门紧闭，不让任何人进入了。"

叶迟迟对于她的言论更为愤怒："那我之前爬树的时候，分明是让你找郁淮风，结果你把一大票人都喊过来看我丢脸！"

朱爽翻了个白眼："我去找郁淮风的时候，李青禾在旁边。她一听就对着林屿大叫'叶迟迟爬树上下不来了'，我当时真觉得她脑残。"

原来又是误会了，不过现在全部都解释清楚了，叶迟迟跟她们道歉："对不起，还有谢谢你们。"

"没事儿。"文艺豪气地摆摆手，"谁让你傻呢，我们都让着傻子。"

叶迟迟的难过好像消散了大半，就连被骂也觉得无所谓了。

事情闹腾了一下，大家的注意力就变成——叶迟迟在图书馆强势告白。当然这些她都不在乎了，林屿都不在乎，她有什么在意的呢。

叶迟迟连续几天都萎靡不振，郁淮风看不下去了。恰好最近有个校园外语歌唱比赛，他直接帮叶迟迟报了名。

"你神经啊！我才不要去丢人现眼！"她一听就拒绝了。

郁淮风不理她："你想想看，与其整天这样要死不活的，不如好好参加比赛。让林屿看到，其实你依然过得很好，你依然光彩照人，在舞台上闪闪发光。而且你唱歌不错啊！我上次听过，拿不了第一但是也能拿个三四嘛。"

哪有这么鼓励人的！她噘着嘴有些想哭："我之前会成为网络红人就是因为在舞台上摔了一跤，我有'舞台恐惧症'。"

"谁信啊。"他伸出手恶狠狠地蹂躏着她哭丧的脸，这样的表情一点儿都不适合她。

动不动就代表学校参加辩论赛、演讲比赛的人，现在说有"舞台恐惧症"。他见过那个时候的她，目空一切，散发着迷人的自信，真的犹如闪着光一般。所以这样的比赛，最适合像她这样正处在自我否定的颓废时期的人。

叶迟迟被他捏得受不了，只好勉强同意，只听郁淮风幽幽补充一句："林屿是决赛的评委哦。"

事后想想郁淮风说的话也对，她不想过得太难看！之前发生的那些事情，让不少人都等着看她出丑。她才不要这样呢，大家越是不看好她，她就越挫越勇，越有干劲，从海选开始就精心准备。大家都是清唱，她抱了个夏威夷小吉他，唱了一首《Last Christmas》，顺利晋级。不过让她意外的是，李青禾也在队伍里，她唱的是法语歌，赢得了评委的一致好评。

对！李青禾二外选修的也是法语。叶迟迟怕麻烦，选修的是韩语，为了方便看韩剧的时候不用等字幕组。辅导员扼腕叹息，跟她说，按照她的水平学个法语、德语什么的会对她的发展更有好处。

之前没觉得，现在才觉得好像输了点儿气势。毕竟大一下学期就能把二外说得那么好，自然让人刮目相看啊。所幸的是，接下来的几场比赛，她表现得也不错，顺利晋级。

决赛那天下午，她跟郁淮风一起在篮球场练习要演唱的歌。哪知道天公不作美，突然就倾盆大雨落了下来，两个人被迫无奈地在附近的一棵树下躲着，但是这雨看起来一时半会儿根本不会停。

郁淮风待不住了，对她飞快地说道："我宿舍在附近，我去拿把伞，你在这儿等等我。"

叶迟迟正想说干脆一起跑回去算了，结果某人就冲进大雨中跑远了。与其这么站着，她还宁愿淋雨呢，想了想还是给郁淮风发了信息，说自己先回去了。于是就这么冒雨开始跑起来，快要到食堂的时候，迎面看到走来的林屿。

叶迟迟想要避开。林屿之前去参加比赛了，有一段时间没在学校，他们也就没有再遇到过。

她很想他，又不想见到他。

对方也看见她了，就在她打算无视他就这么经过的时候，他却伸手拽住了她，然后把伞撑在她的头上。

"你放手。"她还以为自己的语气会很凶，结果却像是委屈的抱怨，"你的事我不管，你也不要来管我的事！"

林屿望着她，知道她还在生气，于是放柔了语气："我不是那个意思，我只是……"他刚想要开口，抬眼望见朝他们奔驰而来的郁淮风，最终没有说出口，而是将雨伞朝她手里一塞，沉沉说道，"没什么，这个你拿去用。"

那么大的雨，对方只拿了一把伞过来，林屿不爽地盯着那个人，不高兴地走了。叶迟迟皱着眉头望着那个很快被大雨淋湿的背影，不知道他又在发什么脾气。

郁淮风喘着气来到她身边，看着她手里的伞，立刻瞪着她："借到伞了，不说一声！"

"我不是跟你说，我要先回去了吗？"又来一个发脾气的主儿，她可不伺候，同样争锋相对，"自己看信息！"

郁淮风之前看了信息，但是以为她会冒雨跑回去，女生宿舍离得远。这一路淋的话指不定又给她淋出什么毛病了，晚上的比赛很重要。

不对，重要的不是比赛，而是他在计划的事情。

叶迟迟回了宿舍赶紧洗澡换衣服，满脑子都是林屿的背影。以前他也把伞递给她，大冬天的，最后还害得他感冒了。洗完澡出来之后，她想给林屿发条信息，不过想想他离开的时候那么不高兴，也就算了。

　　文艺倒了一杯热水给她，突然说："晚上准备了什么歌啊？提前透露一下。"

　　"唱的是串烧，比较简单好唱的，我想以气质取胜。"叶迟迟的声音不错。可是说真的，唱功不如别人，与其拼那些海豚音啊、变调之类的技巧，不如老老实实走保险道路。

　　"要不要试试《A Thousand Years》？"文艺提议着。

　　"我很想唱啊，不过也来不及了吧。"叶迟迟听说过这首歌，当年看《暮光之城》的时候被迷得不行，甚至想着以后自己的婚礼一定要放这首歌。

　　"那你唱给我听听吧，当作助兴。"

　　"助兴？"她蹙眉，白了某人一眼，"找我唱歌助兴给不给钱啊？我很贵的！而且你要助什么兴，又没什么喜事！"

　　"指不定呢。"

　　在文艺的坚持之下，叶迟迟无可奈何唱了几遍。

　　晚上八点，所有选手都集中在了学校的大礼堂。今天一共有十名晋级到决赛，叶迟迟之前的分数只排到第八，侥幸进来了。所以她的心态也好，拿不了第一，走到这里也不错。重要的是，她可以在林屿的面前唱歌。

　　李青禾排第二，上一次比赛感冒嗓子有点儿哑，不然肯定是第一。

　　大家抽签，叶迟迟拿到了个压轴。一般到最后大家都审美疲劳，估计想拿高分也没啥指望了。不过，郁淮风悄悄溜到后台知道这个消息后，反倒更加开心。看着他莫名兴奋，某人相当鄙视，敢情他就压根儿没希望自己拿奖。

　　李青禾是第五个上去的，相当不错的顺序，可她还是很紧张，在后台的时候就一直深呼吸，走来走去。果然表演的时候不负众望，重新回到了状态的巅峰，一首经典的法语歌赢得了满堂喝彩。叶迟迟想了想自己准备的歌曲，总觉得有点儿像是闹着玩，不过时间一点一滴过去，终于到了她。

就要在林屿面前唱歌了！每一次他们在舞台上相遇，总是会有些不好的事情发生，心里总觉得有什么不好的预感。不过她又想想，也正是因为这些事情，让他们的世界有了相交的线。

想到这里，她又很庆幸。哪知道就在她一步一步走到舞台中央，等待着帘幕被拉开时，突然全场的灯都灭了，全场一下子闹腾起来。

主持人赶紧出来安抚大家："有条电线出了点儿问题，但是五分钟内就可以解决，大家耐心等待！"

一片漆黑当中，叶迟迟只能回到后台，把手机开机，凭借点微弱的亮光让自己不要那么紧张。可她有些奇怪，舞台上似乎一下子变得很热闹，人来人往的，还有一些东西挪动的声响。没过多久主持人跟她说可以上台了，她慢慢摸黑走过去的时候，灯光骤然亮起，帘幕也在那一刻拉开。由黑暗转为光亮，她的眼睛没有适应，所以没有看清楚周围的情景，但是她清清楚楚听到了全场一片哗然。

"哇——"

"太劲爆了！"

"原来还留了这么一手！"

……

周围一阵喧哗，叶迟迟慢慢才看清楚，自己的周围摆放着不少花束和气球，一些暖色的小灯亮起来，竟然拼成了一句话——叶迟迟喜欢林屿。

什么情况！

这是什么情况？！

她下意识去看台下的林屿，两个人目光相交，都带着惊讶愣住了。

是不是弄错了什么……

而此刻音乐也已经响了起来，不是她准备的那些欢快的流行歌，而是下午文艺让她唱了一遍又一遍的《A Thousand Years》。她还没反应过来，正想着回后台确认的时候，就见郁淮风走到了台下，朝她喊："赶紧唱歌！赶紧的！我能帮你的只到这里了！"

这下子，她明白了！郁淮风跟文艺一起给她下了这个套！

很快，前奏已经结束，她下意识把话筒举到了嘴边，然后开始唱了起来……

其实她在台上，根本看不清林屿的表情，只能知道他大概的方位。不过也正好，如果看清他的脸，只怕是更加紧张吧。

一首歌结束，场上半天都没有声音，灯光全场亮起来，林屿的脸终于清晰。他就这样静静地望着自己，仿佛如同歌词一样，穿越了一千年的时间，他都一直这样注视着她。

主持人打算走上台，叶迟迟鬼使神差地喊出了声："等一下，我还有话说。"

这个主持人真像是被郁淮风收买了一样，竟然还真的没有上来。

叶迟迟深呼吸一口气，对林屿说："林屿，你那么聪明，一定已经看出来这次告白我也算是'赶鸭子上架'。在我登上这个舞台的第一分钟，我心里只想把准备这件事的人给拖出来打一顿。"

她意有所指地瞥了一眼台下的郁淮风，对方扬扬眉，一点儿都不怕。

"可是，现在我很感谢他。"她重新看向林屿，"我们兜兜转转那么久，尽管期间很多误会和错过。我只想告诉你，我喜欢你，如果你也喜欢我，能不能让我们早点儿在一起？好吃的东西那么多，好玩的地方也不少，大好的时光，我只想跟你一个人度过，在遇到你之前我不太清楚喜欢的定义，可是现在我明白了，你就是喜欢的全部意义。"

台下的人更是一阵欢呼雀跃，就跟以前学校里每次有人在公众场合告白的时候一样，围观群众都会劝当事人在一起。这时不知谁起了头，也开始有人喊"在一起、在一起"。

但是当事人之一的林屿并没有动，叶迟迟知道这是比赛，不能占用太多时间，主任的脸都已经青了！他还算器重她，所以一直在忍，于是她催促道："十个数之内如果你没做出回应……主任，我会自觉罚扫礼堂一礼拜的！"

主任没忍住，无奈地说道："你说到做到就行。"

于是现场的人开始帮她一起倒数。

"十、九、八、七、六……"

几个数，像是几个世纪那么漫长，可是林屿始终没有做出任何表示，叶迟迟的心慢慢提到了嗓子眼儿。就在大家喊出"一"的瞬间，她的手机忽然振动了，拿出来一看，猛地抬起头，就开始朝外面冲出去——

自然是有人问这是什么情况，也有人以为女主角伤心难过逃走了。叶迟迟捏着手机，有些懊恼地想，上辈子大概欠了纪晴朗一条命，这辈子才会因为他而几次错过重要的时刻。

"叶迟迟，我在你学校门口，十分钟后就得走！赶回去的飞机！"

两年了，这个跟自己两年没有联系的人，一出现就坏了自己的好事！但她还是冲了出去，这激动的步伐不再是因为奔向喜欢的人，她是在对纪晴朗陪伴自己十八年的岁月，做一个完整的告别。

两年没见，纪晴朗被美国加州的太阳晒成了古铜色的皮肤。她本来以为奶油小生这辈子都不会黑了，原来是因为没有经历过暴晒。

他好像又长高了一些，以前她一抬手就可以打到他的脑袋，结果现在踮起脚都有些困难。

"叶迟迟，不要碰男生的头。"纪晴朗拉住她的手腕。

"小样儿，还跟我闹别扭！我现在打你都不过分！你知道我在做什么吗！"叶迟迟收回手，瞪着他。

"做什么？"纪晴朗看到她脸上的妆，皱着眉头，"你该不会……"

"瞎想什么呢你！"她又忍不住打了他一下，"老实说吧，为什么只发邮件，从来不回复我信息，也不给我打电话？又为什么只能待十分钟？"

"打了只会让我更加想你而已。我回来办续签的，只能待三天。今天早上去办了，下午这点时间，只够来回一趟而已。我想见你，十分钟也够了。"纪晴朗笑了笑，露出依然洁白整齐的牙齿。

叶迟迟闷闷地应了一声，鼻尖有些酸。看到女生快哭了，他抬起手摸摸她的头："你别哭，你一哭我就要误会了。"

可是她还是忍不住，他只好说起别的话题："我休学了一年，所以今年高考完后，我才终于有了假期过来，现在我跟纪晴双是一届的了。"

一听到这个名字叶迟迟就头疼，眼泪立刻止住了，她警惕地四处张望："所以她也跟你一起来了？"

"她交了个美国男朋友，根本不理我。"纪晴朗一脸抱歉，"对不起啊，以前都是我的错。"

叶迟迟摇摇头："我早就不在乎了。"

"那你现在在乎的人是谁呢？"纪晴朗刚问出口，就看到由远及近有两个人正在飞快地奔跑着，他立刻皱起了眉毛，不悦地道，"难怪不在乎我？看来你的大学生活还挺丰富的啊。"

叶迟迟顺着纪晴朗的视线看过去，突然嘿嘿一笑："那你希望我选择谁呢？"

他打量着两人，不紧不慢地说道："不要是那个我不认识的小子，一看就觉得他家庭不幸、脾气坏，而且还毒舌，有事没事就欺负你……"

纪晴朗突然不说了，脸突兀地红了起来，别扭地移开了视线。

"怎么了？"叶迟迟知道原因，故意逗他。

某人不理她："随便你选谁！我不管你了！"

"哈哈！"她忍不住笑起来。

纪晴朗之所以不说了，是因为他想到了自己。

"时间到了，我得走了——"他看着身后的人越来越近，赶紧跟她挥手道别，跳上了一辆车，"叶迟迟，下次回来，我们再见吧！"

车门快要关上，叶迟迟拉住他轻声说："纪晴朗，再见。不管在哪儿，你都是我最好的朋友。"

他的脸僵硬了片刻，最后还是变成一个酸涩的哭笑，点点头："嗯，我知道。"

真好！两年前他说出了那些话之后不告而别，现在至少她能够给他一个回答。

叶迟迟朝他摆手，转过身的时候，郁淮风不知道什么时候已经走到了她面前。

"喂，你怎么突然跑了！你不是喜欢林屿吗？怎么又突然来找这个臭小子？喂，他是谁啊？我说你……喂！"

郁淮风的话没有说完，林屿已经冲上来，直接拉着叶迟迟的手腕，就将她扯走了。

"我骗了你。"林屿坦白，"这两年里我并不是真的一次都没有见过你！很多次我都有回去看你，在你不知道的时候。"

他说这话的时候，有些慌乱，甚至一度不知道自己在说些什么。因为看到女生跑下台的片刻，他真的以为自己会再一次失去她。

他骗了她，也骗了自己。

两年来，每次思念她到极致的时候，他都会悄悄去看她。去他们一起去过的河堤，去他们在学校门口的咖啡厅，还有周末的福利院。他避开了所有可能会见到她的活动，却避不开自己想见她的心，于是他只能用这样的方法。虽然不是每次都能遇到，但是偶尔的一次就心满意足。

在学校里重新见到她，其实心里忍不住狂喜。每次她的主动靠近，他都欣喜若狂，可是他什么都不说，也从来没有表现出来，都是因为他太懦弱了，也太要强。直到那一天他们在寺庙里不欢而散，他才终于知道自己其实还是会输给她。

其实只要他还喜欢她，结局就已经定好了。

后来，她知道帖子的事情，不顾一切为他出头，图书馆里的那番话，他也在网上看过。他这才意识到，她真的比他勇敢太多了，也知道了，她到底有多喜欢自己。他不是傻子，如果这样都不受到触动的话，他真的太浑蛋了！

叶迟迟瞪大眼睛："为什么不早点儿说？"

林屿自嘲地笑着："因为太骄傲了。"

他从来都活在众星捧月之中，家境不错，好像要什么都能得到。成绩好，可以轻易得到老师的青睐。脾气也不错，所以不缺朋友，长相出众，围绕在他身边的女生也很多。叶迟迟却是他第一个那么想要认真争取，却没能得到的人。因为太在意了，所以受到了一点儿伤害之后立刻变得小心翼翼和胆怯，不敢去相信她会真的喜欢自己，也害怕会再受挫。

爱上她之后，自己变得越来越不像自己，这一点让他觉得惧怕和不安。

"所以你是喜欢我的？"叶迟迟望着他，"那你现在相信了吗？"

林屿轻笑了一声，伸出手拥抱住她："我没有一刻不喜欢你啊。"

"不对。"拥抱了好一会儿，她推开了他，"那你证明给我看。"

林屿愣住。

两个人慢慢走回了礼堂，主持人正在宣布最后得分，见两位主角回来，赶紧惊喜地说道："呀，我们的季军回来了，还带着她刚刚俘获的男朋友。"

大家哄笑。

叶迟迟赶紧拉着林屿找到了一个角落的位置坐下，四周环顾了一圈儿，没看到郁淮风的身影，她本来还想好好感谢他的，不过眼下还有更重要的事情。

"你想好了？"她又问了一遍，"你倒也不用真的勉强自己。"

"不勉强。"他说着，不过显然是紧张了。虽然最近天气回暖，可毕竟还是春天，夜里的风夹杂着寒气，可他的额头带着汗珠，表情也不自然。

林屿可是带领本校辩论队一路杀到全国赛场的辩论精英！那么多年参加英语竞赛和各种演讲，从没出现过半点儿纰漏，多少镜头和注视之下，也面不改色镇定自若。

结果，他现在却那么紧张。

这时候，叶迟迟上台拿了奖状下来，主持人开始宣布这次活动完满结束的时候，林屿喊住了他。

主持人有些意外："会长，怎么了？"

"刚才欠叶迟迟的一个回答，我现在要告诉她。"他深呼吸一口气，向台上走去。围观的群众知道还有好戏可以看，立刻爆发出一阵惊呼声，纷纷掏出了手机。

叶迟迟知道应该是时候阻止了，他能够愿意为了她站上去已经足够了，倒也不用真的说出来。之前，她告白是被逼无奈，那种紧张和尴尬她不想让林屿也重新体会，所以她赶紧向台上冲。

"我欠她一个回答。"林屿接过了话筒，开始说道。

他一边说，她一边朝台上冲，结果就在上台阶的时候，也不知道怎么突然绊了一下，整个人失去重心，向前扑了过去——

"咔嚓，咔嚓！"

叶迟迟不记得林屿说了什么，只记得自己眼前全是手机，闪光灯照得她眼睛都疼了。

轰动全校的告白事件，以叶迟迟那经典的一摔作为结束。

据说，她告白的视频都没有后来摔跤的视频点击率高！就连上了校内头条新闻的时候，也是以她摔跤的样子，作为新闻图来发的。

这个后续让叶迟迟相当哭笑不得。

告白后的第三天，两人在市中心的某个餐厅吃饭。隔着那么远的陆沉也打电话回来："网红少女！我又有新的表情包了！你这一摔真的很厉害啊！短短一两秒之内，从惊讶到惊恐再到惊慌，还有最后的窘迫跟丢脸，都生动地展现了出来！哈哈哈哈哈！"

叶迟迟果断挂了电话。

"都怪你！"她瞪了一眼身边的人，他笑得捂住了肚子。

看到女朋友生气了，林屿稍微收敛了一些，也很无奈："是你要我去告白的，那你为什么又要上来阻止？"

"因为我想低调一点儿嘛！告白的话，你私下跟我说就好。"其实她只是想整整他而已的。

结果，天道好轮回，苍天果然没有饶过她。三年前的开学典礼一炮而红的表情包网红少女叶迟迟，成功在被校草林屿告白的时候，再次摔了个"狗吃屎"。

她看着学校官博上的表情包，递给他看："你老实说，我是不是很丑。"

林屿哈哈笑了两声，正色道："不丑。"

"骗子！"

"喂喂喂！我可真没说谎，难道我没告诉你吗？"林屿凑上去亲了她的额头一下，"高中的时候，之所以会喜欢上你，都是因为你……真的太抢镜了。"

那样滑稽的一摔，怎么那么刚好，就摔进了我的心里呢。

Chapter13
少一点儿套路 多一点儿真诚

GUAINI
GUOFENQIANGJING

　　两个人历经了那么多崎岖，总算是彼此坦诚相见，成功交往。不过，叶迟迟心里还是有烦心事未了。郁淮风又闹失踪了，而且她在寺庙里也找不到他，老住持说他确实来过，但是没待多久，就又走了。

　　一个礼拜之后，他才出现在叶迟迟面前，跟以前没什么两样，吃饭的时候照样抢她的鸡腿。叶迟迟问了两次他这段时间去哪儿了，他都没说话。最后干脆都不说了，安安静静吃了饭，她才开口问："不如我们去走走？"

　　操场上跑步的人很多，两个人并肩走了好一会儿，叶迟迟没忍住，还是说了："对不起。"

　　结果刚说完就被敲了脑袋，她有些愧疚地拉起他的手，放在自己的头顶："敲吧！我感激你为我做的一切，可我好像还是伤害了你。你要是能原谅我，回来之后我们还是朋友，你多敲几下，我不怕的。"

　　"可我怕。"郁淮风收回自己的手，"敲傻了！林屿得找我拼命了。"

提到林屿，叶迟迟又不知道怎么开口了。

郁淮风接着说："叶迟迟，趁着现在林屿不在，不如我把你给绑了，你跟他认识三年，我就把你关三年，极尽可能对你好，你会不会爱上我？"

"爱情不关乎时间的长短。"叶迟迟深有体会，对他这么丧心病狂的念头更是相当鄙视，"你觉得你把我绑走了我还会爱上你？你这个人怎么当出家人。"

"爱不重不生娑婆。"郁淮风苦笑着开口，"叶迟迟，我的罪孽太深。"

结果，还是得不到结论。于是他送她回宿舍，到楼下的时候，他又重新喊住她："叶迟迟，我们还能当朋友吗？"

"我们一直都是朋友。"叶迟迟想了想，"只是朋友。"

"我知道。"郁淮风蹙眉，看起来是又想敲她。结果抬眼不知道看到了什么，突然瞪大了眼睛，一下子把她拉到了自己的怀里。

叶迟迟压根儿没反应过来，只听到什么东西砸到地上摔碎的声音。她低头去看，一个花盆就碎在他们俩的脚边。

"怎……怎么回事……"她说话有些结巴，看来被吓得不轻。

舍管大妈就在旁边，也恰好看到了这一幕，立刻恼火地朝宿舍楼里走过去。郁淮风的脸色也好看不到哪儿去，他松开她，柔声道："你在这儿先别动，我去看一下。"

他转身跟着大妈一起上楼，叶迟迟低头看花盆的时候，才注意到地上有点血迹。她一抬眼，看到郁淮风走路的姿势有些奇怪，再定睛一看，发现他的小腿上正在流血，应该是被碎片飞溅起来的时候划伤了。她也没来得及多想，赶紧跟着他一起上了楼，发现凶手居然是熟人。

李青禾跟文艺已经吵起来了。朱爽和文艺都看到了是李青禾扔的花盆，当然，李青禾并不承认。

郁淮风直接拆穿她："刚才我看到了，是你扔下来的。"

他双目泛着寒气，对李青禾冷冷地说。

原本一直死撑着辩解说不是自己的李青禾当即就哭了出来，而且是相当崩溃的那种，把随后赶来的叶迟迟也给吓了一跳。李青禾看到叶迟迟，没有掩饰自己的厌恶，指着她狠狠地说："都是因为你！"

"自己做错事还要怪别人！"文艺立刻不满意了，差点儿直接冲上去就要打架，好在郁淮风眼疾手快拉住了她。

李青禾冷冷瞪着文艺，推开众人就朝外跑了。叶迟迟跟文艺陪着郁淮风去校医室上药，所幸伤得并不严重，只是有一个小口子比较深，所以血才流得那么吓人。

文艺还在愤怒地咒骂着："我当时就觉得不对劲了！她说回来拿之前留在这里的花，可是好半天都不走！我就奇怪了，为什么要捧着花站在那儿！我刚伸头去看，她手里的花盆就砸下去了！这还不是故意的？她就是欠削——"

"好了啦。"叶迟迟头痛得不行，打断了文艺。

叶迟迟看向包着纱布的郁淮风，心里的愧疚更加多了一点儿。

"你用这种眼神看我，是不是有点儿爱上我了？"郁淮风不死心地还在开玩笑。

叶迟迟白了他一眼，没有再说话。

李青禾后来没有回宿舍，据说直接跑到辅导员那里去坦白了，说自己是不小心失手的。辅导员把叶迟迟宿舍三个人全部喊了过去，要进行调查和协调。文艺坚持李青禾是故意扔下去的，于是只好又把郁淮风喊过来证明。这件事情还算严重，如果李青禾用花盆砸人确有其事，面对她的可不止校内警告那么简单，但是叶迟迟一口咬定她们没什么矛盾。

文艺和朱爽恨铁不成钢地瞪了叶迟迟一眼，转身出去了。辅导员也不愿意事情闹大，校园暴力什么的绝对会对学校造成不好的影响，她非常同意她们俩私了。两个人出了办公室，一前一后走到大楼外，叶迟迟喊住李青禾："我们聊一聊。"

李青禾却冷笑着看她："我跟你没什么好聊的。"

"那你能告诉我理由吗？"叶迟迟问，"为什么要这样做，为什么中伤我还不够，还要伤害我喜欢的人？"

"我为什么要这样做？难道不是因为你自己脚踏两只船吗？！我不过是揭露你恶心的行为而已！"李青禾愤愤不平。

"我跟郁淮风只是朋友，我喜欢的人一直都是林屿。"叶迟迟好脾气地解释，"我从一开始就跟你说过，我就连进这所学校都是为了林屿而已。你喜欢郁淮风对吗？我偶然看出来的，可是你喜欢他，为什么不主动追求他？"

"你是在嘲笑我吗？"李青禾的脸红了又白，"你不稀罕的人，对我来说却那么珍贵！"

叶迟迟摇摇头："我不喜欢他，所以我才更希望他能够拥有自己的幸福。"

"那为什么郁淮风连看都不看我一眼……"李青禾没忍住还是哭了，"为什么你可以有那么多人喜欢？成绩也好，朋友也多，喜欢你的人也都那么优秀，郁淮风甚至连我的名字都记不住……你明明知道我喜欢郁淮风，还每次都在我面前提起他！就连我好不容易赢得了歌唱比赛的冠军，可以让别人看到我也有优点，风头也还是被你抢了！郁淮风甚至愿意为你准备那些惊喜！我亲眼看见他找那个主持人反复求了好几次！"

叶迟迟愣住，李青禾讨厌自己，竟然是因为郁淮风！可在她的印象里，李青禾一直都是单纯、开朗的人。大家都是老乡，所以进入大学以来，她们之间的关系要比别人都亲密得多，每次有心事自己也都会跟她分享。也可能正是因为跟她相处的时候太舒服，即便她很少向自己倾诉，自己也没想过去问，每次只会找她大吐苦水，忽略了她的感受。

"成绩好，是因为我努力读书。朋友多，是因为我对待人都是真心的。你说你喜欢郁淮风，可是你不是应该让自己变好，然后让郁淮风看得到你吗？你有为他努力过吗？他一次不理你，你就退缩了，然后把这些都归于我身上？在我看来，爱应该是一种积极向上的力量。就像我喜欢林屿，我会为了他拼命学习，参加学生会的竞选，参加志愿者协会，甚至是参加唱歌比赛……这些都是为了让自己发光发亮，成为一个足以和他匹配的存在。"叶迟迟叹口气，"青禾，以前跟你相处，只是一厢情愿找你倾诉而忽略你的感受是我的错。我以为我们是很好的朋友，可是你哪怕有一次，也对我敞开心胸了吗？"

李青禾望着她，说不出话来，叶迟迟走了。

对于李青禾的不理会，叶迟迟的心里多少有些难过，以前，上课和吃饭都有她在身边。现在文艺不光不陪她一起去，还让她顺便打饭回来。林屿一出去比赛，她就只能孤身一人。

"请告诉我，你是因为在想我，所以才这样一副表情。"

林屿的声音突然响起，叶迟迟惊喜地一抬头，果然看到了自己思念的那个人，她想也没想就扑上去。

"我以为你想要个低调一点儿的恋爱。"林屿还记得告白事件之后，她想要自己的表情包风波赶紧过去，所以基本上在学校里根本不会有太亲密的举动，就连两个人走在一起都尽量不牵手。

叶迟迟把脸埋在他的胸口："算了，我们没有低调的潜质。"

她也算是看开了，不喜欢她的人不管她做什么都还是不喜欢她，那么又何必再去顾忌到那些讨厌她的人的想法呢？倒不如舒舒服服做真实的自己，不低调，可是也不张扬。毕竟，从他们第一次相遇开始，低调就和他们绝缘了一样。

"所以是放弃了？"林屿问。

叶迟迟点头："嗯，放弃了。"

"那就好。"林屿推开她，然后捧起她的脸，低头飞快地亲了她一下。

突如其来的动作，还是让叶迟迟有些不适应。她窘迫地看向四周，赶紧低头。

"走吧。"他牵住她的手，带着她朝学校外走过去，"为了赶回来见你，下了飞机就直接回来了，我连饭都还没吃。"

叶迟迟内心如小鹿乱撞，之前的烦躁和担忧全部都不见了，只觉得能够被他这样牵着，好像什么都不重要了。

只是等他们吃饱喝足的时候，文艺的电话打了过来："叶迟迟，老娘的饭呢！"

　

大四上学期过了一半的时候，林屿从宿舍里搬了出去，还顺带把叶迟迟一同教唆出去了。

他在市中心租了一间两室一厅的公寓，精装修，家电俱全。两个人精心布置完，瞬间变成一个温馨的家。他现阶段主要就是写毕业论文和实习，由于某人还在上学，所以他打算也留在这里找实习。

跨年夜，叶迟迟趁着林屿还没下班，先去超市买了食物，打算今晚做一顿浪漫的烛光晚餐。买完菜到回家做饭，她忽然觉得有一种已经嫁人的感觉。其实之所以想要给他这个惊喜，是因为她买了一对戒指，想在今晚送给他。她听说自家男友的公司里对他怀有觊觎之心的豺狼虎豹大有人在，而且那些人跟在学校里的不一样，完全不会矜持。之前，他无意中透露有个女上司直接给他买了新手机，在手机里存了不少自己的照片。他当然没收，并且时刻躲着……

她觉得这样不是办法，还是得用什么东西把他套牢了才行！之前，自己无聊逛街的时候看到了这对戒指，于是就顺手买了下来。可她一直等到晚上八点，林屿都没回来，发信息得到的回复是有点儿事情耽搁了一下，马上就回来了。她赶紧起来又把家里的玫瑰花和气球什么的重新检查了一遍，确定都还藏得好好的，又去把蛋糕给准备好。她很老土，想不到什么新颖的方法，只会学着电视剧里的把戒指放到了蛋糕里。

门口传来钥匙扭动的声音，叶迟迟已经等不及直接拉开了门。

"欢迎回来！"她笑靥如花，急匆匆拉着林屿的胳膊带他走进了饭厅，"快来吃饭，我都要饿死了。"

林屿似乎有什么要说，可看见莫名热情的女生，没想好应该怎么开口，再看到一桌饭菜，更是惊讶："这都是你准备的？"

"是啊！菜是我买的，我洗的，不过火锅底料是买的，要涮的肉也是买的，嘿嘿！"叶迟迟可是老实本分的人，不是自己做的绝对不随便邀功，"不过我也有自己按照我妈说的配方腌制了一些，我怕你不爱吃。"

林屿受宠若惊，平时在这里都是他下厨，更多时候她都喜欢出去吃，他笑着摸了摸她的头发："没事，我都爱吃。"

叶迟迟得到了夸奖，一高兴就踮起脚尖搂着他的脖子，大方送上香吻。

"哈！"林屿没料到女生这次那么主动，也就干脆不客气，在她想要抽身的时候，直接搂住她的腰，重新亲了上去。

气氛似乎还算不错，不过叶迟迟心里还惦记着等会儿要拿蛋糕送戒指，一时间有些出神。林屿松开她，蹙着眉问："怎么了？"

"啊……我……"

正在她想着应该找什么借口时，门铃忽然响了。林屿这里算是比较私人的地方，他平日从来不会带人过来，今天又是跨年夜，叶迟迟想不到这个时候会有谁来。

两人交换了一下眼神，林屿面露难色，有些犹豫。肯定有什么问题！叶迟迟向门口走去。

"刚才忘了和你说……"林屿小心翼翼地开口，但是女生已经打开门，看到了门口站着的人，所以他后面的话也就越来越小声，"在路上耽搁的事，就是听说他们要来一起跨年……"

"哈喽！"门口站着好几个人，为首的陆沉满脸笑意，把手里提着的袋子晃了晃，"那么重要的时刻我怎么可以错过呢！怕你们俩寂寞空虚冷，于是我特地召集了大家，给你们带来满满的同学爱……"

叶迟迟惊讶得说不出话。因为来的人组合在一起，也实在太奇怪了！除陆沉之外，还有陆蔓薇、沈浩，就连纪晴朗和郁淮风也来了，队伍的最后站着面无表情的文艺。

是不是太混乱了？尤其是纪晴朗！他回国的时候发了信息告诉她，可是怎么会突然跑来这边的！

陆沉已经开始解释："是这样的，我本来只喊了陆蔓薇和沈浩，结果陆蔓薇喊了文艺，文艺就觉得你跟郁淮风也不错，干脆喊了他一起……当然，那个纪晴朗为什么会来，我只能说原来他跟沈浩以前读初中的时候一起打过球，陆蔓薇知道这件事之后想跟纪晴朗套近乎，就让沈浩邀请了他……"

"你再瞎说！"陆蔓薇红着脸呵斥，陆沉赶紧闭了嘴。

几个人陆陆续续进了屋，看到了满桌的食物已经不客气地坐了下来，没有半点儿拘谨。纪晴朗走到叶迟迟面前，他也拿了一个大袋子过来："我买了孔明灯过来，感觉跨年夜要是没能跟你一起过，好像缺点儿什么。"

"分明在美国的时候自己过得好好的。"叶迟迟白了他一眼，"纪晴双呢？"

"她也跟我过来了，说是在这里也有同学，要不我也喊她一起过来？"

叶迟迟瞪他："你敢！"

原本计划的是两人的甜蜜晚餐，结果变成全员大聚餐。多亏了他们每个人都带了些吃的过来，叶迟迟打电话又订了比萨和炸鸡。平日两个人住起来觉得空荡荡的公寓，一下子变得拥挤热闹起来。

郁淮风缩在角落里没说话，只顾着埋头吃东西。他能来这里倒是挺好的，那么重要的节日，她希望他的身边都能有朋友陪伴，而不是一个人窝在寺庙里，独自度过。

找到只剩下两个人在一起的时机，叶迟迟对林屿埋怨道："你怎么不跟我说？"

"我一进屋就想说的，可是你那么主动扑过来，我当然是先享受再说……"林屿说得理所当然，他看了那些如狼似虎吃着东西的人，眼里带着一丝不满，"不过如果我早知道你会那么主动，我绝对不会让这些人过来打扰我们。"

某人只好把之前布置的东西统统藏得更深了一些。

吃饱喝足，大家围在电视机前看节目，还有几个人开始玩游戏了，完全没有要走的意思。

陆蔓薇突然大喊一声，从厨房里把蛋糕给端了出来："原来还有饭后甜点！我已经切好了，赶快过来分！"

叶迟迟心里徒然一惊，完了！她的戒指！

"哎哎哎，等一下——"叶迟迟冲上去想把蛋糕抢下来，可是那几个人根本不给她这个机会，一人一块蛋糕已经端在手里了，她着急地大喊，"别吃别吃！"

"为什么不能吃？"陆蔓薇很奇怪。

"因为……因为……"她眼睛到处乱扫，"因为还有很多水果大家都还没吃呢！"

"可我们现在比较想吃蛋糕。"

越是看叶迟迟这样，他们越是不买账，已经开始吃了。结果就听到一直坐在角落里的郁淮风"哎呀"了一声，大家的视线立刻就看过去了。他从嘴里拿出了一枚戒指，于是疑惑又愤怒地瞪着戒指，意识到了什么之后，又瞪着某人。

叶迟迟尴尬地笑了笑，然后望了望不远处的林屿。林屿也停下跟陆沉、沈浩的谈话，而是转头看向了这边，看见郁淮风手里的戒指时，竟然笑了起来。

就在这个气氛异常诡异的时刻，文艺也叫了一声，从嘴里吐出了另外一枚戒指。

"惊喜！"叶迟迟赶紧打圆场，"你们知道吗，我们老家那边有一个传统就是，跨年的时候吃饭，要是在食物里放点儿啥，谁吃到了谁就会一整年都幸运！"

于是跟叶迟迟是老乡的几个人，都一脸看白痴一样的表情看着她。

她不死心，继续编："这就说明你们俩有缘分啊！居然拿到了情侣对戒！"

文艺看了手里的戒指一眼："所以这是给我的？"

不等叶迟迟回答，她已经往自己的手指上套。不过她拿到的是男款，不管戴哪个手指都大了。她走到郁淮风面前直接拿走他的那枚，把手里的往他的手指上一套，又把女款的尾戒戴到了自己的无名指上，仔细端详了一下："还不错。"

动作如同行云流水般一气呵成，不知道的还以为刚才经历了一个霸气的求婚礼。

当然不错啊，她选了那么久！

郁淮风也认同："嗯，还行。"

叶迟迟受够了，可是又不愿意在大家面前承认，戒指是她为了林屿准备的。本来她上了大学一直追着林屿不放就被大家吐槽，现在再说戒指是她为了套牢林屿才买的，估计以后他们都要拿这个笑她了。

刚好时间也到了凌晨，大家的注意力立刻从戒指转到了孔明灯上。于是一起朝外走，叶迟迟还惦记着自己的戒指，一直垂着头，时不时抬起头去看林屿，可是他好像并没怎么在意……难免有些失落。

大家一起到了本市的河堤边，这里已经汇聚了不少人了，他们赶紧一人拿了一个孔明灯写新年的愿望。叶迟迟满心怨念，写的愿望也是戒指能够快点回来，当然她还不忘记加了一句：

所爱之人都能获得幸福。

对，每一年的愿望都是这个。

放完灯后，已经凌晨一点多，其余几人打算回家。叶迟迟的戒指还没拿回来，心里更加急了。偏偏文艺和郁淮风就像是约好了一样，总是跟别人走在一起，完全没有让她悄悄找他们说话的机会。直到他们跟叶迟迟和林屿道别的时候，文艺特别开心，还对她挥了挥手："谢谢你的戒指啦！"

眼看着他们就要走了，叶迟迟忍不住开口喊道："等、等一下……"

不过，她被拽住了！一转头看到林屿笑吟吟的脸，冷落了她一个晚上，现在却突然用这么宠溺的目光望着她，她一时间有点儿不习惯。

"你在找这个？"林屿摊开自己的手，两枚戒指躺在他的手心里。

"怎么会在你这儿……"叶迟迟惊讶得说不出话来，分明刚刚还在文艺的手上看到了呢。

"当然是我找他们要回来的。"林屿不紧不慢地解释着，"文艺自己手上就有戒指，跟你买的这个款式有点儿像，所以她只是在你面前晃，不会给你仔细看，就是为了逗逗你。"

"过分！"

看着一脸气呼呼的女生，林屿笑意更浓："所以，为什么准备了戒指？"

当然是因为想要更加确定一点。

叶迟迟不好意思说，她的计划应该是只有他们两个人的时候，点着蜡烛，端着蛋糕，喝着红酒，屋里放着动人的音乐，就连歌她都已经选好了。而不是现在，在那么多人的河堤边，寒风吹得她头发凌乱，鼻子也冻红了，一脸狼狈。

她噘着嘴，不肯说话。

林屿突然低头亲了她一下，故意装作严厉："老实坦白。"

她捂着嘴："都说了是惊喜礼物了。"

"那就是我会错意了，我把戒指还给他们好了。"说着，林屿就把戒指往口袋里放。

叶迟迟赶紧握着他的手阻止，咬牙承认："好吧，是我买给你的，我就是想着我们俩还没有什么东西是情侣的，所以那天逛街觉得还不错就买了……"

"所以，前几天用我的卡刷了五千多不是买手机而是买了戒指？"林屿觉得好笑。

叶迟迟吐吐舌头："哎哟，手机确实也买了，不过用的是你另外一张卡。"

"我现在是不是要考虑一下把卡给收回来了。"林屿捏了捏她的鼻子，"某个人买了之后还想把戒指送给别人。"

她有点儿委屈："还不是因为在这段感情里主动的人好像都是我……好吧！虽然以前高中的时候是你追我，但大家都觉得是我偷拍你洗澡的视频，还为了你参加学生会竞选，利用帮你写人物稿件的时候接近你。到了大学就更……不管我怎么努力，你都一直不理我。我越靠近你越躲，好不容易相信我了，可是我连我自己都开始怀疑了，是不是真的是我自己一厢情愿呢。"

"我高中可没有追你哦。"林屿笑着否定她，"我是让你来追我。"

这个时候还有心情开玩笑，叶迟迟气得直接一拳头砸到他的胸口，又弱弱说了句："最关键的是，其实你从来都没有亲口承认过……就是很认真地对我说，你喜欢我这件事，上次告白我还摔到了，打断了你。"

其实说过，但是正式的告白，的确没有，他当然知道。

哪知道林屿厚脸皮地直接抱住了她，亲了亲她的额头，亲了亲她的鼻尖，终于没再逗她，承认错误："是我的错。"

"知道就好。"叶迟迟吸了吸鼻子，其实她没哭，就是有点儿感冒，声音沙哑。

结果林屿以为自己把她惹哭了，赶紧道歉："对不起，别哭了。"

"那你把戒指戴上。"

"好好好。"林屿无奈地笑了笑，老老实实把戒指戴在了自己的无名指上，然后又拉起她的手，戴了上去，"现在满意了？"

某人点点头，一脸甜蜜地看着他们两人相握的手上，戴着同样的戒指。

回去的路上，她才想起来问："你刚才许了什么愿望？"

"不告诉你。"林屿拍了拍她的脑袋，"说出来就不灵验了。"

林屿收到了戒指，两个人也有了情侣该有的东西，不过多少还是有些遗憾。回到家里，叶迟迟想到还有一堆烂摊子要收拾，就更加觉得疲惫。可是她怎么都没想到，一推开门，打开灯的瞬间，就被眼前的景象震惊得说不出话来……

"这不是……"她仔细看了看地上用玫瑰摆成的桃心，还有满屋的气球，还有几个粉红色的礼盒摆在了屋子中央。最引人注目的是，还有一个奇怪的大屏幕，中间有一台机器，已经打开了。她见过这个，是投影仪，之前纪晴朗也买过，说是在家里就可以当作家庭影院看了。

林屿走过去，按了一个按钮，屏幕上立刻出现了自己的脸。她吓了一跳，看向林屿的时候，他比她还要害羞，用一只手盖在自己的脸上："感觉我现在要出去一下比较好。"

叶迟迟当然不给他这个机会，紧紧握住了她的手。

"啊……啊……现在可以开始了吗？"屏幕上的林屿站在屋子里，背景是他们的卧室，她认得出来，他显得局促不安，手时不时扯扯衣服抓抓头，就像是一个什么都不会的学生，被老师点起来回答问题，可他的双目透着坚定，还饱含深情。

屏幕后面陆沉的声音传过来："可以说了。"

"叶迟迟，那天想要向你告白，结果你摔跤了，又成功地在网络上红了一把。每次我看见那些所谓的表情包时，你都会不高兴，觉得自己很难看很丢脸。可我一直想要跟你说，就是因为你这么独特的表情太抢眼，在我们第一次遇见的时候，就让我喜欢上你了。

"但是，迟迟！我并不像是大家口中说的那个完美的学生会会长。我很骄傲，很狂妄。你拒绝我的时候，我只觉得是自己自尊心受挫，下定决心不再和你联系，可是后来一天天对你的思念增强，我才知道我很幼稚，也很胆怯。分明喜欢你到眼里再也容不下别人，但是你重新回头来找我的时候，我竟然犹豫了，迟疑了。

"让你伤心了，对不起！让你感到不安和害怕也都怪我，不过从现在开始一直到以后的永远，我一定都会尽力去弥补那些我们错过的时间。你喜欢吃的东西、喜欢看的书、喜欢的衣服款式我都会去了解，你想要去的地方我们都一起去。我想要给你的不是口头的承诺，而是身体力行的实践，那你现在要不要打开这些礼盒，那么，余生就请你指教了。"

画面到这里就只剩下林屿一个人傻呵呵地笑，屏幕里陆沉的声音又出现了："还有一句话呢？"

林屿的脸上重新浮现出紧张，他又望着镜头，轻轻说了句："叶迟迟，我爱你。"

"啊——什么嘛！"

再也没忍住的女生突然哭出了声音，吓得林屿赶紧过来抱着她安抚："喂，我准备这些虽然有点儿期待你会感动到哭，但不是你这个哭法啊。"

她的眼泪却止不住了，林屿只好这样抱着她，让她尽情地哭。好一会儿，叶迟迟上气不接下气了才停下来，红着一双兔子般的眼睛问他："这些都是什么时候准备的啊？"

"之前就准备了。今天说是在外面加班，也是因为在忙这些。刚才他们其实并不是要先走，而是过来帮我布置这里。"林屿如实回答，然后指了指地上的盒子，"拆开看看，为了买这些东西，我可是费了很多心思。"

叶迟迟在他的身上把眼泪和鼻涕蹭了蹭，蹲在地上开始拆礼盒。情侣手机壳、情侣钥匙链、情侣衣服、情侣鞋子，就连睡衣都是情侣的。

"虽然你嘴上说喜欢低调，可是每次逛街看着这些东西就不愿走了，但我说喜欢就买的时候，你又拒绝。"林屿在她身边蹲下来，"还好我比较聪明都拍下来了，然后一样一样去买回来。"

其实她不是喜欢低调，就是觉得以林屿的性格，肯定会觉得这些幼稚，所以都压抑着自己内心的实际想法。结果他们都为对方考虑得太多，不过那个情侣钥匙链倒是没见过。

"这个不是我想要的吧？"

"这个是高三那年，约你出来看电影的时候想给你的礼物。我本来打算在那天跟你告白的，可惜还是少了点儿缘分。不过没关系，迟迟，我想慢慢跟你从使用这些小物件开始，然后变成呼吸同样的空气，吃同样的饭菜，养成同样的兴趣爱好，一点一滴被对方同化，在同样的屋子里慢慢老去。"

林屿说得很认真，漆黑的双眸在暖色的灯光下，就像是承载了繁星的夜空，看得她移不开眼，只能傻乎乎地点头。

之后，叶迟迟毕业半年，他们就在跨年夜的时候领证了。用林屿的话来说就是，反正也没有晚婚假了，早点儿结婚也不吃亏。然后他们又跑到了寺庙，两个人一起坐在庭院里的木亭下看星星。

女生倚在他身上问："虽然我知道你很喜欢我，可是你要不要大概形容一下，到底有多喜欢我。毕竟你之前告白得都很深情，让我来见识一下你的文采，会长大人。"

林屿本来想亲她，可是考虑到这里是佛门净地，就改成了额头，想了一会儿回答道："怎么说呢……简单来说就是，以前喜欢你到想要跟你早恋，现在喜欢你到想要跟你早婚。"

还真是够实际的答案。

可是叶迟迟还是不满足："那你之前每次许愿到底许了什么愿望啊？"

林屿笑了笑，还是没有回答。

他的愿望都在慢慢实现，因为他所求的很简单——

跟她一起构筑未来，携手相伴老去，这就是他一生中，最大的梦想。

番外一
抢镜少女

GUAINI
GUOFENQIANGJING

　　每个女人都会幻想跟未婚夫有个浪漫的婚照之旅,在风景优美、景色宜人的地方,一边旅游一边拍,吃当地的美食,见识不同的文化……而且两个人还能二十四个小时腻在一起,随手在朋友圈秀把恩爱,毕竟别的人还在为工作焦头烂额时,自己刚毕业就把男神给拴住了,而且在和老公旅拍……

　　想想就觉得开心。

　　大概是乐极生悲!就在叶迟迟一切准备就绪,出发去马尔代夫时,她却突然得了水痘,浑身上下红色的水泡争前恐后地爆发出来,看得她心惊胆战。

　　成年人得水痘状况会更加严重,所以她每天都在发高烧。这么热的夏天,身上痒得难受,也只能忍着。于是林屿请假在家照顾她,可依旧挽回不了她的坏心情。

　　空调房里,林屿给她切了一盘水果。

　　叶迟迟看了一眼，重新翻过身，没有胃口，拿出手机，里面都是问她旅行的事。

　　都怪自己臭显摆，一早就跟身边的好友说了个遍。尤其是陆蔓薇，不停地叮嘱她，千万不要有什么"意外事故"……

　　可现在她担心的"意外"没发生，真的意外发生了！于是她狠狠地敲打着手机回复："我宁愿大肚子结婚！"

　　陆蔓薇回了她一个同情的表情，回了句："小心一语成谶。"

　　文艺那边就更加冷漠，干脆就没问旅行如何，只有一句话："那我要买的那些东西是不是都带不了了？好吧，你们一起同行的不是还有三对新人吗，有认识的可以拜托他们嘛……"

　　"没人性！"叶迟迟怒道。

　　看到自己的准老婆气得脸都鼓成金鱼了，林屿笑了笑，伸出手将她拉到自己面前，用手捏住她的脸："别气了，本来就不好看。"

　　"这个时候惹我是想离婚吗……"

　　"我们还没结。"林屿好心提醒她，"现在反悔来得及。"

　　"你敢！"

　　非但没有安慰，居然还顺着她的话故意气她，简直不可原谅！

　　"好！好！好！我不敢。"林屿也不再逗她，用叉子扎了块苹果递过去，"你现在能吃的东西本来就少，连水果都不吃吗？"

　　"我吃不下，好难受。"叶迟迟哭丧着脸。现在发着烧，身上痒痒的还不能挠……

　　刚想到这里，她就伸出一只手，想去抓自己后背的水痘，好在林屿眼疾手快一把按了下来："医生说了不要抓，继发感染的话会更加麻烦。"

　　"可是真痒啊。"

　　"你等会儿。"林屿转身从抽屉里拿出了棉签，让她趴下，再把衣服拉上去，开始用棉签轻轻帮她蹭蹭痒的地方，"这样好点儿了吗？"

"别的地方也痒。"叶迟迟又说了几个地方。

他耐着脾气给她慢慢擦，可她还是觉得难受。因为身上长了太多了，挠完这边那边又痒了，她烦躁难耐地大叫一声，打算豁出去，干脆用手抓。林屿看穿她的心思，直接把她一把抱住，死死搂在自己的怀里。

被迫中断的旅行，身体的痛苦，一连串的打击，让叶迟迟一下子就哭出来了。

林屿虽然不能体验她的痛苦，可看到她这样，自己也觉得心疼，将她紧紧抱在自己的怀里，也顺便压着她的双手。

"我身上都是水痘，蹭到你身上怎么办啊？"

"我小时候长过，没事。"他低头亲了亲她的头顶。

"那如果我变成大麻子脸呢？"她还是担心。

"大家都长过，也没谁真的变成麻子脸啊！"他笑着低头望着她，又吻了吻她不安的双眼，"相信我，会好的，你一定还是秒杀全场雌性生物的最美新娘，美得天翻地覆人神共愤。"

那句话是她为了穿上喜欢的婚纱而立志减肥时说的豪言壮语。

没想到林屿听了一次还记得。

"要是真不好看了呢？"

"乖啦。"他伸手把她的头按向自己的胸口，怀里的女生抽泣好一阵，慢慢没了动静。

其实林屿小时候没长过水痘，应该在小时候生的病，他一样也没有得。但是现在也就只有他能够照顾叶迟迟，怕她担心，就没说出来。

这几天，这样的小脾气也闹了不少。可叶迟迟心里也清楚林屿有多辛苦。晚上从来都没有睡熟过，就是担心她半夜难受会伸手在身上乱抓，还要随时注意她的体温，给她擦药，半夜起来给她喂水。并且包办了所有的家务活，她的衣服都是他亲自手洗，饭菜也是专门做的。每次看到他系着围裙在厨房里忙得热火朝天，只为给她熬一碗黏米粥，她都会觉得错过了一次旅拍，生了一次病，好像也没什么。

她走上前，抱住林屿的腰，脸不停地在他背后蹭。

"趁机挠痒痒吗？"他转过身，用手撑开她的头，看了看她最初脸上的那颗水痘，虽然已经结痂，但刚才被她蹭掉了那块疤，露出了一个狰狞的坑，还正好在额头中心。

刚开始她以为是青春痘，还使劲儿挤，结果后来发现是水痘的时候，也比其余的地方严重得多。

"不是。"她还不知道自己那个水痘那么严重，一脸甜蜜，"就是觉得自己娶了个好老公。"

"叶迟迟。"他怕她等会儿照镜子受刺激，小心翼翼地给她打预防针，"是我娶到了个漂亮的好老婆。"

她忽然一阵恶寒，平时林屿很少说那么肉麻兮兮的话，今天居然用这么认真的口吻说出来，她立刻就觉得不对劲："怎么了！你是不是做了什么对不起我的事？"

"没什么。"某人乐呵呵地笑了笑，决定指引她面对现实，"二郎神，你去照个镜子。"

叶迟迟冲进房间没过三秒，立刻传出一声凄惨的尖叫。

"啊啊啊啊啊——"

这之后，叶迟迟的心情就再也没有好过。一直到一个多礼拜后，她高烧退去，身上的水痘结痂，可以见人了，她还是整天郁郁寡欢的。

因为她的脸……几乎成了月球表面。

用文艺的话来说，就是——

"你是被核弹炸过吗？！"

　　陆沉跟陆蔓薇一起来的，两个人盯着她的"第三只眼"笑了半天，最后默默离开了。后来身上的伤疤都掉了，唯独额头上的坑，就这么留了下来。

　　林屿跟她商量起结婚旅拍的事情，某人意兴阑珊，不想去了，决定就在本市找个公园，不然就是郊外之类的拍一下好了。他没办法，也就依着某人的意思，重新跟摄影师协调了时间。

　　可就在准备去拍摄的前两天，林屿也病倒了。去医院一检查，也是水痘！不过他身上起得非常少，脸上只有一两个，浑身加起来都不超过二十个，就是发烧比较严重。

　　于是这对患难情侣，在历经了两个人的"痘比"事件后，一致决定放弃旅拍，而是改成纯旅行。

　　两人在跨年的时候领了结婚证，打算在第二年夏天办婚礼，结果就在婚礼前一个月……叶迟迟怀孕了。

　　"我不结了！"辛苦减肥健身大半年，就为了把自己塞进那个修身的鱼尾婚纱里，结果闹出这件事！

　　"给你看个东西。"林屿手里拿了个什么东西，坐到了她身边。

　　叶迟迟打开一看，是本厚厚的相册，狐疑地翻开了第一页，是自己当年被他拍下的……囧照。

　　凭借这张照片一举成名，从此成为当年叱咤风云的网红少女，还掳获了男神的芳心……可她现在一点儿都笑不出来，反而气得牙痒痒："你故意的！"

　　"继续看。"某人扬扬眉毛。

　　于是她只好接着翻，那之后，都是她的照片——在学校里上课睡着的样子，在饭堂大口吃饭，在寺庙里虔诚地上香，撑着伞在大雨中等待，对着空中的孔明灯许愿……

还有后来的后来，他们住在一起的。

她穿着学士服拍的毕业照，她在他们的小屋里满头大汗地做饭，她靠在沙发上熟睡，半夜里她没形象地张着嘴巴睡得四仰八叉……

每一页都是她，每个画面都是她，甚至还有她长水痘时候的样子。

"你什么时候……"她眼泪哗啦啦就流下来了。

"我都说了，你太抢镜。"林屿笑着搂住她的肩膀，"在我的眼里，任何样子的你都比别的事物更要吸引我的视线。世界上绮丽的风景太多，却不及你在我身边的每一刻。"

她突然就破涕为笑了。

以前，她总觉得自己给他的印象很差，第一面就摔了个面目扭曲！各种丑态毕露的时候，他都一一见证了。

她害怕自己配不上完美的他。

所以才想要使劲儿减肥，努力健身，在婚礼的那一天，让他看到最美丽的自己。

原来是自己多虑了。

"生了孩子说不定我会变胖变丑，我妈生了我就胖了都瘦不下来。"她小声说。

"那就算是娶了个有福相的老婆，你爸能坚持下来，我就不能吗？"他轻声应道，"而且，我会帮你，跟你一起健身锻炼。不光为了减肥，还为了有个健康的身体。"

"就算我努力想要保持自己的容貌和形体，终有一天我也还是会佝偻着身体，牙齿掉落，说话漏风，变成一个干瘪的老太婆。"

"那时，我也是个干瘪的老头子。你会发生的事，我也逃不开——叶迟迟，我比你想象的，要更爱你。"他搂着心爱的人，和自己尚未出生的孩子，庄重而严肃地宣示着，"永远爱你。"

番外二
伪冰山和伪毒舌

GUAINI
GUOFENQIANGJING

林屿跟叶迟迟的婚礼上，郁淮风全程保持微笑，没有流露半点儿自己的情绪。新人过来敬酒的时候，他看着自己喜欢过的姑娘，眼睛弯成了好看的月牙儿形，忽然觉得有些释然，把手里的酒一饮而尽，由衷地说了句："新婚快乐。"

叶迟迟望着他，双眼亮晶晶得好似星星，也乐呵呵地咧开嘴露出傻笑："嗯，谢谢你。"

不过别的人就不像他那么好说话。

尤其是陆蔓薇和表哥沈浩，还有一众同学，把混了白酒红酒啤酒的酒杯高高摆起，每一层都摆放了好几个红包，专门用来为难这对新人。

他们这桌特地留到了最后，所以在前面那几十桌都替酒的伴郎陆沉已经喝蒙了，满脸通红地跟在他们身边，还在说着酒气十足的醉话："看老娘把你们喝趴下了，就去强吻林屿！"

林屿无可奈何地推了推他的肩膀："喂！喂！现在告白算不算晚了。"

叶迟迟也觉得好笑："不晚，我可以成全你们。"

结果刚说完这句话，陆沉就傻乐着倒地了，干脆找人把他扛去酒店房间了。最后还是作为伴娘的文艺撑起了场面，二话不说拿起最顶上的那杯酒，一饮而尽："还有我接着喝呢，你们也忒没人性了！知道叶迟迟大肚子，还猛灌他们，晚上林屿喝醉了难道还要孕妇照顾他？"

其实，文艺也有些微醉了！之前都是靠陆沉和林屿顶着，她喝得不算太多。

"所以才需要你们这些伴郎伴娘啊，你不还支撑着吗？喝！"开口说话的是个男生，跟林屿同样都是学生会的，一看就是故意想刁难文艺。

叶迟迟见过他，之前这男的就想追文艺，结果被她冷漠回绝，此刻为难有点儿报复心理。

不过，文艺也不啰唆，仰头继续干："喝就喝。"

林屿当然不能放着一个女生替自己顶酒，毕竟也是他结婚，心里高兴，跟着喝起来。

叶迟迟就有些急了，前段时间为了工作室走上正轨，忙得没时间吃饭，林屿的胃都饿出毛病了，现在这么喝，要是更严重就完了，于是小心翼翼拉了拉他的袖子。

一个小小的动作，在场的人都没看到，就只有郁淮风捕捉到了。

她的一点儿表情，甚至是一点点变化的小情绪，他都能清晰感知。

他抬起手，按住了林屿的手，扭头对叶迟迟说："我来替你们喝吧！就当作是送你们的新婚礼物了。"

文艺突然不乐意了："我还能接着喝，凭什么是你来替他们喝啊？"

"凭我今晚失恋。"他毫不顾忌地小声回应了一句。

只有他们离得最近的四个人听得见。

叶迟迟、林屿、文艺和他自己。

当事人叶迟迟当然是立刻尴尬万分地看着郁淮风，抬头看了一眼林屿，他倒是一脸平静。

结果文艺冷着脸对郁淮风哼了一声："好！那你来！"

两个人像是古时候行走江湖的英雄狭路相逢，带着点儿切磋，又带着点儿相见恨晚的感觉，一人拿着一杯酒开始干起来。

原本就只搭了四层，没多久第三层就彻底没了。

文艺眼看着脸越发红了，站也站不稳了，却死硬强撑着，仰头接着喝。郁淮风心里本来就不痛快，有人跟自己这么抬杠，撞了个正好，喝就喝！看谁先认输！

喝得来宾走了大半，再后来朋友全部都转移到第二场。叶迟迟和林屿在 KTV 开了包厢，让他们继续玩儿，于是文艺和郁淮风的战场也转移过来。

一对新人送完宾客来这里会合，朋友嚷着说新娘没喝酒，必须得唱歌。叶迟迟为了忙碌婚礼一整天没怎么吃东西，脸色不好，唱了两首之后，大家还是不放过她。郁淮风晃晃悠悠走上去，拿过了话筒，大喊一声："我来唱！"

结果一开口，竟然是大悲咒。

全场发蒙两分钟，文艺忍不住了，上前拽着他的胳膊走了出去。

"哎哟，瞧你那没出息的样儿。"文艺扯着他，只觉得拉着的人晃晃悠悠，像是个不倒翁，再回头一看，男生的眼眶发红，一直垂着头。

她更是恨得牙痒痒，干脆一掌拍在他的后脑勺儿上。郁淮风被打得恼火，握住她的手腕："你就算不这么野蛮，我也已经看出你不是个女的了。"

两个人站在 KTV 外面的马路上，街道已经安静。身边偶尔有车经过，盛夏的昆虫的鸣叫此起彼伏，他们俩对视着，一时半会儿都没有再说话。

她盯着他的脸，竟然对他的话没有半点儿恼火，只是看着他抓着自己的手腕："喂，像个傻子一样看着我，是被我英俊潇洒的外貌给吸引了吗？"

郁淮风笑了笑，一下子松开了自己的手，唇边的浅笑轻轻柔柔："好了！这位英雄好汉，我认输。"

说罢，他转身要走。

文艺的脑袋乱了。

那个夜晚，她做了人生中最不矜持的一件事！

她加快步伐走上去，一下子挡在了郁淮风的面前。

"喂！"一开口，声音都紧张得有些颤抖，可她还是想也不想就继续说，"我是个女生。"

就在郁淮风一头雾水的时候，她踮起脚，双手钩住了他的脖子，直接吻了上去。

活了二十二年，文艺给人的印象除了美之外，只有两个形容词——暴脾气，冰山脸。

同样是活了二十二年，郁淮风给人的印象除了帅之外，也只有两个形容词——毒舌，难以靠近。

就是这样的两个人，以后到底会有什么样的纠葛呢？

可是文艺一点儿都不觉得期待，甚至开始后悔自己做的这个决定。如果永远不表现出来，她还能继续保持自己的高冷形象，没事挖苦他，给他摆摆脸色，时不时再吐槽一下他……

至少，她能够"自然"地待在他的身边。

但在这个瞬间之后，他们的关系会彻底改变，也可能就此断得干干净净。

因为他们之间永远有一条跨不去的横沟……

她爱他，他却爱着另外一个人。

一直嬉皮笑脸，要么眯着眼睛损人的郁淮风，此刻在因为失去的那个人而流了眼泪。

或许世界上最难解的题，就是这个。

可是那也没关系了，烦恼的事情以后再去想。她此刻只想沉浸在这个吻中，腰上忽然一紧，对方的胳膊从最初的迟疑，最终搂紧了她。

文艺也曾经因为一个吻，对一个男人至今念念不忘，那个男人几乎是以绝对的强势进入她的生活，把她的人生搅得天翻地覆，霸道又不讲理。

就在她觉得自己终于摆脱掉那个人的阴影时，她遇到了郁淮风。就像是她对待爱情最初的印象是一个措不及防的吻那样，她表达自己感情最直接的方式，好像也只能是这样。

可是，她失策了啊！她怎么都没想到，眼下自己亲吻的男人，还有那个夺走自己初吻的男人，会在往后很长的时间里，三个人，闹出别样的纠葛。